महाश्वेता
(उपन्यास)

महाश्वेता

सुधा मूर्ति

कन्नड़ से हिंदी-अनुवाद • जय प्रकाश बेंगेरी
संपादन • आचार्य निशांतकेतु

प्रकाशक • **प्रभात प्रकाशन प्रा. लि.**
4/19 आसफ अली रोड,
नई दिल्ली-110002

संस्करण • 2025
मूल्य • चार सौ पचास रुपए
मुद्रक • नरुला प्रिंटर्स, दिल्ली

MAHASHWETA *novel by* Smt. Sudha Murty ₹ 450.00
Published by Prabhat Prakashan Pvt. Ltd., 4/19 Asaf Ali Road, New Delhi-2
e-mail: prabhatbooks@gmail.com ISBN 978-81-7315-337-2

मन की आग में
समाज के तिरस्कार में
मौन से उबलती हुई
देश की
'महाश्वेताओं' को
अर्पित,

—सुधा मूर्ति

भूमिका

एक 'शादी का प्रेमपूर्वक आह्वान' मेरी साहित्यिक जिंदगी में उत्साह लाकर इस दूसरी आवृत्ति का कारण बना है।

मेरे पास आए 'आमंत्रण' ने सामान्य होते हुए भी असामान्य परिणाम किया है। आमंत्रण के साथ एक छोटा कागज भी था—

'आपकी 'महाश्वेता' पढ़कर आनंदित हो गए। अपने बेटे के लिए अच्छी बहू ढूँढ़ी थी। बेटा झिझका। 'नहीं' कहा। लड़की कई सालों से परिचित थी। हम सबों को बहुत बुरा लगा। लड़की मुरझाई। आपका उपन्यास छुट्टी में आया। बेटे ने पढ़ लिया। एक हफ्ते के बाद खुद आगे आकर हाँ कह दी। लड़की की माँ को 'सफेद दाग' था। मेरा बेटा, सफेद दाग के पीछे कितना दर्द है, समझ गया था। आपके उपन्यास से हमें तृप्ति और संतुष्टि मिली है। इस शादी में जरूर उपस्थित रहें, यह हमारी आग्रहपूर्वक विनति है।'

मैंने चौंककर इसपर विश्वास नहीं किया, 'यह संभव है क्या?' मेरे बड़े सहोद्योगी श्री जी.आर. नायक जी से पूछा। उन्होंने 'यह संभव' है कहा। मेरी कहानियों में वे अपार आस्था रखते हैं। हृदय से आनंद महसूस करते हैं।

एक उपन्यास जन-जीवन पर असर डालता है। इस बात का सही साक्ष्य है यह। यही मेरी लेखनी की स्फूर्ति है।

मेरा यही 'गौरव-धन' है। हमेशा की तरह पुस्तक खरीदकर पढ़नेवाले कन्नड़-बंधुओं को कृतज्ञताएँ!

बेंगलूर

—सुधा मूर्ति

सुबह की शीत लहर आनंद के कपोलों को छू रही थी। उसके उद्वेग और आतंक से भरे हुए मन को एक अनोखी राहत महसूस हुई। पिछली रात के काम से आनंद बहुत थका हुआ था। माँ अपने नवजात शिशु को देखना चाहती थी, मगर वह बच्ची रो नहीं रही थी।

रात में मृत्युदेव से घमासान लड़ाई करती हुई माँ हृदय-रोग से पीड़ित तथा गर्भवती थी। उसने बच्ची को जन्म दिया था। गर्भवती के प्रसूति-कार्य में आनंद और उसके प्राध्यापक प्रो. देसाई जी ने कठिन परिश्रम किया था। उनके लिए यह एक नया अनुभव और सवाल था। इसी कारण वे पूरी रात जागे भी थे।

शल्य-चिकित्सा के बाद धरती पर उतरी 'बच्ची' रोना शुरू नहीं कर यक्ष-प्रश्न बन गई थी। नवजात शिशु के कोमल अधरों पर अपने रूखे अधरों को दबाते हुए कृत्रिम श्वासोच्छ्वास करवाता हुआ आनंद अंत में शिशु के गले से एक हलकी-सी आवाज निकलवाने में कामयाब हो गया।

देसाई साहब ने संतोष से हँसकर गहरी साँस ली। 'बच्ची' के नहीं रोने का सवाल ही नहीं है।

'आनंद! और थोड़ा रुलाओ।' कहकर हाथ धोने चले गए। वहाँ मौजूद बच्चों के विशेषज्ञ डॉक्टरों ने कहा, 'आनंद! बच्ची है न! जीएगी और आगे भी रोएगी'। ऐसा उद्गार व्यक्त करते हुए उन्होंने प्रस्थान किया। वहाँ रह गईं माँ, बच्ची, आनंद और नर्स प्रभावती।

बच्ची जोर से चीख रही थी। प्रभावती मुस्कराई। प्रसूति-विभाग में ही समय बिताते उसके बाल सफेद हो गए थे। बच्ची जन्मकाल में बेटे से अधिक शक्तिशाली है, ऐसा सोचती हुई वह अपने कामकाज में व्यस्त हो गई।

आनंद शिशु का जन्म-विवरण दाखिल करने लगा। समय, दिन, माता-पिता, जात वगैरह-वगैरह। शिशु-जनन-प्रक्रिया में माता-पिता का पात्र भी बहुत महत्त्व का होता है, उसको ऐसा महसूस हुआ। हम निश्चित रूप से कह सकते हैं कि शिशु की माँ कौन है। मगर पिता वही होगा, जिसका नाम प्रसूति माँ बताएगी। कितना विचित्र है! प्रसव स्त्री के लिए पुनर्जन्म ही है, पुरुष सिर्फ उसका प्रेक्षक होता है। बच्ची इस क्रिया-प्रक्रिया में चीख-चीखकर लाल हो रही थी।

आनंद ने अपनी घड़ी देखी। सात बज चुके थे। उसकी ड्यूटी का समय खत्म हो गया था। जल्दी घर पहुँचकर सोने की इच्छा हो गई। अपने हाथ धोकर ड्यूटी-कमरे से वह एप्रन लेकर बाहर आ रहा था तो नर्स प्रभावती मिल गई।

'आनंद, प्रोफेसर साहब अपनी घड़ी भूल गए हैं। सिंक के पास थी। आप जाते वक्त उनको पहुँचा देना।'

आनंद को झट याद आया, शल्य-चिकित्सा के संभ्रम और आतंक में वे अपनी बहुमूल्य और बहुप्रिय घड़ी भूल गए थे। घड़ी लेकर अस्पताल के बाहर खड़ी नई स्टील रंगवाली 'ओपल आस्त्रा' कार लेकर चला।

प्रो. देसाई की यह घड़ी बहुत प्रसिद्ध थी। इंग्लैंड में पढ़ाई करते समय यह घड़ी उनके गुरु जी की देन थी। क्लास में पढ़ाते वक्त प्रो. देसाई अपने गुरु की शल्य-चिकित्सा के कौशल का अक्सर वर्णन करते थे।

किसी शरारती छात्र ने एक बार उनसे पूछा, 'सर, यह घड़ी आप किसके हाथ में बाँधेंगे?' तब उन्होंने कहा, 'हाँ, बहुत अच्छा प्रश्न है, एम्.बी.बी.एस् में जो पहला स्थान प्राप्त करेगा, उसको यह घड़ी नहीं, दूसरी अपनी एच्.एम्.टी. दूँगा।'

आनंद ने फिर घड़ी देखी। उसके हाथ में एच्.एम्.टी. घड़ी केवल घड़ी ही नहीं थी, बल्कि गुरु जी का अंत:करण-पूर्वक दिया हुआ उपहार था। अपने घर जाने का विचार छोड़कर प्रो. देसाई के घर की तरफ कार मोड़ते हुए उसने यह सोचा कि प्रोफेसर साहब अपनी घड़ी के लिए परेशानी से व्याकुल होंगे।

प्रो. देसाई की पत्नी वसुमती हॉल में बैठी रेडियो सुन रही थीं। आनंद को देखते ही उन्होंने कहा, 'आओ, आओ। इतनी सुबह में! घर से या अस्पताल से?'

'अस्पताल से। सर यह घड़ी भूल आए थे। इसे लौटाने आया हूँ।'

वसुमती मुस्कराई और कहा, 'आनंद, चाय पीकर जाओ। घड़ी का इतिहास तो मुझे पता ही है।' वसुमती उठी। आनंद उनका दूर का रिश्तेदार लगता था।

आनंद ने कहा, 'नहीं, घर में माँ इंतजार कर रही होगी।'

आनंद प्रो. देसाई का लाडला शिष्य था। अगर देसाई की बेटी होती तो वह निश्चय ही आनंद को दामाद बना लेते। अस्पताल की वरदी उतारकर, नाइट ड्रेस पहनकर आनंद गेस्ट रूम के बिस्तर पर लेट गया। जीवन में निद्रा अत्यंत सुखमय समय है। आँखें मूँदी ही थीं कि एक स्त्री-स्वर सुनकर चौंक गया। आवाज थी, 'हे प्रिय! तुम कितने सुंदर हो! साक्षात् मन्मथ हो। तुम्हें देखते ही मैं तुम्हारे प्रेमपाश में फँस गई।' उसने आश्चर्य से देखा तो कोई दीख नहीं रही थी।

आनंद एक सुंदर पुरुष है, यह जाहिर था। गौरवर्ण, ऊँचा कद, घुँघराले काले बाल, आकर्षक रूप। आनंद कॉलेज में 'मन्मथ' और 'हीमैन' की उपाधि से पहचाना जाता था। लड़कियाँ उसके बारे में क्या-क्या बात करती हैं, यह भी आनंद को पता था। स्वभावत: गंभीर प्रकृति का होने की वजह से भी लड़कियाँ उसको गौतम, शुकमुनि कहकर मजाक करती थीं।

'क्यों नलिनी, शुकमुनि जी वार्ड में तुम्हारी तरफ ही देख रहे थे!'

'सुमा और गौतम ऋषि की एक ही वार्ड में ड्यूटी! ऑल द बेस्ट।'

'क्यों जलती हो? वे हमारे मित्र होते हुए एक बार भी हमारे घर नहीं आए। 'मन्मथ' उपाधि के संबंध में उनकी मौसी जी की बेटी अनसूया से पता चला।'

आनंद ने आईने में अपना मुँह देखा। रात की थकावट के बावजूद आँखें तेजोद्दीप्त थीं। मैंने किसकी सुमधुर सुरीली आवाज सुनी होगी, वह सोचने लगा।

आनंद शय्या पर लेटकर बेसब्री से इंतजार कर रहा था। नि:शब्द वातावरण, चूड़ियों की खनखनाहट, मुझे लक्ष्य कर किसने बात की होगी? फिर सोने की कोशिश कर रहा था। तब फिर वही मधुर कंठ सुनाई पड़ा।

'यह सुंदरांग देखते ही मैं मोहपाश में बँध गई। मन्मथ-रूपी पुरुष में अनुरक्त हो गई। ये ही मेरा हाथ थामे, ये ही मेरा पति बने। यही मेरी जन्मांतर की कामना है।'

फिर नितांत शांत वातावरण। दीवारों से तो शब्द नहीं निकले? चादर फेंककर आनंद दीवार से कान लगाकर सुनने लगा।

'प्रेम बाजार से खरीदी जानेवाली चीज नहीं है। दुकान पर रखकर बेचनेवाली वस्तु भी नहीं है। एक व्यक्ति पर पहली नजर पड़ते ही उसके सुख-दु:ख में सम्मिलित होकर उसके साथ जिंदगी बिताने की उत्कट अभिलाषा, कामना अपने-आप मन में पैदा हो जाती है, जिसमें जिंदगी के, समाज के सारे बंधन तोड़कर उसको पाना ही एक लक्ष्य हो जाता है। यह कोई भी हो, कहीं भी हो, कैसे भी हो, मेरा प्रेम अचल है, हिमालय जैसा अटल है, सागर जैसा गहरा है और मानसरोवर जैसा साफ है।'

प्रेम पर इतना अच्छा व्याख्यान सुनकर आनंद को अचरज हुआ। कोई भी हो, किसी के लिए भी हो, इतनी सुंदर भाषा में, सुंदर स्वर में अपने प्रेम का निवेदन करनेवाली कौन होगी?

इतने में सुबक-सुबककर रोने के आक्रंदन ने आनंद के प्रेम-स्वप्न को भंग कर दिया।

'चाँद को जैसे रोहिणी, सूरज को जैसे कमल, नारायण को जैसे लक्ष्मी,

वृक्ष को जैसे लता है, मैं इसके लिए हूँ। यही मेरा सर्वस्व है। हे प्रिय! मैं विरह-वेदना से तड़प रही हूँ। तुम्हारे बिना व्याकुल मन को यह भूमि नरक के समान लगती है। चंद्रमा की शीतल किरण भी मुझे सूर्य की प्रखर किरण जैसी लग रही है। बदन गरम हो रहा है। तुम मुझसे क्यों खफा हो? मुझपर तरस खाओ। मुझे ठुकराओ मत। मैं तुम्हारे लिए सबकुछ न्योछावर कर दूँगी।' आक्रंदन पहुँचते ही आनंद जग गया। स्त्री का यह घोर आक्रंदन, दैन्य, करुणामयी याचना! यह कौन है? जितना वह जानता था, देसाई के घर में वसुमती के अलावा कोई स्त्री नहीं है। यह आवाज वसुमती की नहीं है। यह आवाज प्राय: बीस-बाईस की उम्र की युवती की है। यह कौन हो सकती है? अपने कमरे से बाहर आकर उसने साथवाले कमरे में झाँका तो वहाँ भी कोई नहीं था। बिस्तर खाली था और ऐसा महसूस भी नहीं होता था कि वहाँ कोई आया भी हो। नीरव शांति फैली थी।

आनंद अपने कमरे में वापस आया। नींद तो उड़ ही गई थी। कहीं मैं भ्रम-लोक में तो नहीं हूँ? अपनी सुंदरता पर उसको जो नाज था, वही ऐसा अहसास तो नहीं दिला रहा? मगर सुमधुर कंठ से निकली सुरीली आवाज को उसने खुद सुना था। यह किसी यक्षिणी का जाल तो नहीं? ऐसे प्रश्न उसके मन में उभरकर आने लगे। वह हैरान-सा लग रहा था।

कोई भी हो, वह किसके लिए अपना प्रेम जताती होगी? यही सोचते-सोचते वह निद्रावश हो गया।

शाम को देसाई साहब के मित्र आए। वे दोनों अपने विभाग की बातचीत में तल्लीन थे। देसाई के सन्मित्र दूसरे कॉलेज के प्रिंसिपल ही थे। आनंद अस्पताल के कमरे के बाहर रखी मेज पर अगले दिन के लेक्चर की तैयारी कर रहा था। प्रो. देसाई ने आनंद से कहा, 'आनंद, मैं जरूरी काम में व्यस्त हूँ, किसी को अंदर मत आने देना।'

लिखते-लिखते आनंद को पिछले हफ्ते देसाई के घर में घटी घटना याद आ गई। भोजन-समय में उसे और श्रीनाथ को छोड़कर कोई नहीं था। अगर और कोई स्त्री होती तो भोजन के समय तो मौजूद होती। यह तर्क भी

उसकी उलझन का सही-सही समाधान नहीं दे रहा था। वसुमती को सबकुछ बोलकर उनसे जवाब पाना भी आनंद के बस में नहीं था। वसुमती बड़े हँसमुख स्वभाव की महिला थीं। अगर वे चेष्टा करती हुई आनंद की माँ राधा बहन जी को यह बोल देतीं कि 'तुम्हारे आनंद को मोहिनी ने अपने प्रेमपाश में फँसा लिया है और स्वप्न में यही बतलाती है। वह कॉलेज की है या बाहर की या और कहीं की है, ढूँढ़ लीजिए। इंग्लैंड जाने से पहले ही शादी कर दीजिए।' कहकर कुछ गड़बड़ कर देंगी। वह कौन हो सकती है? या यह घटना घटी ही नहीं? अपने मन में वह समस्या का समाधान ढूँढ़ रहा था। इतने में आवाज आई, 'एक्स्क्यूज मी, क्या मैं प्रो. देसाई से मिल सकती हूँ?' आनंद अपनी विचार-तरंग से हटकर वास्तविकता पर आ गया।

सर उठाकर देखा तो सामने एक अपूर्व सुंदरी खड़ी है। सच में वह अप्सरा थी। साधारण कद, गोल-सा गुलाबी चेहरा, विशाल नेत्र, घुँघराले लंबे घने काले बाल, हाथ में एक काला पर्स, दूसरा हाथ लंबे बालों से खेलता हुआ। वह हरी साड़ी पहने थी, जिसकी किनारी नीली थी और उसी रंग की चोली थी।

आनंद चौंक गया। वह आनंद को देखकर मुस्कराई।

'कृपया आप मुझ बताएँगे कि प्रोफेसर साहब कहाँ हैं?' फिर जब वह हँस पड़ी तो उसका सुंदर मुखमंडल और शुभ्र दंतपंक्ति देखकर आनंद विस्मित हो गया।

युवती ने कहा, 'ओह, आपको पता नहीं होगा तो मैं खुद ही अंदर जाकर देखती हूँ।'

आनंद हड़बड़ाया और बोला, 'माफ कीजिए, देसाई साहब यहाँ नहीं हैं।'

'वे यहीं हैं। मैं जानती हूँ।'

'वे हों भी तो आप उनसे अभी नहीं मिल सकतीं।' कुछ कड़ी आवाज़ में आनंद ने कहा।

वह लड़की भी हार माननेवाली नहीं थी। उसकी सुंदर भौंहें बँध गईं।

फिर भी हँसती हुई वह बोली, 'आप अंदर जाकर उनसे कहिए कि अनुपमा आई है, वे खुद चले आएँगे।'

इसका नाम अनुपमा है। अनुपम सुंदरी भी है। आनंद आगे-पीछे देख रहा था।

'आपको उनसे मिलना हो तो यहीं बैठी रहिए।'

'हाल ही में इंग्लैंड में उच्च शिक्षा पाकर हमारे देश के बुद्धिजीवियों की संख्या बढ़ानेवाले हैं। उनके सामने प्रशंसा नहीं कर रही हूँ; मगर वास्तव में लक्ष्मी, सरस्वती के वरपुत्र हैं।'

आनंद ने कहा, 'रहने दीजिए सर! यह सब आप क्यों बता रहे हैं?' उसकी सहज, गंभीर प्रवृत्ति ने उसको संकुचित कर दिया था। अपरिचित मेहमानों की उपस्थिति में वह शरमा गया।

देसाई साहब ने इस बात की परवाह नहीं करते हुए कहा, 'आनंद, अनु (अनुपमा) मेरे मित्र शामराव की बेटी है। इसके बारे में कहना मेरे लिए थोड़ा मुश्किल ही है।'

'अच्छी बात है, आप बताइए मत, मगर मेरा टिकट तो लीजिए।' अनुपमा हैंड बैग से अपना पर्स निकालती हुई बोली।

'आनंद, अनुपमा के अभिनय-कौशल से तुम वाकिफ नहीं हो। बहुत अच्छी अभिनेत्री है। तुम्हारी जूही, श्रीदेवी इसके मुकाबले कुछ भी नहीं हैं। सिर्फ नाटक ही नहीं, एम्.ए. फाइनल में पढ़ रही है। फर्स्ट क्लास फर्स्ट। शास्त्रीय संगीत का भी शौक है ···ओ कौन-सा घराना है?'

अनुपमा ने कहा, 'मेरी तारीफ बाद में कीजिए, पहले सौ रुपए का टिकट लीजिए।'

'अनु, मैं सरकारी नौकर हूँ। मुझे सौ रुपए की यह राशि बड़ी भारी पड़ेगी। आनंद जैसे लक्ष्मी-पुत्र को, सौ क्यों, पाँच सौ का दे दो। प्रिंसिपल साहब भी मेरे जैसे हैं। हम दोनों को पचास का ही काफी है। वह भी थोड़ा ज्यादा ही लगता है। क्यों, प्रिंसिपल सा'ब!'

'हाँ! प्रोग्राम के दिन मैं बाहर जा रहा हूँ। फिर भी तुम मेरी छात्रा रही

हो। मेरी बेटी तुम्हारा नाटक पसंद करती है। वह जरूर देखने आएगी।'

'बुजुर्ग लोग जब पचास का ले रहे हैं तो मुझे क्यों सौ का लेना चाहिए?' तब-तक मौनव्रत-धारी आनंद बोला, 'मुझे भी पचास का ही काफी है।'

अनुपमा ने आनंद के लिए सौ रुपए का टिकट काटकर उसपर नाम भी लिख दिया था।

'डॉक्टर, आपको सौ रुपए तो ज्यादा नहीं हैं, मगर विकलांग-संस्था को सौ रुपए की देन बड़ी देन तो नहीं है। कृपया मना मत करना। विकलांग लोग आपको याद करेंगे और दुआएँ भी देंगे। नाटक देखना भूलिएगा मत।'

अनुपमा एक अनुभवी सेल्स गर्ल की तरह बात कर रही थी, आनंद भला उसको 'नहीं' कैसे कहता!

टाउन हॉल में भीड़-ही-भीड़ थी। आनंद अपना टिकट हाथ में लेकर आ रहा था तो सामने वसुमती आई और कहा, 'आनंद, तुम्हारे पास सौ रुपए का पास है सो अच्छा हुआ, अनु ने मुझे कांप्लिमेंटरी पास दिया है।'

'तो आप कहाँ बैठेंगी?'

'वहीं, सौ रुपएवाले खंड में। मैं बच्चों को आइसक्रीम लेकर दूँगी। तुम जरा अनु से पूछकर आना, तुमने उसे देखा तो है' वसुमती आनंद का जवाब बिना सुने ही चली गई। आनंद अनुपमा को ढूँढ़ने लगा।

ग्रीनरूम के नजदीक लोगों को बताती हुई, समझाती हुई, लाल साड़ी पहने अनुपमा दीख पड़ी। उसपर नजर पड़ते ही उसे लगा, पूर्णिमा का चंद्रमा जैसे उपस्थित हो। उसके घने-लंबे बाल बिखरे हुए थे। सुगंधित लाल गुलाब की माला उसके हाथ में थी। दूसरे हाथ में चंपक पुष्पमाला। फूलों के बीच अनुपमा नेपथ्य की रानी जैसी सुंदर लग रही थी।

आनंद उसके पीछे खड़ा है, इसका ध्यान अनुपमा को नहीं था। उसके पास बैठी हुई लड़की ने उसके कान में कुछ कहा। तब अनुपमा पीछे मुड़ी और बोली, 'ओह, आप! टिकट लाए हो न?'

'नहीं। कांप्लिमेंटरी पासवालों के बैठने का इंतजाम कहाँ है? यह

वसुमती जी ने पूछा है।'

'वह लाल सोफा है न! वहीं आप भी बैठ सकते हैं।'

इतने में अनुपमा को किसी ने आवाज दी और वह यह कहकर चली गई 'कि मैं अभी आती हूँ।' निरुत्साहित आनंद नीचे उतर आया।

अनुपमा की सहेली सुमन ने पूछा, 'यह कौन हैं? बड़े रईस लगते हैं!'

'नाटक की बात छोड़ो। सौ रुपए का टिकट लिया है। उनके प्रति मेरा इतना तो फर्ज बनता ही है कि मैं उनको बैठने की व्यवस्था के बारे में सुझाव दूँ। मैं अपना मेकअप शुरू कर दूँ? सुमन, साड़ी निकालकर रखी है न?'

कार्यक्रम का प्रथम अंश अध्यक्षीय भाषण, उसके बाद नाटक, तत्पश्चात् मनोरंजन और आखिर में पारितोषिक-वितरण। प्रारंभिक भाषण आधा घंटा चला। आनंद को स्वाभाविक रूप से उसमें कोई दिलचस्पी नहीं थी। इतने में रंगमंच के नेपथ्य से ध्वनिवर्धक की आवाज गूँज उठी।

'मूल संस्कृत भाषा में महाकवि बाणभट्ट-विरचित 'कादंबरी' को कन्नड़ भाषा में अनूदित किया है कुमारी अनुपमा ने। मूल नाटक में भग्नहृदया महाश्वेता की कहानी ही इस नाटक की जान है।

पात्र परिचय

महाश्वेता — कु. अनुपमा

पुंडरीक — कु. ......

कादंबरी — कु. ......'

आनंद को आगे सुनाई नहीं पड़ा।

गंधर्व-राजकुमारी महाश्वेता अपनी सखियों के साथ वनविहार करते समय, पुंडरीक को देखती है। उसके प्रति सम्मोहित हो जाती है। पहली नजर में ही प्रणयांकुर गहन प्रेम में बदल जाता है।

राजकुमारी के पात्र में अनुपमा 'चंदन की गुड़िया' जैसी नयनाकर्षक दीख रही थी। अपनी सखी से पुंडरीक का गुणगान और दमकते रूप का वर्णन करते हुए लज्जा से उसका मुखमंडल अरुणराग जैसा लाल हो रहा था।

'सखी, इस सुंदरांग को देखते ही मैं मोहपाश में बँध गई। मन्मथ-

(मदन) रूपी पुरुष में अनुरक्त हो गई। यही मेरा हाथ थामे, पति बने, यही मेरी जन्मांतर की मनोकामना है।'

तत्क्षण आनंद को अपनी समस्या का समाधान मिल गया। वह रोमांचित होकर अत्यंत हर्षित हो गया। पंद्रह दिन पहले अनुपमा अपने पात्र का रिहर्सल कर रही होगी। उसको मैं अपने प्रति लक्षित समझ बैठा था। भगवान् का शुक्र है, मैंने यह बात किसी से नहीं कही। प्रायः अपने संवाद कंठस्थ करने के बाद अनुपमा पिछली सीढ़ी से उतरकर चली गई होगी।

इतने में अनुपमा ने स्टेज पर अपना प्रेम-व्याख्यान प्रारंभ किया था। वह सिर्फ नाटकीय नहीं होते हुए आनंद को हृदय-संवाद ही लगा। नाटक आगे बढ़ा। महाश्वेता का प्रियतम पुंडरीक अपमृत्युवश होता है। शोकतप्त राजकुमारी धवल वस्त्र पहनकर, धवल पुष्पाभरण से सज्जित होकर प्रियतम के पुनरुत्थान के लिए कठोर तपस्या प्रारंभ करती है। अपने संकल्प पर अटल रही महाश्वेता को मनाने का विफल प्रयास सहेली कादंबरी करती है। प्रिय के लिए करुण क्रंदन-स्वर में प्रार्थना करती हुई महाश्वेता को देखकर प्रेक्षकगण सोचते हैं—पुंडरीक पुनर्जन्म पाकर प्रत्यक्ष क्यों नहीं हो रहा है? महाश्वेता के दुःख में सहभागी महसूस करते हैं।

आनंद ने अपने दोनों ओर देखा। पूरा प्रेक्षक-समूह महाश्वेता को ही टकटकी लगाकर देख रहा था।

नाटक समाप्त होते ही खूब तालियाँ बजीं। आनंद को देसाई ने जो कहा था, उसमें कोई अतिशयोक्ति नहीं थी। अनुपमा अपने आपको अत्यंत सुंदरी ही नहीं, अत्यंत श्रेष्ठ अभिनेत्री भी सिद्ध कर चुकी थी।

आनंद ने देखा, नाटक खत्म होने के बाद अनुपमा अपना मेकअप उतारकर, नीलवर्ण की रेशम की साड़ी पहनकर अगली कतार में खड़ी थी। आनंद ने अपने मन में विचार किया, अभिनय के लिए प्रथम प्रशस्ति निर्विवाद रूप से अनुपमा को ही मिलनी चाहिए।

कार्यक्रम के अंत में विकलांग-संस्थान के सचिव ने अनुपमा के विशिष्ट योगदान, परिश्रम, कार्यक्रम सफल करने में कष्ट उठाने की सराहना की

और विनयपूर्वक कृतज्ञता प्रकट की। उस कृतज्ञता का द्योतक एक छोटा-सा तोहफा भेंट करने की आकांक्षा प्रकट कर अनुपमा को स्टेज पर बुलाया।

अनुपमा ने न तो इसकी अपेक्षा की थी और न ही उसको अस्वीकार कर सकती थी। अपना नाम सुनते ही रंगमंच पर जाकर तोहफा स्वीकार कर लिया।

अनुपमा ग्रीनरूम में अपना परिकर बटोर रही थी। बाहर से देसाई साहब की आवाज सुनाई पड़ी, 'अनु! नाटक अत्यंत हृदयस्पर्शी था। बहुत रात हो गई, कैसे जाओगी?'

'हम सब लड़कियाँ ही हैं। इकट्ठे जाती हैं।'

'अनु! आपके हॉस्टल के नजदीक ही आनंद का घर है। वह आप लोगों को ड्रॉप कर देगा। मैंने उसको रोक रखा है।'

'नहीं, हम चार लड़कियाँ हैं।'

आनंद आगे आकर बोला, 'मैं आप चारों को ड्रॉप कर दूँगा।'

तभी सुमन ने अनुपमा की तरफ प्रश्न की दृष्टि से देखते हुए कहा, 'हम हॉस्टल में ही रहती हैं।' लड़कियाँ आराम से हॉस्टल पहुँचने का यह अवसर खोना नहीं चाहती थीं।

अनुपमा मना नहीं कर पाई।

कार से उतरते वक्त अनुपमा ने कहा, 'डॉक्टर, धन्यवाद।'

'रहने दीजिए। हाँ, आपका नाटक बहुत अच्छा था।'

'आप जैसे सहृदय प्रेक्षकों की सदाशयता से नाटक का रंग जमा, वैसे तो धन्यवाद आपको देना चाहिए।'

'आपने मन मोह लिया।' मोहिनी को पीछे छोड़कर आनंद ने हँसते हुए कार आगे बढ़ाई।

छात्रावास की पहली मंजिल पर स्थित कमरे में अनुपमा और सुमन नाटक की चर्चा में मग्न हो गईं।

सुमन-अनुपमा बहुत सालों से परिचित सहेलियाँ हैं। एक-दूसरे में अच्छा तालमेल है।

'अनु, तुमने इस डॉक्टर आनंद को कहाँ से खोजा?'

'खोजने के लिए मैं कोलंबस थोड़े ही हूँ। देसाई मामा जी के प्रिय शिष्य हैं। सुंदरांग और धनवान् हैं। सौ रुपए का टिकट लिया था।'

'और कुछ नहीं? इसके पहले कहाँ दर्शन हुए थे?'

'वहीं, मामा जी के घर में नाटक का पूर्वाभ्यास कर रही थी, पंद्रह दिन पहले डॉक्टर सा'ब को कार में आते हुए देखकर सौ रुपए का टिकट देने का विचार किया था; मगर तुम्हारा टेलीफोन आते ही उनसे मिले बिना चली आई।'

'अनु, आज तुम्हारा महाश्वेता का पात्र-अभिनय बहुत अच्छा था।'

'धन्यवाद सुमी!'

अनुपमा को नींद आ रही थी।

सुमन ने कहा, 'अनु, पुंडरीक के लिए तुम्हारा हृदयंगम प्रलाप सुनकर मैं खुद उठकर तुम्हारा हाथ थामना चाहती थी।'

'तुमने वैसा नहीं कर अच्छा किया, वरना नाटक शोक से हास्य-रस में बदल जाता और लोग हमारी हँसी उड़ाते।'

'अनु, आनंद किसका बेटा है? लगता है कि मैंने उसको कहीं देखा है।'

लेटी हुई अनुपमा झट उठकर नाटकीय शैली में बोली, 'सुमना देवी जी, आपकी पहली नजर में प्रेमपाश में बँधा हुआ पुंडरीक-रूपी आनंद का अता-पता मैं नहीं जानती, अगर आपको जरूरत हो तो पता करके बता दूँगी। फिलहाल आधी रात बीत गई है। मुझे सोने दीजिए।'

सुमन अनुपमा से आगे बढ़कर बोली, 'नाटक खेलकर ऐसी बातें तुम्हें कंठस्थ हो गई हैं। आज के नाटक में तुमने सिर्फ अभिनय ही नहीं किया, बल्कि स्वयं अनुभव भी किया, तुम्हारा पुंडरीक अपनी आँखें तुम्हीं पर जमाए रहा। मैं तो सो जाती हूँ। तुम पुंडरीक का ध्यान करती रहना।'

सुमन चुप हो गई। अनुपमा दीवार की तरफ मुँह मोड़कर सोने का प्रयास कर रही थी। फिर आदत के मुताबिक नाटक के संभाषण बोलने

लगी। तब सुमन ने कहा, 'महाश्वेता, यह हॉस्टल है, वन-विहार में मिलनेवाला अक्षोम्य सरोवर नहीं है। कृपया सो जाओ, गुडनाइट।'

सुमन की बात में कुछ अतिशयोक्ति नहीं थी। पहली मुलाकात में ही अनुपमा आनंद में अनुरक्त हो गई थी। आनंद के बारे में वसुमती ने पहले कई बार जिक्र किया था। नाटक में प्रथम परिचय प्रणय में परिवर्तन होने के संदर्भ में भी उसने अपने आपको महाश्वेता के चरित्र में पहचाना था। अपना प्रेम एकतरफा न हो, सोचकर किसी से जिक्र नहीं किया था, यहाँ तक कि अपनी आत्मीय सुमन से भी नहीं।

सुमन एक सच्ची सखी थी। श्यामल वर्ण और शर्मीला स्वभाव। सुमन एक धनाढ्‌य घराने की लड़की थी। अनुपमा विपरीत थी। फिर भी दोनों में खास आत्मीय संबंध थे।

सुमन को अपनी अमीरी पर गर्व नहीं था। नाटक में पहनने के लिए अपनी बहुमूल्य साड़ी देकर बोली, 'अनु, तुम्हें यह साड़ी बहुत अच्छी लगती है, पहनो।'

अनुपमा ने पहली बार अपनी आत्मीय सहेली से जो एक बात छिपाई थी, वह आनंद के बारे में।

अनुपमा आनंद को बहुत चाहती थी। उम्र भी ऐसी थी। देहाती स्कूल मास्टर की बेटी होते हुए आनंद जैसे धनवान् लड़के की चाहत गगन-कुसुम छूने जैसी ही असंभव और असाध्य थी। आनंद अमीर घराने का था, विद्यावान् था, सुंदर और दीप्त था। उसको चाहकर निराश होकर बाद में पछताना न पड़े, यह अनुपमा की सोच थी। वह जायज भी थी।

अनुपमा सरस्वती-पुत्री क्यों न हो! लक्ष्मी-सरस्वती का संबंध सदैव सास-बहू के संबंध जैसा ही होता है।

सुबह उठकर अनुपमा पढ़ाई की टिप्पणी तैयार कर रही थी। पिछले दिन के नाटक से थकी हुई सुमन ने कहा, 'अनु, कल ही नाटक खत्म हुआ है। तुम्हें विश्राम की जरूरत नहीं है ?'

'सुमी, तुम्हारी तरह आराम पर बैठूँगी तो स्कॉलरशिप से वंचित हो

जाऊँगी। तब मेरा हाल बेहाल हो जाएगा।'

'अनु, यह एम्.ए. फाइनल है न? इसके बाद क्या हाल होना है?'

'सुमी, मैट्रिक परीक्षा में घोर परिश्रम से हासिल दसवीं रैंक के जरिए मिली स्कॉलरशिप के सहारे एम्.ए. फाइनल तक पहुँच गई हूँ। एम्. ए. का फलितांश देखकर आगे पी-एच्.डी. करना या नौकरी करना।'

यह सच है कि देहाती स्कूल मास्टर शामराव जी को अनुपमा को हॉस्टल में रखकर पढ़वाने का चैतन्य ही नहीं था। जब मैट्रिक पास किया, तब उनकी पत्नी साबक्का ने कहा था, 'इसकी पढ़ाई बस, आगे सीखेगी तो वर ढूँढ़ने में हमें ही कठिनाइयों का सामना करना पड़ेगा। आखिर लड़की ही तो है। ब्याहकर ससुराल चली जाएगी। हमें क्या फायदा?'

अनुपमा सौतेली माँ के अभिप्राय से घबरा गई थी। सौतेली माँ होने की वजह से अनु का अभिप्राय स्वाभाविक ही था। मगर दैव ने अनुपमा का साथ दिया। ऐसा नहीं हुआ।

पढ़ाई में, रूप-लावण्य में, सौंदर्य में, सौजन्य में अनुपमा एक आदर्श लड़की थी। सदा मंद स्मित वदन सबसे न्यारा था। सौतेली माँ और दो बेटियों को छोड़कर अनुपमा भिन्न थी। सौतेली बहनें थीं—वसुधा और नंदा।

'सफेद चमड़ी है। थोड़ी-बहुत होशियारी भी है, इसलिए गर्व है।' कहकर वे अपनी समाधानरहित असूया, ईर्ष्या, जलन प्रकट करती थीं।

वसुधा की पढ़ाई में लगन नहीं थी। नंदा घमंडी थी। शामराव जी अपनी दूसरी पत्नी की कठपुतली थे, अनुपमा की सहायता करने में वे बेबस थे।

किंतु भाग्य अनुपमा पर मेहरबान था। सिर्फ अपने स्कूल ही नहीं, पूरे राज्य में बोर्ड-परीक्षा में दसवीं रैंक हासिल कर उसने कई सम्मान और छात्रवृत्ति बटोर ली थी।

कोई उदार-हृदय धनवान् का स्थापित किया हुआ विशेष महिला-शिक्षण-प्रोत्साहन विद्यार्थी-वेतन अनुपमा को प्राप्त हुआ। वही उसकी प्रौढ़ और उच्चतर शिक्षण का सहारा बन गया।

सुमन छात्रावास की सहेली थी। पिछले चार-छह साल से दोनों एक

ही कमरे में रहते थे। एक-दूसरे के सुख-दुःख में भागी होकर वे प्यार और आत्मीयता से रहती थीं।

अगले तीन-चार महीनों में अंतिम परीक्षा होने के पश्चात् विदा होने का समय आ जाएगा। एम्.ए. परीक्षा खत्म होते ही सुमन अपने घर जाएगी। उसके माता-पिता अभी से शादी का इंतजाम करने के लिए उत्सुक थे। दूल्हा खरीदने के लिए उनके पास अपार धन-संपत्ति है। एक अच्छी पत्नी, सुसंस्कृत बहू होने के सकल सद्‌गुण सुमन में होते हुए भी उसके लिए तिलक-दहेज का प्रश्न था। सुमन रूपवती नहीं थी।

वह कहती थी, 'अनु, मैं तुम्हारे साथ दिठौना लगती हूँ। 'चंद्रमा पर दाग' जैसी लगती हूँ।'

'सुमी, ऐसी बात कहकर मेरा दिल क्यों दुखाती हो?' कहकर अनुपमा बात काट देती थी। मगर वास्तविकता वही थी। भटकते मन को काबू में लाकर वह एकाग्रता से पढ़ाई में व्यस्त हो गई। तब पुंडरीक मन से गायब हो गया था। पढ़ाई ही ध्येय थी।

अनुपमा को छात्रावास छोड़कर आनंद अपने घर पहुँचा। आनंद की दृष्टि में अनुपमा एक सुंदर युवती, एक अच्छी अभिनेत्री है। ऐसी दो-एक बातें छोड़कर अन्य कुछ भी मालूम नहीं हुआ था।

अनुपमा के रूप-लावण्य से ही आनंद का दिल भरा हुआ था। अपनी होनेवाली जीवनसाथी का स्पष्ट रूप उसके दिलो-दिमाग पर बसा हुआ था। वह दीवाना हो गया था।

पति का देहांत होते ही, राधक्का अपने इकलौते बेटे की शादी करना चाहती थी। यह इच्छा, मनोगत बार-बार दोहराने पर भी आनंद ने कोई दिलचस्पी नहीं दिखाई थी। राधक्का चाहती थी कि बहू रईस घराने की हो, सुंदरी हो और धनवान् खानदान की हो। आनंद को रूप-लावण्यवती पत्नी ही काफी थी। माँ-बेटे के ये अलग-अलग दृष्टिकोण 'मंगलकार्य' में सुस्ती के कारण थे।

मगर अब आनंद के हृदय में वधू का रूप निश्चित हुआ था। श्वेतवर्ण

की, लंबे-घुँघराले घने काले बालोंवाली, देवलोक की अप्सरा-सी रूप-लावण्यवाली अनुपमा ही उसके हृदय के सिंहासन पर शोभित थी।

उसके कुल-गोत्र, जात-पाँत क्या होंगे? मेरे प्रति उसकी भावनाएँ कैसी होंगी? कहीं उसकी शादी किसी और से तो तय नहीं हुई? ऐसी सोच ने आनंद को निरुत्साहित और आतंकित कर दिया।

ऐसी ही मन:स्थिति में आनंद धवल पुष्पलतामंडित बालकनी में आया। फूलों से सुवासित सुगंध फैली थी। धवल पुष्पों को देखते ही उसको अनुपमा की याद आ गई।

अनुपमा को पहली बार अस्पताल में देखा था। सुरीला सुमधुर स्वर देसाई जी के घर में सुना था। तब श्रीनाथ वहाँ मौजूद था। श्रीनाथ की याद आते ही आनंद उल्लसित हो गया, क्योंकि श्रीनाथ अनुपमा को अच्छी तरह जानता था। आनंद ने टेलीफोन की ओर अपना हाथ बढ़ाया।

❑

टेलीफोन पर हुई बातचीत के अनुसार श्रीनाथ 'कामत होटल' में आनंद का इंतजार कर रहा था।

आनंद नर्वस था। वह गंभीर स्वभाव का, मितभाषी, प्रेमपाश में बँधा हुआ आशिक था। वह बेचैन लग रहा था।

श्रीनाथ ने बड़े गौर से आनंद को देखा और कहा, 'क्यों डॉक्टर सा'ब, क्या बात है? खुद मरीज लग रहे हो!'

आत्मीयता से श्रीनाथ के कंधे पर अपना हाथ रखते हुए आनंद ने कहा, 'कुछ नहीं, परसों तुमने 'महाश्वेता' नाटक देखा है न?'

'नहीं, मैं कई बार रिहर्सल देख चुका हूँ। दीदी के घर में अनुपमा अक्सर आती रहती है।'

'अक्सर आती रहती है!'

'हाँ, जीजा जी के दोस्त की बेटी है।'

'कहाँ की रहनेवाली है?'

श्रीनाथ को ऐसी ही शंका थी। 'तो फिर यही टी-पार्टी की वजह है?

पहले ही बतलाता तो डिनर के बिना मुँह खोलनेवाला नहीं था।' श्रीनाथ जी भरकर हँसा।

भांडा फूट गया तो छिपाने का प्रयोजन क्या है? आनंद को अपनी मनीषा को प्रकट करना पड़ा, 'हाँ, मुझे अनुपमा के बारे में विस्तृत जानकारी चाहिए।'

'क्यों? शादी करने का इरादा है?'

'हाँ।'

'क्या राधक्का इस शादी के लिए राजी होंगी?' आतंकित स्वर में उसने पूछा।

'क्यों, अनुपमा अपनी जातवाली नहीं है? या कुछ और खुंदक है?'

'ऐसा कुछ नहीं, अनुपमा अपनी जातवाली ही है; मगर गरीब खानदान की है।'

माँ कट्टर संप्रदायवादी है, यह आनंद अच्छी तरह जानता था। मगर समझदार श्रीकांत राधक्का के 'कांचन-मोह' से वाकिफ था।

माँ को ममता तो थी, किंतु उसे 'कांचन-मोह' भी था।

'माँ बिलकुल मानेगी, उसको संप्रदाय के अलावा कोई भी प्रिय नहीं है', आनंद ने कहा।

बेटे की मनोकामना जानकर राधक्का ने मौन साधा। गत एक साल से योग्य बहू लाने की आकांक्षा तो थी। अब बेटा अपने आप वधू चुनकर श्रीनाथ के द्वारा कहला रहा है। राधक्का का मन अंदर-ही-अंदर दुःखी हुआ।

वधू ढूँढ़कर वधू-परीक्षा के बाद सम्मति सूचित करना एक बात है। मगर वधू तय होने के बाद वधू को देखने में कोई मजा नहीं आता।

किसी अनजान घराने की गरीब लड़की ने सिर्फ अपने रूप-लावण्य से मेरे इकलौते पुत्र का मन लुभा लिया है, इस बात ने राधक्का को व्यथित कर दिया।

❑

गाँव के पुराने घर के बरामदे में शामराव मास्टर जी बच्चों को टयूशन

पढ़ाते थे। गाँव के मुखिया, पटेल आदि के बच्चे यहाँ पढ़ाई के लिए आते थे।

आज शामराव जी का पढ़ाने में दिल नहीं लग रहा था। दिन में एक बार आनेवाले 'पोस्टमैन' की साइकिल की घंटी पर उनका ध्यान था। डाक दूसरे गाँव से आ पाने में कम-से-कम आठ-दस दिन लगते थे।

दो दिनों से वे बेसब्री से डाक का इंतजार कर रहे थे। रसोईघर में स्टोव जलाने का विफल प्रयास कर रही वसुधा की नजर तो घड़ी पर ही टिकी हुई थी।

साबक्का घड़ी-घड़ी बाहर आकर 'पोस्टमैन आया क्या ? आया क्या ?' पूछ रही थी।

विवाह के योग्य लड़की के माता-पिता की मनःस्थिति, प्रेमपत्र का इंतजार करता हुआ प्रेमी का आतंक, मरण का दुःखद समाचार, इसका ख्याल न करते हुए जिस-तिस के नाम से डाक है, उसको निर्लिप्त भाव से बाँटते जाना ही 'डाकिए' की दिनचर्या है। मगर जो प्रतीक्षा में हो, उसको तो एक पल भी युग जैसा महसूस होता है।

नंदा मामूली तौर पर छोटे-मोटे कामों में लगी हुई थी। पोस्टमैन वासुदेव डाक की गठरी ले आया और शामराव जी को संबोधित करते हुए 'मास्टर जी, आज गाँव की पूरी डाक आपके ही पास ले आया,' कहकर अपने लाल दाँत दिखाते हुए चला गया।

शामराव जी की अपनी अपेक्षा से ज्यादा खत आए थे। सुबह में स्कूली कामकाज सँभालकर दोपहर के वक्त शामराव जी ट्यूशन पढ़ाते थे। वेतन के रूप में आनेवाली आमदनी से घर चलाना मुश्किल था। ट्यूशन के छात्र पैसे न भी दें तो भी नारियल, सब्जी, धान्य जैसी आवश्यक वस्तु के रूप में गुरुदक्षिणा पहुँचाते थे।

मास्टर जी का ध्यान खतों पर केंद्रित देखकर बच्चों ने अपने आपमें शोर मचाते हुए चिल्लाना शुरू कर दिया। खत से पहुँचा संदेश मास्टर जी को गरम कर गया।

'ऐ शिवरुद्र, मलेशी, सब लोग सताईस के पहाड़े तीन बार लिखो।' कड़े स्वर में मास्टर जी ने आज्ञा दी।

वसुधा को देखकर गए वरपक्ष से नकारात्मक जवाब ही था। मगर आगेवाला?

'आपकी बड़ी बेटी अनुपमा, जो एम्.ए. कर रही है, उसको हमारे लड़के ने देखा है और पसंद भी किया है। हम सबको अनुपमा पसंद है। आप जब, जहाँ कहेंगे, वहाँ हम आगे की बातचीत करने के लिए तैयार हैं। हमने सिर्फ अपना मनोगत भाव आपको विदित कराया है, अन्यथा मत समझिएगा। वैसे तो शादी ऐसी घटना है, जो स्वर्ग में पहले ही तय हुई रहती है। यह विधि-नियम ही है। आपके अभिमत का इंतजार है।'

साबक्का हाथ में कुछ पकड़े ही बाहर आ गई और पूछा, 'वह किसका खत है?'

'धारवाड़ से पाटील जी का।'

'क्या कहते हैं!'

'और क्या! वसुधा नापसंद है।'

'उस दिन तो सम्मति-सूचक इशारा दिया था।'

'ये सब मामूली बातें हैं। बोलने के लिए पैसा तो नहीं लगता।'

'और क्या लिखा है?'

'वही, उनको अनुपमा पसंद है। अगर हम राजी हैं तो बातचीत के लिए तैयार हैं।'

साबक्का क्रोध से लाल हो गई।

'अनु को हमने कब दिखाया था! कहीं आपने तो जिक्र नहीं किया था?'

'नहीं-नहीं, उसी ने कहीं देखा होगा।'

'आपकी उर्वशी? अपनी शादी तो छोड़िए, मेरी बेटियों की शादी भी नहीं होने देगी।'

अंदर से सुबक-सुबककर रोने की आवाज सुनाई पड़ी। वसुधा स्टोव

जलाना छोड़कर नतमस्तक होकर रो रही थी। यह देखकर साबक्का का मातृ-हृदय दु:खी हो गया। वह असहायता और रोष से पैर पटकती अंदर चली गई।

शामराव जी ने दूसरा खत खोला। हस्ताक्षर तो अपरिचित थे। इसमें क्या खबर होगी, सोचते हुए पढ़ना शुरू किया तो वह भी यही था। शामराव जी ने अचरज से दुबारा पता पढ़कर पक्का कर लिया कि वह खत उन्हीं को लिखा हुआ है।

खत पढ़ने में मग्न मास्टर जी को देखकर एक छात्र ने पूछा, 'गुरु जी अब क्या लिखें?'

'आज सब घर जाओ। कल जल्दी आ जाना, दोनों दिन की पढ़ाई करवा दूँगा।'

तत्क्षण सब बच्चे चले गए।

अपना आनंद और उद्वेग सँभाल न पाते हुए शामराव जी ने साबक्का से कहा, 'जरा इधर आ जाना।'

'क्या है? रसोई में काम अभी अधूरा है।'

'मेरे बचपन के स्कूली मित्र देसाई को जानती हो न?'

'वही, जो बड़े डॉक्टर हैं, बतलाते थे। कम-से-कम उनसे हमारी वसुधा का रिश्ता ढूँढ़ने की विनति कीजिए।'

'तुम्हें रिश्ते की चिंता लगी हुई है। हर किसी से कैसे पूछूँ?'

'हाँ, हाँ। घर में तीन कन्याएँ बैठी हैं! आपकी अनुपमा को तो रिश्ता ढूँढ़ने की जरूरत ही नहीं है, वही उसको ढूँढ़ेंगे।'

'तुम बीच में उलटी बात मत करो। सुनो, देसाई लिख रहा है। उसका शिष्य, धनी घरानेवाला, मरहूम कार्यकारी अभियंता गोपालराव का इकलौता बेटा डॉक्टर है और उसका नाम आनंद है।'

'पैसेवालों से हमारा क्या वास्ता? वह खुद कितने भी धनवान् हों, हमसे भी आशा करते हैं। हमारे वश की बात करो।'

'लड़के ने अनुपमा को देखा है, इसलिए।'

‘इसलिए क्या?’

साबक्का के दिल की धड़कन थम गई। इतना श्रेष्ठ रिश्ता वह भी अनुपमा के लिए!

‘इसलिए रिवाज के अनुसार अनुपमा की कुंडली आनंद की माता जी के पास भेज दो। ऐसी सूचना दी है।’

साबक्का ने चुप्पी साधी। वसुधा और नंदा खड़े कान सुन रही थीं।

‘तुम्हारा अभिमत क्या है?’

‘देखिए, मैं सौतेली माँ हूँ। मैं जो भी कहूँ, उसका अपार्थ ही निकलता है। आप उसके पिता हैं, जो सही समझो, वही करो।’

‘स्वर्गस्थ माँ के स्थान पर तुम हो। अनु ने कभी तुम्हारी बात टाली नहीं, उलटा जवाब नहीं दिया। तुम्हारी आज्ञाधारक ही है। अगर आनंद ने उसको पसंद किया तो इसमें अनुपमा की गलती क्या है?’

‘वैसे तो यह रिश्ता मुझे मंजूर नहीं। अपना रंगनाथ थोड़ा काला है तो क्या हुआ! डिप्लोमा इंजिनीयर है, उम्र थोड़ी ज्यादा ही है, फिर भी दस बरस का अंतर आज के जमाने में तो कुछ भी नहीं। आप अनु को मना लीजिए। अगर रंगनाथ वसुधा के लिए ‘हाँ’ कहता है तो मैं अभी शादी कर दूँगी।’

अंदर आईने में अपनी कुरूपता को निरखती हुई वसुधा ने अपने-आप से कहा, ‘अगर माँ ‘हाँ’ कहती है तो मैं ‘ना’ कहूँगी।’ शामराव मौन होकर भोजन के लिए बैठ गए।

मौन को सम्मति-सूचक समझकर साबक्का ने कहा, ‘वर-पक्ष को हम तो जानते नहीं, भारी पैमाने पर दहेज माँगा तो कहाँ से देंगे? हम चुपके से पीछे हटेंगे?’

‘कुंडली भेजने से शादी तय तो नहीं होती है। देसाई ऐसा-वैसा रिश्ता क्यों कहेगा? वह वर-पक्ष को अच्छी तरह जानता होगा। धनी होने से क्या हुआ? अपने वश में जो है, हम वही करेंगे।’

‘नहीं, हम कन्या के सिवा कुछ नहीं देंगे। बोल दीजिए।’

'वह सब आगे की बात है।'

शामराव जी अनुपमा की कुंडली खोजकर जवाब लिखने में मग्न हो गए।

शाम को भगवान् के सामने दीप जलाते वक्त साबक्का ने मनौती माँगी कि रिश्ता टूट जाए। उधर वसुधा भी भगवान् से प्रार्थना कर रही थी, 'हे भगवान्! किसी भी हालत में अनुपमा की शादी हो जाए, ताकि मेरा रास्ता खुले।'

इस सब बवंडर से अनजान अनुपमा हॉस्टल में अपनी पढ़ाई में तल्लीन थी।

कार्य-निर्वाहक अभियंता गोपालराव जी का खानदान बड़ा मशहूर है। इस घराने की धन-संपत्ति एवं ऐश्वर्य आनुवांशिक है। सैकड़ों एकड़ जमीन, खेतीबारी, लोहे की आलमारी में सुरक्षित अपार सोने ने इनको लक्ष्मी-पुत्र बना रखा है। लक्ष्मी इनके घर में बसी हुई थी। गोपालराव जी की धर्मपत्नी राधक्का भी अमीर, संभ्रांत घराने से आई हुई थी। मैके-ससुराल दोनों संभ्रांत थे, यही कारण था कि उन्होंने कोई कष्ट नहीं झेला था।

माँ-बाप, भाई-बहन से भरे हुए घर में पत्नी राधक्का को गोपालराव जैसे अच्छे संबंध में ब्याह हुआ था। इस वजह से उन्होंने जिंदगी में अभाव कभी महसूस नहीं किया था।

गोरे रंग व ऊँचे कद की राधक्का स्फुरद्रूपी थीं। सदा गंभीर, वजनदार बदन, तीखी नजरवाली आँखों का सामना किसी को भी अधीर बना देता था। मृदुता, मार्दव उनमें नहीं था। उनका बरताव एक छोटी रियासत की मालकिन जैसा था।

शादी के दस वसंत बीत जाने के बाद आनंद का जन्म हुआ था। बेटे के लिए उन्होंने व्रत, नियमों का पालन, अश्वत्थ-वृक्ष-प्रदक्षिणा की थी। बेटे के पैदा होने की खुशी में बहुत बड़े पैमाने पर दान-धर्म किया था। अपनी खुशी पूरे गाँव को दावत देकर बाँटी थी।

पाँच बरस के बाद बेटी का आगमन हुआ। वही गिरिजा। बहुत प्यारी

लड़की थी। लाडली बेटी होने की वजह से माता-पिता के प्रेमच्छत्र में पली गिरिजा बहुत सुखी थी।

आनंद पढ़ाई में आस्था रखता था, इसलिए उसकी पढ़ाई सुरक्षित चली। गिरिजा आराम से पढ़ाई चला रही थी।

नामी खानदान है। रूप-लावण्यवान् है। भरपूर पैसा है। इसी वजह से राधक्का अपनी बेटी के बारे में चिंतित नहीं थी।

ऐसे सुखी संसार पर किस्मत ने अपनी वक्र दृष्टि डालकर झंझावात पैदा कर दिया। किसी काम से बंगलौर गए गोपालराव एकाएक हृदय-स्तंभन से स्वर्गवासी हो गए।

यहाँ तक सुख-चैन से, श्रीमंत ठाट-बाट से जिंदगी बितानेवाली राधक्का को किस्मत ने पहली चोट पहुँचाई। यहाँ तक, दुःख क्या होता है, इसका अहसास तक नहीं था। उनका सौभाग्य लुट गया, वैधव्य उनको बहुत कठिनाई से अपनाना पड़ा।

राधक्का आचार, विचार और धार्मिक संप्रदायों पर अपार विश्वास रखती थीं और श्रद्धापूर्वक उनका पालन करती थीं। इसका कारण यह भी हो सकता है कि उन्होंने ज्यादा पढ़ाई-लिखाई नहीं की थी। कौटुंबिक वातावरण से उसकी जरूरत भी नहीं थी। आगर्भ श्रीमंत घराना होते हुए गोपालराव के मरने पर पैसों की भी कमी नहीं थी। भरी तिजोरी की चाबी हमेशा उन्हीं को सुपुर्द रहती थी, पर वैधव्य असह्य हो रहा था।

कुलदेवी महालक्ष्मी की पूजा बरसों से बहुत शुद्ध भक्ति से मनाती आई थीं। मांगल्य-हरण से 'लक्ष्मी-पूजा' का हक भी खो गया। लक्ष्मी-पूजा करने की हकदार बहू कहलाने का लक्ष्य उनके मन पर बड़ा बोझ बन गया था।

नवयुवक आनंद माँ से खूबसूरती और ऊँचा कद, पिता से सुबुद्धि और रौनक विरासत में लेकर पैदा हुआ था। किसी भी हिसाब से वह अत्यंत योग्य वर था। इसके हाथ थामनेवाली सुदेवी वधू ही 'लक्ष्मी-निवास' की भावी मालकिन बननेवाली थी।

कैसी वधू ढूँढ़ें ? हर मामले में आनंद के योग्य होनी चाहिए। जोड़ी

लक्ष्मी-नारायण जैसी सुंदर होनी चाहिए। राधक्का बहुत बेचैन थी। इसी कारण आनंद और राधक्का की पसंद का मेल खाना बड़ा मुश्किल था।

यह बात प्रो. देसाई और वसुमती जी दोनों अच्छी तरह जानते थे। इसीलिए वे आनंद को 'माँ का लाडला बेटा' कहकर मजाक करते थे।

लक्ष्मी-निवास की मालकिन झूले में बैठकर गहन सोच में मग्न थीं। उनके खास सचिव, सलाहकार, पुरोहित नारायणाचार्य उनकी आज्ञा का इंतजार करते हुए गंभीर मुद्रा में बैठे थे।

नारायणाचार्य ने पूछा, 'माँ जी, अब क्या करें?'

'नारायण, कुंडली असल में मिलती है या नहीं? लड़की की कुंडली कैसी है?'

'छत्तीस अंक मेल खाते हैं। ऐसा मेल-जोल अपूर्व है। उत्कृष्ट कुंडली हैं, लड़की भाग्यवती है।'

'संतान-योग कैसा है? हमारे खानदान में आनंद इकलौता बेटा है!'

'सिर्फ पुत्र संतान का योग है।'

राधक्का झंझट में पड़ गईं। यहाँ तक आए हुए रिश्तों को उनकी गरीबी-अमीरी के तराजू में तौलकर, 'कुंडली मिली नहीं' कहकर टाल देते थे। नारायणाचार्य मालकिन के मनोगत भाव के जानकार थे और अपनी सलाह सोच-समझकर देते थे।

धनवान् घराने के आनंद के लिए कई कन्याओं के माता-पिता रिश्ता लेकर आए थे। इसके साथ राधक्का की माँगें भी बहुत थीं। लड़की सत्कुल-प्रसूत होनी चाहिए, अप्सरा जैसी सुंदर होनी चाहिए, सद्वाक् होनी चाहिए, धनवान् घराने से होनी चाहिए इत्यादि-इत्यादि। आनंद में क्या कमी है? देखने में मदन जैसा सुंदर है, धनवान् है, डॉक्टर है। मगर अब समस्या अनुपमा है।

आनंद की बहन गिरिजा एम्.ए. प्रथम में पढ़ रही थी। अनुपमा के अनुपम सौंदर्य की वह सराहना करती थी। अनुपमा को देखकर आनंद पसंद कर चुका है, यह बात श्रीनाथ द्वारा पता चल गई थी। तो कुंडली का नाटक

किस तरफ घुमाऊँ, राधक्का सोचने लगीं।

गरीब स्कूल मास्टर की बेटी है, इसलिए नकारे? या गरीब लड़की को बहू बनाकर लोगों में अपना बड़प्पन प्रदर्शित करके वाह-वाह कहलवाए? आनंद की मनचाही बहू लाए? उनको सबसे जटिल निर्णय लेना था।

मैं मना कर दूँ और आनंद ने जिद की तो क्या होगा? राधक्का समाज में अपनी बदनामी भी नहीं चाहती थी।

लड़की संभ्रांत घराने की नहीं है, यही एक आँच है। गरीब घर की लड़की आज्ञाधारक होगी और मेरे इशारे पर नाचेगी तथा आभार मानती हुई काबू में रहेगी।

शीघ्र ही आनंद इंग्लैंड जानेवाला है। अविवाहित ही वहाँ गया और वहाँ से गोरी विलायती मेमसाब को ब्याहकर लाया तो और भी हास्यास्पद स्थिति होगी। यह सोचकर राधक्का काँप उठीं, पसीना छूटने लगा। पूजा-पाठवाले शुद्ध आस्थावान् घर में विलायती बहू? यह नामुमकिन है। जिस घर में धर्मगुरु जी का अक्सर आना-जाना हो, व्रत नियम, त्योहार चलता हो, यह बदनामी का कारण होगा! ऐसी स्थिति में विलायती बहू से बेहतर देशी ही सौगुना अच्छी है, चाहे वह गरीब ही क्यों न हो?

आनंद ने भी लड़की पसंद की है। शादी को मैं खुद मुक्त मन से सहमति दे दूँ तो वह भी बेहद खुश हो जाएगा और मेरे प्रति ज्यादा प्रेम-विश्वास प्रकट करेगा। बिरादरी में अपना सम्मान भी बचा रहेगा। राधक्का ने नारायणाचार्य से कहा, 'वधू के पिता को सूचित कर दो कि हमें लड़की पसंद है। शुभ दिन ढूँढ़कर लड़की को यहाँ लाकर दिखाना और जरूरत पड़े तो तुरंत शादी को भी तैयार रहना।'

अंदर बैठी हुई गिरिजा ने सोचा कि अब कौन अनुपमा को मेरी भाभी होने से रोकता है!

अनुपमा को इस घटना के संबंध में पता तक नहीं था। वह एम्.ए. फाइनल की तैयारी में श्रद्धापूर्वक तल्लीन थी।

अचानक छात्रावास में प्रत्यक्ष हुए पिता जी को देखकर अनुपमा चकित

रह गई। वजह सुनकर और भी अचरज हुआ।

'पिता जी! शादी अभी क्यों? एम्.ए. कर नौकरी करूँगी। आपको भी कुछ राहत मिलेगी।'

'तुम पागल तो नहीं हो। दिन में लालटेन लगाकर ढूँढ़ें तो भी ऐसा रिश्ता नहीं मिलेगा। तुम्हारी पढ़ाई का बोझ भी मैंने नहीं उठाया। स्वयं की मेधा से हासिल की हुई स्कॉलरशिप ने ही तुम्हारा साथ दिया, उसी में से बचत भी की। अब 'वर' मान रहा है तो तुम नकारो मत। ऐसा सौभाग्य बहुत मुश्किल से प्राप्त होगा।'

'पिता जी! वे बड़े धनवान् हैं। हम शादी का खर्च झेल नहीं पाएँगे और वसुधा एवं नंदा की भी शादी होनी है। उनका बेड़ा कैसे पार लगेगा? आप कर्ज लें तो उसे वापस कौन करेगा? एम्.ए. के इम्तिहान के लिए सिर्फ दो महीने ही बाकी हैं।'

'अनु! वे हमारी आर्थिक स्थिति को बहुत अच्छी तरह जानते हैं। हमारी योग्यता के अनुसार जो होगा, हम दे देंगे। वसुधा, नंदा विद्यावती नहीं हैं। उनका बाद में देखा जाएगा। मैं कर्ज नहीं उठाऊँगा। ससुराल जाकर एम्.ए. पूरा करना। लड़के को देखा है न? कैसा है?'

अनुपमा कुछ नहीं बोली। सर झुका लिया। भला मदन-रूपी आनंद का गुणगान, वर्णन अपने पिता के सामने कैसे करेगी? वह शरमा गई।

दोनों पक्षों के अभिन्न देसाई जी के घर में 'वधू-निरीक्षण' का नाटक होगा। अनुपमा के नापसंद होने की संभावना ही नहीं है।

❑

आज अनुपमा का 'वधू-निरीक्षण' है। सब जानते हैं कि नतीजा निकल चुका है और जो हो रहा है, वह नाटक ही है—दिखावे का।

गिरिजा अनुपमा को युनिवर्सिटी कैंपस में कई बार देख चुकी है। वह अच्छी तरह जानती है कि आनंद अनुपमा को पसंद करेगा। राधक्का ने भी सोच-सोचकर अपनी हार मान ली है।

आनंद ने जिस दिन टिकट लिया था, उसी दिन से अनुपमा के प्रति

सम्मोहित हो गया। फिर भी रिवाज, संप्रदाय आदि को छोड़ा नहीं जाता।

राधक्का की मनोगत भावना यह भी है कि अगर अनुपमा को इस घर में पाँव रखना है तो बहू बनकर ही। यही वजह थी कि 'वधू-निरीक्षण' का इंतजाम प्रो. देसाई के घर किया गया था। इस नाटक का रंगमंच था देसाई जी का ड्राईंगरूम।

कई नाटकों में निर्भीक, अविचलित मन:स्थिति से अभिनय कर चुकी अनुपमा इस नाटक के दौरान भीतर से भयभीत और लज्जित थी।

यही जिंदगी है। आज देखनेवाला नायक कल पति होगा। अनुपमा उसमें लीन होकर उसकी विशाल बाँहों में अपने आपको समर्पित करेगी। शेष जिंदगी उसी के सहारे जीना है।

हॉल में आनंद का परिवार उपस्थित है। प्रो. देसाई मौजूद हैं। बेचारे गरीब स्कूल मास्टर शामराव जी भी हैं।

हाथ में चाय की ट्रे पकड़े हुए अनुपमा वसुमती जी के साथ धीरे-धीरे हॉल में प्रवेश करती है। आनंद मन के प्रसन्न होने तक उसी पर अपनी नजर जमाकर अपूर्व सौंदर्य का आस्वादन कर रहा है।

अनुपमा ने अपना नत मस्तक उठाया ही नहीं। आनंद मन में सोचने लगा, क्या यही वह लड़की है, जिसने खिलखिलाकर हँसते हुए टिकट दिया था? रंगमंच पर अपना अभिनय-कौशल दिखाया था? वह किसी भी भंगिमा में हो, सुंदरी ही है। संकुचित कमल भी सुंदर ही लगता है।

सुमित्रा से उधार ली हुई हरे रंग की रेशम की साड़ी पहनकर और हरे रंग की चोली में अनुपमा देवलोक से उतरी हुई अप्सरा जैसी लग रही थी। गौर वर्ण, घने काले लंबे-लंबे बालों की वेणी एड़ी छूने का प्रयास कर रही थी। गोरे-गोरे हाथों पर लाल चूड़ियाँ, अपनी मालकिन के हृदय की धड़कन साथ-साथ स्तब्ध थी। कानों में पहने झुमके झूला झूल रहे थे।

प्यासे राही को ठंडा जल पीने से जिस संतोष का अनुभव होता है, वही आनंद को हो रहा था।

राधक्का की सोच अलग दिशा में चल रही थी। पुराना कोट और धोती

पहने शामराव जी को देखकर उनकी बलहीन आर्थिक स्थिति गोचर हो गई थी। सौतेली माँ नहीं आई थी। अनुपमा का स्थान उसके घर में क्या रहा होगा, इसका अंदाजा उन्होंने लगा लिया।

इसके बावजूद यह माननेवाली बात है कि अनुपमा को नकारा नहीं जा सकता। वह अत्यंत मनोहर, रूपवती थी।

राधक्का का रोब, गिरिजा के गहने, आनंद की कार, ये सब शामराव जी की सोच से भी बाहरवाली चीजें थीं।

गिरिजा ईर्ष्या दृष्टि से अनुपमा को देख रही थी। लक्ष्मी-निवास की असली मालकिन आ रही है। आनंद को अपने मोहपाश में बाँध लेगी। आनंद का सर्वस्व वही होगी।

नीरव मौन को तोड़कर वसुमती ने आनंद से पूछा, 'आनंद, कुछ बातें करनी हैं क्या?'

आनंद ने मुस्कराकर गरदन हिलाई।

'अनु, तुम्हें कुछ पूछना है तो पूछ लो।'

बेचारी अनुपमा क्या पूछती? उसका हृदय-राग आनंद कभी का सुन चुका है।

'हमारी बरात में लोग ज्यादा होंगे। शादी इसी गाँव में करेंगे। आप जितने लोग आना चाहें, आएँ, मगर शादी का पूरा खर्चा हम ही देंगे।' राधक्का ने ऐलान किया।

माँ का उदार हृदय देखकर आनंद आनंदित हुआ। अनुपमा ने कृतज्ञता से पहली बार सर उठाया।

राधक्का ने अपनी निराशा को काबू में लाते हुए अपने-आपसे कहा, 'हमारी औकात के मुकाबले लड़की का पिता तो शादी कर नहीं पाएगा। अनु की गरीबी जाहिर है। इस हिसाब से अनुपमा हमारी औकात के काबिल नहीं है। फिर भी मजबूरन यह रिश्ता कबूल करना पड़ रहा है।'

आनंद और अनुपमा की शादी धूमधाम से संपन्न हुई। अनुपमा की तरफ से सिर्फ बीस लोग थे। स्वर्गस्थ माँ के दूर के रिश्तेदार मामा ही एक

संबंधी थे, जो शादी में मौजूद थे।

सौतेली बहन की शादी की धूमधाम और वैभव देखकर वसुधा एवं नंदा दंग थीं। साबक्का का मुँह फीका हो चला था। शामराव जी ही एक शख्स थे, जो धन्य-धन्य महसूस कर रहे थे। राधक्का की उदारता ने उन्हें दिग्मूढ़ कर दिया था।

शादी के पिछले दिन अनुपमा के साथ उसकी प्रिय सहेली सुमन आई थी। अनुपमा का चेहरा खिले फूल-सा हो गया था। दिल की धड़कन पासवाले को भी सुनाई पड़ती थी।

सुमन ने पूछा, 'अनु, आनंद से बात हुई क्या?'

अनुपमा ने गरदन हिलाकर नकारात्मक सूचना दी।

'कोई संदेश हो तो कहो, मैं पहुँचा दूँगी।'

'नहीं।'

❑

पिता जी ने अनुपमा को रेशम की पीली साड़ी दी थी। उनके वश में उतना ही साध्य था। दूसरी तरफ ससुराल की ओर से ढेर सारे गहने, सैकड़ों साड़ियाँ, हीरे, मोती, सर्वाभरण-भूषित अनुपमा को गौरी-पूजा करते समय देखकर वसुमती ने कहा, 'राधक्का ने अपने आभरणों में से सिर्फ दस परसेंट दिया है।' तब वहाँ जमे लोग चकित हो गए। गहनों के वजन से अनुपमा झुकती हुई नजर आई। मगर अनुपमा के लिए तो सबसे अनमोल गहना आनंद ही था। हॉस्टल की सारी लड़कियाँ अपनी चहेती, प्यारी अनुपमा की शादी में मौजूद होकर खुशी से झूम उठीं।

आनंद को इन अलंकारों वगैरह में कोई दिलचस्पी नहीं थी। सकलाभरण भूषित सुंदरी या निराभरण-भूषित सुंदरी में उसको कोई फर्क नहीं महसूस होता था। उसको सिर्फ अनुपमा चाहिए थी।

आनंद अनुपमा से बात करना तो चाहता था, मगर शादी के घर में भीड़ होने के कारण कर नहीं पाया था।

शादी के बाद वाचाल अनुपमा मौनी हो गई थी, मौनी आनंद वाचाल

हो गया था।

'अनु, बोलती क्यों नहीं? टिकट देते वक्त दिल भरकर बात की थी।' अनुपमा शरम से लाल हो गई।

'अनु, तुम्हारे टिकट के बदले में तुम्हें अपना दिल दे रहा हूँ।'

'सिंड्रेला' कहानी जैसे राजकुमार-राजकुमारी की तरह आनंद-अनुपमा की शादी हो गई।

अपनी और आनंद की शादी की अनुपमा ने कल्पना तक नहीं की थी। वह आनंद को पसंद करती थी; मगर उससे शादी के बारे में उसने कभी सोचा भी नहीं था। सुमन जब भी मजाक करती थी, वह उसको मजाक ही समझती थी, वास्तविक कभी नहीं।

अनुपमा और आनंद के सामाजिक स्तर में जमीन-आसमान का फर्क था। अनुपमा अब वास्तव में आसमान चढ़ गई थी। 'लक्ष्मी-निवास' की पहली मंजिल पर स्थित आनंद के सुसज्जित शय्यागृह में बाल सुखाती हुई, खिड़की से दीखते हुए आम के पेड़ पर वह दृष्टि जमाए हुए घटना का अवलोकन कर रही थी।

जीवन एक सुख-सागर है, जिसमें खुशियाँ-ही-खुशियाँ हैं। ऐसे सुंदर जीवन को दार्शनिक और वेदांती क्षणभंगुर कैसे और क्यों कहते हैं? अनुपमा 'लक्ष्मी-निवास' की छोटी मालकिन बन गई। यह बात किसी में भी असूया पैदा करनेवाली थी। गोपालराव जी का नामी और प्रतिष्ठित घराना, इकलौता बेटा आनंद, सुंदर ननद गिरिजा, गंभीर, मगर हमेशा पूजा-पाठ के धार्मिक कार्यों में व्यस्त सास घरबार सँभालती हुई। ऐसे घराने में रिश्ता जोड़ने के लिए कई कन्याओं के जनक ने विफल प्रयास किया था। मगर अनुपमा ने अनायास यह सौभाग्य प्राप्त कर लिया।

सुख-चैन से जीवन प्रारंभ हुआ था। सब बेहद खुश थे। इतने में आनंद ने इंग्लैंड जाने का समय निर्धारित करके सबको उदास कर दिया। यों तो तीन महीने के पश्चात् ही जानेवाला था। तब भी सब आतंकित थे।

राधक्का को भी यही मनोक्लेश था। वह आनंद से बोली, 'पढ़ाई-

लिखाई खूब कर चुके हो। भगवान् की कृपा से किसी चीज की कमी नहीं है। यथेष्ट ऐश्वर्य तुम्हें विरासत में मिला है। अभी-अभी तो शादी की है। इंग्लैंड जाने का विचार छोड़ दो और अपनी नववधू के साथ आराम से रहो।'

आनंद ने उत्तर में कहा, 'माँ, तुम मुझे रोको मत। दो बरस तो चुटकी लगाते बीत जाएँगे। वापस आने के बाद मैं कहीं नहीं जाऊँगा।'

शर्म और स्वभावगत संकोच ने अनुपमा को अपना मनोगत प्रकट करने नहीं दिया; मगर वह भी नहीं चाहती थी कि आनंद इंग्लैंड जाए। आनंद उसको यह कहकर सांत्वना देता था, 'मैं वहाँ नहीं गया तो तुम्हें विलायत देखने का शुभ अवसर कहाँ मिलेगा!' यह भी माननेवाली बात ही थी।

सौंदर्यप्रिय आनंद अनुपमा को विविध रूप-रंग में देखना चाहता था। हर रोज अनुपमा की साड़ी आनंद की पसंद की ही होती थी।

पढ़ाई करते समय अनुपमा के पास एक अच्छी साड़ी तक नहीं थी। गरीब स्कूल मास्टर की बेटी कैसे ऐसे मामलों पर ध्यान देती! हॉस्टल में लड़कियाँ एक-दूसरे की साड़ी बदलकर पहनती थीं। अनुपमा कोई खास अवसर हो तो सहेली सुमन से उधार लेकर काम खत्म होते ही लौटा देती थी। शादी होते ही आनंद ने साड़ियों का ढेर लगाकर अनुपमा को उसी में डुबोया था। एक-से-एक बेहतरीन साड़ियाँ जिनकी कीमत का अंदाजा लगाना भी अनुपमा के वश का नहीं था। यह सब उसकी सोच से बाहर था। शादी में राधक्का के दिए हुए ढेर सारे आभूषणों को गौर से देखा तक नहीं था। अनुपमा स्वाभाविक सुंदरी थी। ये साड़ियाँ, आभरण उसको सर्वालंकार-भूषित सुंदरी का रूप देते थे।

नव-विवाहित जीवन ने दोनों को बहुत ही हर्षोल्लास दिया था। दिन सुहाने थे। वे बहुत घूमे-फिरे। हर रोज कहीं-न-कहीं दौरे पर निकलते थे। प्रेक्षणीय स्थलों का विहार भी किया। सुख में वक्त की रफ्तार बड़ी तेज होती है। आनंद के लिए इंग्लैंड जाने का टिकट भी आ गया। अनुपमा व्याकुल हो गई। उसने सोचा, कहीं ऐसा न हो कि आनंद इंग्लैंड जाकर किसी विलायती लड़की के मोहजाल में फँसे और मुझे भूल जाए!

शादी में किसी की व्यंग्योक्ति याद आ गई, 'इंग्लैंड जानेवालों का हाल क्या पूछते हो? यहाँ शादी करके वहाँ जाएँगे और वहाँ जा के किसी गोरी मेम सा'ब से शादी करेंगे और वहीं बस जाएँगे। हमारी बिरादरी में ही ऐसा हुआ था।'

आनंद ने अनु से कहा, 'अनु, तुम चिंता मत करो। तुम्हारे इंग्लैंड आने का पल-पल इंतजार करता रहूँगा।'

'मिसाल के तौर पर, ऐसा संदर्भ आए कि आप मुझे भूल ही जाओ।'

'क्या पागल जैसी बात कर रही हो! मैं तुम्हें कैसे भूलूँगा? तुमने चर्च में शादी होते हुए देखी है?'

'नहीं, उसमें क्या खासियत है?'

'खासियत यह है कि वधू-वर शपथ लेते हैं—'Until death departs us.' मैं उसको शत-प्रतिशत मानता हूँ। उसमें श्रद्धा-विश्वास रखता हूँ। तुम मायूस मत होना।'

अनुपमा ने आश्वस्ति से गहरी साँस ली।

आनंद हवाई जहाज में बैठ गया। जहाज उड़ान भरकर क्षितिज में ओझल हो गया। अनुपमा जमी हुई नजर से उसी को देखती रही।

पुनर्मिलन के लिए सिर्फ छह महीने का अंतर होते हुए भी आनंद के बिना 'लक्ष्मी-निवास' जैसे शानदार घर में एक-एक पल बिताना अनुपमा के लिए बहुत मुश्किल लग रहा था। आनंद के बिना घर सूना तो लगता ही था। मगर धन-गांभीर्य से भरे हुए वातावरण में अनुपमा जैसी गरीब और मुग्ध लड़की अपने आपको कैसे सँभाले? वह उलझन से परेशान थी, भयभीत भी थी।

अनु का चिंताक्रांत वदन और आतंकित मन:स्थिति समझते हुए राधक्का ने कहा, 'चलो, गाँव वापस चलेंगे। छह महीने तो यों ही बीत जाएँगे। क्यों चिंता करती हो? शाम के पूजा-समय पर हमें घर में मौजूद रहना है।'

बाहर खड़ी हुई कार में गिरिजा और ड्राइवर तुकाराम उनके इंतजार में थे।

राधक्का ने कहा, 'तुकाराम, हमें पोतदार सर्राफ की दुकान पर छोड़कर छोटी मालकिन को सब्जी मंडी ले जाओ और आठ दिन के लिए जितनी चाहिए उतनी सब्जी खरीद लाओ।' उन्होंने आवश्यक पैसे भी दे दिए। नई-नई आई बहू को घर के सोना-चाँदी से संबंधित व्यवहार क्यों पता चले? मालकिन तो मैं हूँ। यह उनका मनोगत भाव था।

अनुपमा ने कुछ नहीं कहा। उलटा जवाब देना, बिना कारण संशय करना उसके स्वभाव में नहीं था। सास की आज्ञा का पालन करना—यही उसका ध्येय था।

ड्राइवर तुकाराम सब्जी खरीदकर लाया और कार में अन्यमनस्क बैठी हुई अनुपमा से कहा, 'बाई साहब, बड़ी बाई जी का दिया हुआ पैसा कुछ कम पड़ गया, पाँच रुपए चार आना और देना है।'

अनुपमा ने अपना पर्स खोला, जिसमें सौ रुपए के दो नोट थे। वे भी अभी-अभी आनंद ने दिए थे।

सौ रुपए का नोट देखकर तुकाराम ने कहा, 'बाई जी बड़ा नोट का खुल्ला मिलेगा नहीं, कुछ छोटा दीजिए।'

अनुपमा के पास था नहीं।

इतने में कार की सीट पर पड़ा गिरिजा का पर्स अनुपमा को दीख पड़ा। किंतु उसमें से पैसा निकालकर देना उसे अच्छा नहीं लगा। तुकाराम शीघ्रता कर रहा था।

गिरिजा घर की ही लड़की तो है। ननद है, जरूरत के लिए दस रुपए निकाल ले तो कोई भूल नहीं।

'बाकी पैसा लाना।' कहते हुए पाँच के दो नोट निकालकर उसने दे दिए।

पर्स हाथ में रखकर वह बाकी पैसे के लिए इंतजार कर रही थी। पर्स हाथ से फिसलकर नीचे गिरा। अनुपमा हड़बड़ाई। कुछ कीमती चीजें हों तो खो न जाएँ, सोचती हुई नीचे बिखरी चीजों को बटोरने लगी। आमतौर पर लड़कियों के पर्स में शृंगार-प्रसाधन छोड़कर और होता क्या है! कंघा, सेंट

बॉटल, छोटा आईना, बिंदी वगैरह तभी उसे पर्स में कुछ बँधा जैसा लगा। उसको खोलकर देखते ही अनुपमा स्तंभित हो गई। गर्भ-निरोधक गोलियों का पैकेट। उसपर लिखा था—'रात को आठ बजे के बाद'।

राधक्का को अपने इज्जतदार, प्रतिष्ठित, विचार-संपन्न और संप्रदायस्थ घराने पर बड़ा गर्व था; मगर उनकी बेटी गिरिजा की यह हरकत! विश्वास न कर पाई।

हाँ, शादी के बाद 'अभी संतान नहीं चाहिए' सोचकर आनंद ने गर्भ-निरोधक गोलियों का पैकेट अनुपमा को दिया था। मगर गर्भ-निरोधक गोली गिरिजा के पास क्यों? जिस हस्ताक्षर में 'आठ बजे के बाद' लिखा है, वह तो गिरिजा का नहीं है। फिर किसका हो सकता है? क्या यह राज आनंद को या राधक्का को पता है? अनुपमा शंकित हो गई।

तुकाराम ने बाकी पैसे दे दिए। अनुपमा ने पैसे गिरिजा के पर्स में डालकर पर्स रख दिया। गिरिजा के पर्स में अक्सर सत्तर-अस्सी रुपए तो होते ही थे। उसमें से पाँच सात-रुपए निकल जाएँ तो पता चलना संभव नहीं है। अनुपमा यह दिखाना नहीं चाहती थी कि उसने गिरिजा का पर्स देखा है।

ड्राइवर ने कार सर्राफ की दुकान के सामने खड़ी कर दी। गिरिजा और राधक्का दुकान से बाहर आ गए। अनुपमा ने गिरिजा का चेहरा देखा तो हमेशा जैसा मासूम, मुग्ध, सुंदर नहीं लगते हुए कपटी लगा।

गिरिजा ने पूछा, 'अनुपमा, मेरा पर्स यहीं भूल गया था। आपने देखा तो नहीं?'

'नहीं तो।' जानबूझकर अनुपमा ने कहा।

'गिरिजा, पर्स ऐसे इधर-उधर छोड़ना नहीं चाहिए। यहीं सीट के नीचे है, देखो। अपना पर्स खोकर दूसरों को कुछ कहना गलत है।' राधक्का ने अधिकार भरे स्वर से कहा।

अनुपमा यह सब देखकर हैरान रह गई।

बेलगाम से वापस आने के बाद अनुपमा ने गिरिजा के चाल-चलन पर कड़ी नजर रखी। मगर किसी से इस मामले का खुलासा करने की उसकी

हिम्मत नहीं हुई। राधक्का से तो बिलकुल नहीं। सास-बहू से आत्मीयता एवं अन्योन्यता जताने का संभव अवसर बहुत कम ही होता है। खाली हाथ आई बहू है अनुपमा। राधक्का अपनी घृणा मुँह से प्रकट नहीं करती थी, मगर हावभाव से प्रकट हो जाता था। इसका अहसास अनुपमा को भी अक्सर होता था। संप्रदायस्थ घर होने से व्रत-नियमों का पालन, श्रद्धा-भक्ति से आचरण किया जाता था। लक्ष पुष्पार्चन, सहस्र दीपार्चन, लक्ष कुंकुमार्चन की विधियाँ एक के पीछे एक चलती ही रहती थीं।

नारायणाचार्य धार्मिक गतिविधियों का सुझाव देते ही रहते थे। राधक्का उनका अनुष्ठान करने में पीछे नहीं हटती थीं।

अनुपमा गिरिजा की हरकत के बारे में आनंद को लिखने में भी झिझकती थी। गिरिजा उसकी सगी बहन है। खुद तो परसों आई हुई पत्नी। अनुपमा उलझन में थी।

इधर गिरिजा श्रीमंत घराने की लड़की! सुंदरी! ऐश्वर्य की अकड़वाली! भाभी सुंदरी जरूर है, मगर गरीब घर की और साधु-स्वभाव की। यह बात गिरिजा बहुत अच्छी तरह जानती थी।

गिरिजा ने अपनी माँ से कहा, 'माँ, हम दो दिन के लिए बॉलीवुड-हॉलीवुड ट्रिप पर जा रहे हैं। कॉलेज से आयोजित है।'

'लड़के भी जा रहे हैं क्या?' राधक्का ने पूछा।

'हाँ, मगर साथ में लेडी टीचर भी जा रही हैं।' कहकर गिरिजा ने माँ को मना लिया।

राधक्का को वंश-परंपरागत अमीरी, आनुवंशिक देन के रूप में मिली थी। पिता, पितामह, प्रपितामह के समय से ऐश्वर्य का प्रवाह बहते हुए आया था। अधिकारस्थ वंशस्थ होने से डायबिटीज भी आई थी। बात प्रकृति की होने की वजह से सुबह-शाम घंटों तक पूजा-पाठ करते एक ही जगह बैठने से शीघ्र थक जाती थीं।

बाजूवाले घर की सुंदरक्का के घर से आमंत्रण आया कि शाम को पोते के जन्मदिन के अवसर पर आरती में शामिल हों।

गिरिजा ट्रिप पर गई थी। इसलिए राधक्का ने अनुपमा को आज्ञा दी, 'अनुपमा, तुम आरती में होकर आओ। मेरे पैरों में दर्द है। मैं जा नहीं सकती।'

बड़े घर की बहू होते हुए अनुपमा अकेली इधर-उधर जा नहीं सकती थी। कहीं जाना भी हो तो अक्सर कार और ड्राइवर हाजिर रहते थे। शुरू में यह ठाट-बाट अनुपमा को अच्छा लगा। कुछ दिनों के बाद यह सब सोने के पिंजरे में रहने जैसा लगा। वह अपना स्वातंत्र्य खो बैठी थी।

सास के आज्ञानुसार सर्वालंकार-भूषित अनुपमा कार में बैठकर अत्यंत सुंदरी और मोहिनी दीखती थी। इसपर राधक्का को बड़ा नाज और अभिमान था।

हर अमीर घराने में धूमधाम से 'आरती' का आयोजन किया जाता है। सभी सुमंगली, बंधु-बांधव उत्साह से शामिल होते। अनुपमा अपने सौंदर्य से सबको आकर्षित कर रही थी। सुंदरक्का के घर में भी ऐसा ही हुआ। वहाँ अनुपमा की पुरानी सहेली कमला मिल गई। कमला गिरिजा की सहपाठी थी। अनुपमा ने कमला से पूछा, 'कमला, तुम बॉलीवुड-हॉलीवुड ट्रिप पर नहीं गईं?'

'कौन-सा ट्रिप? स्कूल ट्रिप करने के लिए थोड़े ही हैं। कॉलेजों में कोई कहीं भी नहीं जा रहा है। अब सेमिनार चल रहे हैं।'

आराम से खाना खाते-खाते गले में पत्थर अटका-जैसा महसूस हुआ अनुपमा को। वह दंग रह गई। कुछ गड़बड़ है। फिर भी ससुराल की इज्जत बचाने का विफल प्रयास कर रही थी।

कमला ने वहीं नहीं छोड़ा। आगे पूछा, 'ट्रिप है, ऐसा किसने कहा?'

'सुना जैसा लगा। याद नहीं।'

'गिरिजा कहाँ है?'

अनुपमा जिंदगी में बहुत कम बार झूठ बोली थी। किंतु फिलहाल उसे झूठ बोलना ही पड़ा, 'सर में दर्द है, इसलिए घर में सोई हुई है।'

'तो इसी कारण वह कॉलेज नहीं आई।'

'हाँ।'

अनुपमा को इस समय यही लग रहा था कि इस मुसीबत (कमला) से छुटकारा पा लूँ, बस। सुंदरक्का की ओर घूमती हुई वह बोली, 'मुझे देर हो रही है। सिंदूर लेकर जाऊँगी।'

इतने में सुंदरक्का की बेटी ललिता वहाँ पहुँच गई। उसने अनुपमा से कहा, 'अनुपमा, बैठो न, और क्या समाचार हैं ? नया नाटक वगैरह कर रही हो कि नहीं ?'

इतने में कमला बोली, 'ललिता, एम्.ए. खत्म कर तुम घर में बैठी हो! अनुपमा श्रीमंत घराने की बहू है। कामकाज के लिए नौकर-चाकर हैं। उसके पास बहुत समय है। वह कुछ भी कर सकती है।'

'बस, चुप हो जाओ बेटी। राधक्का की बहू और नाटक! राधक्का को पता चल गया तो 'हार्ट फेल' हो जाएगा। शादी के पहले जो हुआ, सो हुआ। अब ऐसा कुछ नहीं चलेगा। कुलीन घराने के लोगों के लिए नाटक-वाटक करना गलत है। राधक्का क्यों, मैं खुद अपनी बहू को नाटक करने नहीं दूँगी।' सुंदरक्का ने अपना फरमान सुनाया।

नाटक के प्रति व्यक्त हुआ अभिप्राय सुनकर अनुपमा आतंकित हो गई।

नामी खानदान, सुंदर लड़का, डॉक्टर, अपनी सोच से भी ऊपरवाला 'वर' हासिल हुआ समझकर सबने खुशियाँ मनाई थीं। अनुपमा खुद अपने आपको अत्यंत भाग्यशाली समझती थी। हॉस्टल की सब सहेलियों ने 'जिंदगी हो तो अनुपमा जैसी। सब पूर्वायोजन किया जैसा'—मेड फॉर ईच अदर—'सुखांत नाटक के जैसा' कहकर ज्यादा संतोष और थोड़ी असूया जताई थी।

मगर ऐसे घर में कला के प्रति घृणा देखकर अनुपमा को अपने हृदय पर किसी अव्यक्त शक्ति द्वारा वार किया जैसा महसूस हुआ।

प्रायः आनंद के लौटने के बाद उसको समझा-बुझाकर अपनी कला-साधना क्रियाशील रखने की मनोगत भावना व्यक्त कर उसकी सदाशयता से कुछ हो सकेगा, ऐसी आशा का भाव अनुपमा का हौसला बढ़ाता था।

संतोष से बाहर निकली अनुपमा भरा हृदय लेकर वापस आई।

उसके दिमाग में गिरिजा की हरकत और नाटक के प्रति व्यक्त घृणा ने आँधी फैलाई थी।

गिरिजा वापस आ गई। ट्रिप के पीछेवाला रहस्य सिर्फ अनुपमा को ही पता था। किंतु अनुपमा मजबूर थी।

गरमी में अचानक आनेवाली बारिश से जो सांत्वना मिलती है, वही आनंद के खतों से अनुपमा को मिलती थी। वहाँ आनंद की जिंदगी, अपना विरह, अकेलापन सहा नहीं जाता था। तब सोचती थी, 'भगवान्! मेरे भी पंख होते तो उड़ जाती अपने इष्टदेव के पास।'

शाम के समय राधक्का 'पुराण-वाचन' सुनने के लिए गई थी। अनुपमा पहली मंजिल पर स्थित झूले में बैठकर आनंद का खत पढ़ रही थी। बार-बार पढ़ रही थी। तभी गिरिजा आई और क्रोधित स्वर में बोली, 'अनुपमा! आपने मेरे निजी मामले में दखल क्यों दिया?'

अचानक हुए इस प्रकार के व्यवहार से अनुपमा घबरा उठी। वह खड़ी हो गई। वह घबराहट से थरथरा रही थी। मगर यह समझ नहीं पाई कि बात क्या है।

'मैंने क्या किया है, गिरि?'

'आपने कल कमला से मेरी तबीयत ठीक नहीं, ऐसा कहा था? और बॉलीवुड-हॉलीवुड ट्रिप के बारे में पूछा?'

'बातों-बातों में पूछा था, उद्देश्यपूर्वक नहीं। मैंने यह भी नहीं कहा कि तुम ट्रिप पर गई हो। तुम्हें गलतफहमी हो गई है।'

'गलत भी नहीं, सही भी नहीं, आपको शक है कि मैं ट्रिप पर नहीं गई?'

'तुम गईं या नहीं, वह तुम्हें मालूम; मगर गिरि, मैं तुमसे बड़ी होने के नाते एक बात कहूँ?'

गिरिजा कुछ बोली नहीं।

'तुम जिस रास्ते पर चल रही हो, वह ठीक नहीं है। तुम्हारे खानदान के लायक नहीं है। इतना ही कह सकती हूँ।'

'आपका उपदेश मुझे नहीं चाहिए। मेरी माँ और भाई हैं पूछनेवाले। आप नाटक के प्रेम-पात्र लड़कों के साथ प्रेम का अभिनय करती हो। क्या वह सही है?'

'वह नाटक है, जिंदगी नहीं। आज तक मेरा नाम कहीं बिगड़ा नहीं।'

'गरीब को अचानक अमीरी हासिल हुई तो क्या होगा? वैसा हुआ है आपको। मुझे समझाने की कोशिश मत करना। आज तक मुझे किसी ने कुछ कहने की जुर्रत नहीं की है। चाहूँ तो मैं खुद आपको समझाऊँगी।'

अनुपमा गिरिजा की बातों से घबरा गई। इतने में किसी के अंदर आने की आहट सुनाई पड़ी। अनुपमा चुप हो गई। राधक्का पधार रही थी।

माँ को देखते ही गिरिजा अपनी आवाज और भाव बदलती हुई गद्गद कंठ से बोली, 'माँ, भाभी को ऐसा शक है कि मैं ट्रिप पर गई नहीं। इसलिए उन्होंने कमला से पूछताछ की है। कॉलेज में मैं बेइज्जत हो गई।' कहती हुई वह सुबक-सुबककर रोने लगी।

राधक्का ने दर्द-भरी आवाज से पूछा, 'अनुपमा, क्या यह सत्य है?'

छोटी बात बड़ा बवंडर बननेवाली है, बड़ा मानसिक विरस फैलनेवाली है, सोचकर अनुपमा ने कहा, 'सासू जी, बातों-बातों में पूछा था। इससे आप और गिरि को दुःख पहुँचा हो तो मुझे माफ करना।' उसकी सुंदर आँखों से आँसू टपक रहे थे, वैसे ही वह अपने कमरे में चली गई।

राधक्का ने गिरिजा को देखते हुए पूछा, 'गिरिजा, सच बोलो, कहाँ गई थीं?'

'माँ, मैं राघवेंद्र स्वामी जी की शपथ लेती हूँ, तुम्हारी आराध्य दैव लक्ष्मी देवी की शपथ लेती हूँ, मैं कॉलेज के ट्रिप में गई थी। कमला का और मेरा बैच अलग-अलग है।'

राधक्का क्या जानती है। कला-विभाग में बैच नहीं होते!

'रहने दो और रोना बंद करो। इसीलिए बुजुर्ग कहते हैं कि कुल देखकर बहू लाओ। आनंद की जिद की वजह से हमें इसको अपनाना पड़ा। उसे इंग्लैंड से आने दो।'

बाहर खड़ी हुई अनुपमा गिरिजा की झूठी शपथ से और घबरा गई।

संपन्नता हृदय से होती है, पैसों से नहीं। 'भगवान् ने यह किस मुसीबत में डाल दिया?' अनुपमा ने सोचा। आनंद की याद आते ही उसने थोड़ी राहत महसूस हुई।

बहू के हाथ से श्रावण मास की पूजा प्रारंभ करवाकर नवरात्र (दशहरा) तक सारे व्रत-नियम-त्योहार सांग करवाना राधक्का का इरादा था। उसके बाद ही अनुपमा को इंग्लैंड भेजने की उसकी इच्छा थी। पासपोर्ट, वीजा वगैरह का इंतजाम होने तक उतना समय लगेगा ही।

गिरिजा के प्रकरण के बाद अनुपमा जरूरत से ज्यादा बात नहीं करती थी। उसको जो कहा जाता, वह सिर्फ वही काम करती थी।

पूजा-सामग्री, सजावट, फूलों से माला बनाना, सिंदूर से दान देनेवाले करंडक भरना इत्यादि-इत्यादि।

हाथ फूलों की सजावट में व्यस्त थे। मन आनंद को याद करता रहता था। अपने अपूर्ण नाटकों के बारे में भी वह सोचती रहती थी।

श्रावणी गौरी-पूजा के उपहार के रूप में शामराव जी से पाँच रुपए का मनीऑर्डर आ गया। संप्रदाय के अनुसार शादी के बाद पहली गौरी-पूजा का व्रत मायके में भी होना चाहिए। मगर मायके में अनुपमा को चाहनेवाला कोई भी नहीं था। बेबस पिता ने नाम के वास्ते अपना कर्तव्य निभाया था।

पाँच रुपए का मनीऑर्डर देखकर राधक्का क्रोध से लाल हो गई। 'तुम्हारे बाप की औकात नहीं थी तो क्या हुआ! पाँच रुपए का मनीऑर्डर भेजना कोई तरीका है! मैं अपने ड्राइवर को पाँच रुपए रोज बक्शीश देती हूँ। खाली हाथ कन्यादान किया, तब भी हमने कुछ नहीं कहा। तुम्हारी बहन की शादी खाली हाथ करें और पाँच रुपए का मनीऑर्डर भेजें, ससुरालवाले चुप थोड़े ही रहेंगे। पाँच रुपए भेजने से अच्छा था, एक शुभाशंसन-पत्र।'

श्रावण की बारिश की तरह राधक्का अनुपमा पर बरस पड़ी। मगर अनुपमा क्या करे! वह असहाय थी, बेबस थी, परदेशी थी। सौतेली माँ क्यों यह सब करती?

❑

कष्ट के काले-घने बादल छाए रहे। एक आनंद ही उसको उजाले की ओर ले जानेवाला सहारा था। श्रावण शुक्रवार मनानेवाली 'लक्ष्मी-पूजा' बरसों से 'लक्ष्मी-निवास' की शानदार पूजा थी। इसको वैभवपूर्ण रीति से संपन्न करने के लिए राधक्का बहुत मेहनत करती थी। घर में स्थित सारे जेवर, सोने के गहने चार भाग में बँट गए। अनुपमा, गिरिजा, खुद अपने लिए और चौथा हिस्सा 'लक्ष्मी देवी' के नाम पर रखा गया। सुमंगलियों को खास आमंत्रण देकर उनको फूल, प्रसाद, सिंदूर बाँटकर आशीर्वाद प्राप्त किया जाता था, ऐसे ही समय में।

पूजा के समय धूप जलाने के लिए अंगार की जरूरत पड़ गई। नारायणाचार्य जल्दबाजी कर रहे थे। उनका इरादा शुभ मुहूर्त में लक्ष्मी-पूजा संपन्न करना था। राधक्का को उनकी पूजा-पद्धति पर प्रबल विश्वास था। वह सोचती थी, इसी कारण लक्ष्मी अपने घर में स्थिर रूप से ठहरी है। उन्होंने अनुपमा की ओर देखा, अनुपमा ने धधकते हुए दो-तीन अंगारे चिमटे में पकड़कर धूपदान में डाले।

जल्दबाजी में एक अंगारा हाथ से छूटकर अनुपमा के पाँव पर गिरा। जलन और दर्द दोनों सहकर अनुपमा ने उसको उठाकर बाहर फेंक दिया।

पूजा संपन्न होने के बाद तक जलन हो रही थी। ठंडा पानी डालते ही थोड़ी राहत महसूस हुई, किंतु फिर जलन होने लगी। तभी राधक्का ने कहा, 'अनुपमा, बाहर आओ, सबको प्रसाद वगैरह बाँटो।'

अनुपमा ने बाहर आकर अपना कर्तव्य पूरा किया।

घाव फूलकर उसमें पानी भर गया। बरनॉल मरहम लगाने पर भी जलन कम नहीं हुई। एक-दो दिनों में अपने-आप ठीक हो जाएगा, ऐसा समझकर अनुपमा ने किसी से कुछ कहा नहीं। कहती भी तो हमदर्दी दिखानेवाला कोई था नहीं। धीरे-धीरे घाव तो भर गया, लेकिन वहाँ खुजली शुरू हो गई। अनुपमा को अचरज हुआ। खुजलाते-खुजलाते घाव की जगह लाल हो गई।

एक दिन अनुपमा ने देखा तो सफेद दाग दिखाई पड़ा। यह क्या हो

सकता है? घाव भर गया, उसी का दाग होगा, यह समझकर संतोष करने लगी। मगर बहुत दिनों तक उपेक्षा भी नहीं की जा सकती थी। सफेद दाग फैल रहा था।

क्या हो सकता है? अनुपमा को शुरू-शुरू में पता नहीं चला। जैसे-जैसे दिन बीतते गए, अनुपमा को पता चल गया कि यह कुष्ठ रोग है—और उसमें भी श्वेत कुष्ठ है। अनुपमा के हृदय को बड़ा धक्का लगा।

अनुपमा का फीका चेहरा देखकर राधक्का ने सोचा, पति-विरह से ऐसा हुआ होगा, 'हम कितने भी प्यार से देखभाल करें, पति का प्यार तो दे नहीं सकते।'

इतने में शामराव जी से संदेश आया कि वसुधा की शादी तय हो गई है। लड़का लक्ष्मी कोऑपरेटिव बैंक में क्लर्क है। छह महीने बाद शादी होगी। लड़के की दादी माँ सख्त बीमार थीं, उनके इच्छानुसार लड़की पसंद होते ही औपचारिकताएँ संपन्न कर चुके हैं। पूर्व-सूचना के बिना यह मंगल-कार्य निपटाया, इसलिए अनुपमा को अन्यथा नहीं सोचना चाहिए।

वसुधा की शादी का समाचार संतोषजनक ही है। वे बुलाएँ या नहीं बुलाएँ, अनुपमा तो जाने की स्थिति में नहीं थी। शंकित बीमारी भयंकर थी और भयानक अंजाम पैदा करनेवाली थी। इसका इलाज करवाना जरूरी है। वह भी, किसी को पता न चले। इस तरह अनुपमा ने सोचा।

कितना कष्टसाध्य मामला है।

अनुपमा ने कई श्वेत कुष्ठ रोग-पीड़ितों को देखा था, पर विमनस्कता से देखा था। आज खुद को श्वेत कुष्ठ रोग हुआ है। अत्यंत मनःक्लेश और दुःख से उसने परमात्मा से प्रार्थना की—

'भगवान्! मैंने क्या भूल की थी? आज तक कोई पाप नहीं किया, किसी का दिल नहीं दुखाया। मुझे ही यह शाप क्यों? वह भी आनंद की गैर-मौजूदगी में! इस अपरिचित ससुराल में!'

'भगवान्! और कुछ भी हो, यह श्वेत कुष्ठ रोग तो होना नहीं चाहिए। मुझे अभय प्रदान करो।'

डॉक्टर के पास जाँच के लिए, वह भी गुप्त रीति से, कैसे जा सकती हूँ। कहीं बाहर पैर रखना हो तो भी कार के साथ ड्राइवर मौजूद होगा। राधक्का को बताकर जाना भी नामुमकिन है। सबको पता चला तो हाल बेहाल हो जाएगा। खुलासा करने में भी कठिनाइयाँ हैं। फेमिली डॉक्टर से जाँच करवाना रास्ते में पड़े पत्थर को सर पर रखने जैसा है।

अनुपमा चिंता की आग में जल रही थी, तड़प रही थी। आनंद को भी खत लिखकर ऐसा आघातकारी समाचार पहुँचाना अच्छा नहीं है।

'भगवान्! मैं कैसे विषवर्तुल में फँस गई! किस पाप का फल मुझे दे रहे हो? मैंने क्या पाप किया था, जिसके लिए तुम मुझपर इतने निष्करुण और निर्दयी हो?' अनुपमा अत्यंत दयनीय भाव से प्रार्थना कर रही थी।

दाग बढ़ रहा था। अनुपमा लाचार होती जा रही थी। आनेवाले भयानक भविष्य का कैसे सामना करे? वह अत्यंत विह्वल होकर सोच रही थी।

एक शाम गिरिजा की अनुपस्थिति में अनुपमा ने राधक्का से कहा, 'मैं थोड़ा हॉस्टल जाकर अपनी सहेली से मिलकर आती हूँ।'

राधक्का ने कहा, 'ठीक है। एक घंटे में वापस आ जाओगी न? मुझे सात बजे के करीब पुराण-पाठ के लिए जाना है। कार की जरूरत होगी। तुम जहाँ रहो, वहाँ ड्राइवर तुम्हें लेने आ जाएगा।'

अनुपमा ने सोचा, यही अवसर है, गिरिजा का पहरा भी नहीं है। ड्राइवर की झंझट भी नहीं है। उसने कहा, 'बेकार की झंझट क्यों? कार आप अपने साथ ही रखें, मैं बस में चली जाऊँगी और अपने-आप आ जाऊँगी।'

'शाम ढलने के बाद इधर-उधर मत जाना। जल्दी वापस आ जाना।' राधक्का ने कहा।

अनुपमा बस स्टॉप की तरफ निकल गई।

छात्र-जीवन में अनुपमा कई बार बाजार आया करती थी। सैकड़ों डॉक्टरों के नामफलक देखे थे, मगर किसी को भी जानती नहीं थी। कम समय में अच्छे डॉक्टर को ढूँढ़ना और गुप्त रूप से जाँच करवाना अनुपमा को चोरी करने जैसा महसूस हुआ।

'डॉक्टर राव, चर्मरोग-विशेषज्ञ।'

नामफलक दिखाई पड़ा। अनुपमा वहाँ पहुँच गई। दवाखाने में तीन-चार मरीज इलाज करवाने के लिए अपनी बारी की प्रतीक्षा कर रहे थे। चर्मरोग असह्य होते हैं, इसका अनुभव अनुपमा को अपनी जिंदगी में पहली बार हुआ।

अनुपमा को अंदर आते हुए देखकर स्वागतकर्ता को अचरज हुआ। मरीज के कोई लक्षण अनुपमा में नहीं थे। गुलाबी गाल, गौर वर्ण, कोमलता, चंदन-सा बदन, आँखों में म्लानता होते हुए भी अनुपमा आरोग्यशाली दीख रही थी।

स्वागतकर्ता ने सोचा, अनुपमा डॉ. राव की रिश्तेदार होगी और उनसे मिलने आई होगी। उसने कहा, 'डॉक्टर साहब घर में हैं, वहीं जाकर मिल लीजिए।'

अनुपमा ने मना किया और वहीं बैठकर प्रतीक्षा करने लगी। समय आगे बढ़ रहा था, अनुपमा को काँटों पर बैठने जैसा महसूस हो रहा था। 'अपनी बारी क्यों नहीं आ रही है? देर हो गई तो घर में सास राधक्का चिंतित होंगी।'

अनुपमा अपनी ही सोच में डूबी हुई थी कि तभी उसकी बारी आ गई। उसने शंकित-आतंकित मन से डॉक्टर के कक्ष में प्रवेश किया। डॉक्टर के गंभीर बदन, सफेद बाल, अनुकंपा से भरी आँखों में सहानुभूति देखकर उसका हौसला बढ़ा। उसने कहा, 'डॉक्टर, अंगारा पैर के अगले भाग पर गिर गया, इसी वजह से यह सफेद दाग दीख रहा है। मुझे श्वेत कुष्ठ तो नहीं हो गया?'

गौर से अनुपमा को देखते हुए डॉक्टर ने कहा, 'आराम से बैठकर बोलिए, घबराने का कोई कारण नहीं है।'

अनुपमा ने पादाग्र से साड़ी सरकाकर दाग दिखाया।

डॉक्टर के चेहरे पर कोई बदलाव नहीं आया। निर्विकार भाव से उन्होंने कहा, 'आपकी शंका सही है।'

अनुपमा ने डॉक्टर से 'यह श्वेत कुष्ठ नहीं है', सुनने की आशा की थी, परंतु दुर्भाग्यवश वह श्वेत कुष्ठ से ही पीड़ित थी।

चिकित्सक से यह बात सुनकर अनुपमा निश्चेतन-सी हो गई। चर्मरोग-विशेषज्ञ ने ऐसी सामाजिक और सांसारिक समस्याओं को ध्यान में रखकर फौरन कहा, 'यह ठीक नहीं होगा, ऐसा मत समझिए। आपके वंश में यह पहले किसी को था?'

'मेरी माँ को तो नहीं था। जहाँ-तक मैं जानती हूँ, माँ जी के खानदान में भी किसी को नहीं था। वैसे ही पिता जी की तरफ भी। डॉक्टर, यह आनुवंशिक रोग तो नहीं?'

'नहीं! फेमिली हिस्ट्री पूछी। वैसे तो यह आनुवंशिक रोग नहीं है।'

'डॉक्टर, पादाग्र पर अंगारा गिर गया, इसलिए तो नहीं हुआ?'

'वह निमित्त-मात्र था। रोग प्रवेश क्यों होता है, कैसे होता है, यह बताया नहीं जाता। गर्भावस्था में भी आ सकता है।'

'डॉक्टर, यह रोग मुझे क्यों आया?' अनुपमा सुबक-सुबककर रोने लगी।

'आप घबराइए मत, हौसला रखिए। मैं कुछ दवाइयाँ लिख देता हूँ, उनका इस्तेमाल करके देखिए।'

'डॉक्टर, क्या मैं पहले जैसी सही हो जाऊँगी?' निराशा में आशा की किरण महसूस करते हुए उसने पूछा।

'देखिए, मैं इसकी असली हकीकत बताता हूँ। कुछ लोगों में यह जल्दी कम हो जाता है। रोग फैलना या गुणमुख होना हर एक की देह की प्रकृति पर निर्भर है। इस वजह से यकीनन यह कहा नहीं जाता कि रोगी रोग-मुक्त हो जाएगा कि नहीं!'

अनुपमा खड़ी हो गई।

डॉक्टर ने कहा, 'शांत चित्त से इसका मुकाबला करने की कोशिश करो। मानसिक क्लेश एवं चिंता से रोग के बढ़ने की संभावना है।

मंद आवाज में अनुपमा ने कहा, 'डॉक्टर साहब, मैं इस रोग के इलाज

के लिए यहाँ आई थी, इस बात को कृपया आप गोपनीय रखें।'

हँसते हुए डॉक्टर ने कहा, 'चिंता मत कीजिए, वह मेरा चिकित्सकीय धर्म है।'

बुझे दिल से अनुपमा बाहर आई। उसे अब समझ में आया कि हर मरीज डॉक्टर के साथ इतना वक्त क्यों लेता है।

❑

अनुपमा की स्थिति दिन-ब-दिन बिगड़ती गई। यह रोग ठीक नहीं हुआ और किसी ने देख लिया तो उसको कराल भविष्य का सामना करना पड़ सकता था। और दूसरी बात यह कि वह आनंद से कैसे कहे?

डॉक्टर की लिखी दवाइयाँ श्रद्धापूर्वक लेने के बावजूद सुधार नहीं हुआ। वैसे तो डॉक्टर ने बताया था, 'चर्मरोग ठीक होने में बहुत वक्त लगेगा। रोगी में सहनशीलता और सब्र होना चाहिए।'

अनुपमा में अपार सहनशीलता थी। वह बरदाश्त कर सकती थी; मगर आसपासवालों के बारे में वह निस्सहाय थी।

हर बार डॉक्टर के पास होकर आना एक अश्वमेध-यज्ञ जैसा लगता था।

घर में झूठ बोलकर, कोई देख रहा है या नहीं, नजरों से छुपकर शाम ढलने के पहले ही घर पहुँचना। इसमें थोड़ी-सी भी गड़बड़ हो गई तो जिंदगी श्मशान बनने का आतंक, धारवाली तलवार सर पर लटकने का अनुभव!

पादाग्र पर उद्भूत सफेद दाग छुपाने के लिए वह साड़ी थोड़ी नीचे कर पहनती थी। इससे चलने में दिक्कत होती थी।

मुझे ही क्यों यह बीमारी लग गई? पिछले जन्म का कर्म शेष तो नहीं? किसके शाप से यह बीमारी आ गई है?

घने अँधेरे में कारण पता करने का विफल प्रयास कर वह थक जाती थी।

इसका अंत भी आ गया।

एक शाम राधक्का अपनी जानकार इंदिरक्का के यहाँ जाने का इंतजार करती हुई बाहर निकलीं, तभी अनुपमा डॉक्टर के पास चल पड़ी, 'सहेली के पास' कह चुकी थी। गिरिजा अपनी आदत के मुताबिक हर शाम गायब ही रहती थी। वह दिन ही अलग था।

इंदिरक्का गाँव में नहीं थी। राधक्का वहाँ से कहीं भी जाने की इच्छा न करती हुई ड्राइवर से बोलीं, 'सीधे घर जाना है बाजार से होते हुए।'

बाजार में उनकी खास पूजा-सामग्री की दुकान में 'केसर' आया है क्या? पता करने ड्राइवर को भेजकर स्वयं कार में बैठी थी।

स्वाभाविक तौर से उनका लक्ष्य पहली मंजिल स्थित नामफलक पर पड़ा—'डॉ. राव, चर्मरोग-विशेषज्ञ'।

राधक्का की समझ में चर्मरोग-विशेषज्ञ के पास जानेवाले गुप्त रोगी ही होते हैं। उनका मुँह टेढ़ा हो गया। उनकी कड़ी नजर हट रही थी कि इतने में अनुपमा बाहर आती हुई दीख पड़ी।

राधक्का दिग्भ्रमित हो गई। उन्हें बड़ा आघात लगा। उन्होंने ऐसा दृश्य देखा, जिसपर वह विश्वास नहीं कर सकती थीं। झटके से किसी ने प्रहार किया हो, उनको ऐसा लगा।

नामी घराने की बहू! कहाँ देखा? अगर कोई और कहता तो विश्वास नहीं करतीं। मगर खुद अपनी आँखों से देखा है। वे स्तंभित हो गईं।

तुकाराम वापस आकर 'केसर लाया हूँ जी' बोला। तब वह प्रकट यथार्थ में आ गईं।

मुझे राधक्का ने देख लिया है, अनुपमा को इसका तनिक भी अहसास नहीं था। दवाखाने से बाहर निकलकर, बस में बैठकर वह घर आ गई। उसको अपने जीवन में भयानक बवंडर के आने की सूचना तक नहीं थी।

तूफान राधक्का के मन में उठा था। इस घटना ने उनको और कठोर बना दिया था। वह क्या करे? उनकी कठोरता की बलि अनुपमा नामक सुकोमल पुष्प होनेवाली थी।

अनुपमा ऊपरवाले अपने कक्ष में आनंद का खत बार-बार पढ़ रही

थी। आनंद ने इंग्लैंड की रंगभूमि और वहाँ के अँगरेजी नाटकों के बारे में लिखा था—'यहाँ हर रोज नए-नए प्रयोग होते रहते हैं। रंगभूमि हमेशा क्रियाशील रहती है। अनुपमा, तुम्हें समय बिताने में कोई कठिनाई नहीं होगी। मुझे अस्पताल में बहुत काम होता है। जब कभी कोई सुंदर वस्तु देखता हूँ, सुंदर काव्य-श्रवण करता हूँ तो हमेशा तुम्हारी याद आती है। दो-तीन महीनों में तुम यहाँ पहुँच जाओगी। उस सुमधुर क्षण की प्रतीक्षा में हूँ।'

नीचे से राधक्का की आवाज सुनाई पड़ी—'अनुपमा!' अनुपमा अपने स्वप्नलोक में विहार कर रही थी। आनंद ने आगे लिखा था—'जिंदगी का अर्थ सुख-सागर है। कोई कहता है, जिंदगी एक कठिन तपस्या है। मुझे तो ऐसा महसूस होता नहीं। जब तुम मेरे पास हो, सारा जग ही सुंदर दीखता है। अनु! माँ कैसी है? उनका दिल कभी भी दुखाना मत। तुम तो दिल दुखाती नहीं होगी। मगर कभी-कभार गुस्से में उन्होंने तुम्हें कुछ कह भी दिया तो मेरी खातिर उसको भूल जाना।'

'अनुपमा!' राधक्का की आवाज फिर सुनाई पड़ी। इसमें क्रोध और कड़वाहट ज्यादा थी। अनुपमा फौरन ही उठी। राधक्का आज जल्दी घर वापस आई थी।

अनुपमा ने सीढ़ी पर खड़े होकर कहा, 'आई।'

'क्यों, सहेली के घर नहीं गईं? क्या बाजार गई थीं?' वकील की तरह सवाल किया राधक्का ने।

अनुपमा का दिल कह रहा था, 'कहीं कुछ जरूर गड़बड़ है। तुम्हारा खेल खत्म हो गया है।'

'तुम नीचे आओ!' राधक्का ने जोर से कहा।

कदम उठाकर नीचे उतरने के लिए अनुपमा ने पाँव बढ़ाया। उसके बाद क्या हुआ, अनुपमा को याद नहीं। पैरों में साड़ी अटक गई या घबराहट से चक्कर आ गया—वह सीढ़ी से गेंद-सी गिर पड़ी।

❑

गिरने की आवाज सुनकर पूजा के लिए आए नारायणाचार्य, रसोई की

कामवाली, ड्राइवर तुकाराम, बाहर से अकस्मात् जल्दी आई हुई गिरिजा—सब एकत्र हो गए।

अनुपमा पीठ के बल पड़ी थी। माथे पर लगी चोट से खून बह रहा था। दाएँ पाँव पर से साड़ी उघड़ गई थी। अनुपमा जिस चीज को सबसे अधिक छुपाने का प्रयत्न कर रही थी, जिसके लिए आर्त होकर सैकड़ों देवी-देवताओं से उसने मनौती माँगी थी, वह सबके सामने अब गोचर था।

श्वेत कुष्ठ (सफेद दाग) देखकर सबके चेहरे उतर गए। दुर्घटना घट गई थी। राधक्का दंग रह गईं। उनकी जिंदगी में यह दूसरा आघात था। राधक्का ने नजदीक से झुककर देखा।

इसको देखकर नारायणाचार्य ने कहा, 'माँजी, बहू को श्वेत कुष्ठ लग गया है।

गिरिजा ने अपने मन में कहा, 'मेरा खुंदक निकालने चली थी, अब देखो क्या हो गया।'

अपनी-अपनी समझ के मुताबिक बाकी लोग संभाषण कर रहे थे। किसी ने बेखबर पड़ी अनुपमा के बारे में नहीं सोचा।

ज्यादा चोट तो नहीं लगी थी। रसोई में कामवाली ने समयप्रज्ञा से अनुपमा के मुँह पर ठंडा पानी छिड़का। दर्द से सुस्ती आ गई थी।

होश में आने पर अनुपमा अपने पास खड़े हुए लोगों की दृष्टि देखकर समझ गई कि क्या गुजरा होगा।

झट उठकर और साड़ी समेटकर दीवार से पीठ लगाकर वह बैठ गई। उसके सामने प्रश्न था—आगे क्या होगा?

राधक्का के सामने भी चुनौती थी—आगे क्या होगा? राधक्का ने सोचा और पूछताछ शुरू की, 'अनुपमा, तुम्हें बाजार में देखा।'

धीमी आवाज में अनुपमा ने जवाब दिया, 'मैं डॉक्टर के पास गई थी।'

'सहेली के पास कहकर, झूठ क्यों बोली?'

अनुपमा के पास इसका जवाब नहीं था। गिरिजा की शपथ याद आई।

'माँ, राघवेंद्र स्वामी की शपथ, आराध्य देव लक्ष्मी देवी की शपथ।'

गिरिजा ने ऐसी झूठी शपथ ली थी। आखिर गिरिजा बेटी थी, अनुपमा बहू है। कैसी बड़ी दरार!

'श्वेत कुष्ठ कब से था?'

'हाल ही में हुआ है।'

'शादी के पहले से होगा?'

'नहीं। लक्ष्मी-पूजा के बाद।'

झट नारायणाचार्य ने हस्तक्षेप किया और कहा, 'लक्ष्मी माता की अर्चना में अत्यंत शुद्धता में कोई आँच होगी।'

राधक्का ने उसको चुप रहने के लिए इशारा किया।

'क्या आनंद यह जानता है?'

'नहीं, हाल ही में हुआ है, कहा न!'

'डॉक्टर के पास क्यों गई थीं?'

'इसीलिए।'

'दूसरी कोई वजह नहीं न?'

'दूसरी वजह कोई भी नहीं। इसीलिए दो-तीन बार गई थी।'

'तुमने हमें क्यों नहीं बताया?'

राधक्का से कहना 'बिल के मुँह में चूहा देना' सोचकर अनुपमा मौन रह गई।

राधक्का आगे बोली, 'झूठ मत कहो, बीमारी पहले से ही होगी। ऊपर की गौरवर्णी त्वचा ने हमारे भोले लड़के आनंद को मोहित कर लिया। इसीलिए कहते हैं, कुल जाँचकर वधू लाओ। तुम्हारे खानदान में क्या-क्या बीमारियाँ थीं, कौन जाने! कैसा घोर अपकार हुआ! हमारे खानदान की इज्जत मिट्टी में मिल गई। तुम्हारी वजह से हम सर उठाकर इस गाँव में जी नहीं सकते।'

'नारायण, कुंडली मेल खाती थी कि नहीं?'

'मुझे जो कुंडली मिली थी, वह मेल खाती थी।'

'किसको पता, वह झूठी कुंडली होगी!'

अनुपमा जवाब देने की स्थिति में नहीं थी। राधक्का के वाक्-प्रहार से वह टूट गई थी। उसकी रक्षा सिर्फ परमात्मा कर सकते थे।

अनुपमा ने खाना खाने की कोशिश की, मगर अन्न गले से नीचे उतर नहीं रहा था। हमेशा हँसमुख-सी, बड़े काम को भी आसानी से निपटाकर चारों तरफ चैतन्य फैलाती अनुपमा आज अकेली बैठी है। उसका दिल भर आया। थाली छोड़कर वह उठ खड़ी हुई।

तुंगक्का ने उसको उठते देखकर, जहाँ अनुपमा बैठी थी, उस जगह को पानी से धुलवाया। यह नया परिवर्तन! अनुपमा को विचित्र लगा। वह सोचने लगी कि इसका अर्थ क्या है? मतलब क्या है? दोपहर की कड़ी धूप में सुंदरक्का का आगमन होने का अनुपमा को पता चलना आमतौर पर वह खुद आकर स्वागत करती थी। लेकिन आज अनुपमा को कोई दिलचस्पी नहीं थी।

राधक्का बाहर आई—सहेलियों की बातचीत ऊपर सुनाई पड़ती थी—'राधाबाई, समाचार पता लगा। बहुत बुरा लगा। आप जैसों को धोखा हुआ।'

'मुझे तो कुछ भी समझ में नहीं आ रहा है। रूप देखकर मार खा गए। तुम्हें किसने बताया?'

'निराला ने सावंत्री को बताया नारायण से पूछकर आ रही हूँ।'

सुंदरक्का ने कहा, 'क्या करूँ, मुझे पता नहीं चल रहा है।'

'आप जानतीं नहीं? यह सफेद दाग यानी कि श्वेत कुष्ठ अथवा पांडु-रोग कहलाता है। यह संक्रामक है और पिछले जन्म के पापकर्म का द्योतक है।'

अनुपमा सुनकर चौंक पड़ी। डॉक्टर ने खुद कहा था, 'पांडुरोग संक्रामक नहीं है। कुष्ठ रोग और पांडुरोग के वैद्यकीय लक्षण एक ही किस्म के होते हैं; मगर दोनों में कोई संबंध नहीं है। इससे त्वचा विरूप जरूर होती है, मगर अंगहीनता नहीं होती।'

अनुपमा यह बात किसको समझाए? समझाए भी तो सुननेवाला कौन है?

अगले दिन अनुपमा यथा-प्रकार सुबह उठ गई। रात को खाना नहीं खाया था। किसी ने बुलाया तक नहीं था। दिनचर्या के अनुसार चाँदी के पुष्पपात्र में फूलों को भरकर वह पूजागृह में प्रवेश कर रही थी कि तभी नारायणाचार्य ने कहा, 'अंदर मत आना, पूजागृह अछूत हो जाएगा।'

अनुपमा को छोटी मालकिन समझकर, सर झुकाकर विनम्रता से बात करनेवाला पुजारी तिरस्कार से अशौच की बात कर रहा है।

अनुपमा के लिए यह अकल्पनीय था। अपनी बीमारी का असर बुरा ही होगा, इसका पता तो अनुपमा को था ही; मगर यह इतने निम्न-स्तर तक पहुँच जाएगा, उसने कभी सोचा नहीं था।

ज्यादा बात न करके वह पुष्पपात्र को पूजागृह के बाहर ही छोड़कर चल दी।

सामने शुद्धता से प्रवेश करती हुई राधक्का ने अपशकुन समझकर मुँह फेर लिया और कहा, 'नारायण! फूलों को बाहर फेंक दो और पुष्पपात्र पर शुद्ध जल का सिंचन कर अंदर रख लो।'

उसके हृदय पर जैसे जलती हुई लाल लोहे की शलाका रख दी गई हो, ऐसा अनुभव हुआ। वह सर नीचे को झुकाए चली गई।

इसका मतलब है कि आज से उसका स्थान घर के नीचे-से-नीचे नौकर से भी गौण है। कामकाजवाले अपने काम खत्म होते ही अपने घर चले जाते हैं, मगर वह?

वह किसके घर जाएगी? पिता का आश्रय सौतेली माँ के आते ही छूट गया था। शादी के बाद एक बार भी मायके नहीं गई। जाने की इच्छा और अपेक्षा भी नहीं थी।

'लक्ष्मी-निवास' कल तक उसका अपना घर था, आज से नहीं। यह सास के बरताव से जाहिर था। फिर उसका घर कहाँ? जहाँ उसको प्रेम, विश्वास, प्यार मिले, वही उसका घर है। प्रायश: इंग्लैंड में आनंद के पास!

वहाँ आनंद कितने समय तक रह सकता है? ज्यादा-से-ज्यादा दो बरस। वापस यहीं तो आना है। तब तो वह 'लक्ष्मी-निवास' में ही रहेगी?

मतलब राधक्का के साथ ? इस तरह की आचार-विचारवाली सास के साथ ?

हमेशा एक-न-एक काम में व्यस्त रहनेवाली अनुपमा को बेकार और सिर्फ दो वक्त की रोटी के लिए जीवन व्यतीत करना, इस भाव ने मानसिक क्लेश में डुबो दिया। इस वनवास का अंत कब होगा ?

अनुपमा को श्वेत कुष्ठ हो गया है, यह घर में सबको पता था। रसोई की कामवाली तुंगक्का, नारायणाचार्य, ड्राइवर तुकाराम, नौकरानी निगब्बा, इन्होंने पूरे गाँव में हल्ला कर दिया था। किसी अनजान भय से अनुपमा थरथर काँप उठी थी।

'हमारी अनुपमा को श्वेत कुष्ठ लगा है। बेचारी!'

'घमंड से अकड़ती थी, अच्छा ही हुआ।'

'पांडुरोगवाली अर्धांगिनी किसको चाहिए! मायके भेज देंगे।'

कैसी अजीब ऊहापोह, विचित्र समाचार। हजारों मील दूर स्थित आनंद इसपर विश्वास करेगा ? ऐसी बातों में आकर मुझे त्यागेगा तो नहीं ? अनुपमा चिंता में पड़ गई।

'नहीं, आनंद ऐसा नहीं करेगा। वह खुद भी डॉक्टर है। इन सबको समझाएगा।'

भोजन के समय पर नीचे से तुंगक्का ने आवाज दी।

रोज सास-बहू-गिरिजा इकट्ठे भोजन करते थे। आज सास और गिरिजा का भोजन हो चुका था, इसका पता अनुपमा ने ले लिया। ऐसे ही एक दिन बीत गया, और कितने दिन, हफ्ते, महीने, बरस बिताने पड़ेंगे। अनुपमा व्यथित और उद्वेलित हुई।

वह समय शीघ्र ही आ गया।

अगले दिन प्रात:काल शामराव जी को गेट खोलते हुए और अंदर प्रवेश करते हुए अनुपमा ने अपनी बालकनी से देखा।

आनेवाले अनर्थ की कल्पना अनुपमा को थी ही। साथ-साथ कुछ भी हो, देखा जाएगा, ऐसा निर्विकार भाव भी था। नीचे चल रही बातचीत खड़े कान से वह सुन रही थी।

‘कल आपका टेलीग्राम मिला, इसीलिए सुबह की पहली बस पकड़कर आ गया।’ शामराव जी ने आसन ग्रहण किया। फिर बोले, ‘अनुपमा अब ठीक है कि नहीं?’

‘ठीक ही है। उसको क्या हुआ है?’

‘आनंदराव का कोई समाचार?’

‘वह भी कुशल-मंगल से है।’

‘आपकी तबीयत कैसी है?’

अनुपमा ने सोचा, संभवतः पिता जी टेलीग्राम की वजह ढूँढ़ रहे हैं।

‘हमें कुछ नहीं हुआ, आप ही से पूछना था। स्कूल मास्टर की गरीब लड़की होनहार, देसाई जी ने तारीफ की थी, उस भरोसे पर अनुपमा को बहू बना लिया। आपने हमारी उदारता का नाजायज फायदा उठाया है। बड़ा तोहफा भी दिया है।’ व्यंग्य से राधक्का ने कहा।

शामराव जी ने कहा, ‘क्या हुआ है, मुझे समझ में नहीं आ रहा है। अगर अनुपमा ने अनजाने में कुछ गलती की होगी तो कृपया माफ कर दीजिए। मैं उसको समझा दूँगा। हम गरीब जरूर हैं, मगर हमने कोई धोखा नहीं किया, इस बात के साक्षी स्वयं परमात्मा ही हैं।’

‘तो आप साक्षी को बुलाइए। आपकी बेटी को कुष्ठ रोग है, यह जानते हुए भी आपने बात छिपाकर शादी कर दी। यह धोखा नहीं तो और क्या है?’

‘क्या! अनुपमा को कुष्ठ रोग! असंभव; ऐसा कौन कहता है? मेरी बेटी को यह बीमारी नहीं है। आज तक हमारे वंश में किसी को कुष्ठ रोग नहीं हुआ, आपको गलतफहमी हो गई है।’

‘गलतफहमी क्यों? सच मैं दिखा दूँगी।’

‘अनुपमा!’ सास ने बुलाया।

‘अनुपमा!’ पिता ने आवाज दी।

दुःखार्त अनुपमा भारी हृदय से मंथर गति से कदम रखती हुई सीढ़ी उतरकर नीचे हॉल में आ गई।

चिंता, दुःख, आश्चर्य से मुरझाए हुए पिता, दर्प की प्रतिरूप सास, नारायणाचार्य, गिरिजा। इनको देखकर अनुपमा ने सोचा कि मेरी 'अग्नि-परीक्षा' का समय आ गया है।

अग्नि-परीक्षा में अकलंकित साबित हुई सीता माता को भी वनवास का दुःख भोगना पड़ा, मैं तो सामान्य स्त्री हूँ। क्या-क्या भुगतना होगा? नतमस्तक अनुपमा मनोमंथन कर रही थी।

'अनु, तुम्हारी सास कुछ कह रही हैं, वह सच है क्या?'

अनु चुप रही। शामराव जी ने फिर पूछा, 'देखो, वह कह रही हैं कि हमने उन्हें धोखा दिया है। सच बताओ।'

'पिता जी, पहले ऐसा कुछ नहीं था। हाल ही में यह सफेद दाग हुआ है।' अनुपमा ने साड़ी पादाग्र से उठाकर दाग दिखाया।

राधक्का ने अपनी बात साबित कर दी थी। निराशा से शामराव जी ने सर झुका लिया।

राधक्का ने कहा, 'ठीक है, अब आप अपनी बेटी को अपने घर ले जाइए। वापस आने के बाद आनंद को क्या करना हैं, वह सोच लेंगे। दाग ठीक होने तक अनुपमा इस घर में कदम नहीं रखेगी। हमें धोखा हुआ है। अनुपमा रोगमुक्त होने तक यहाँ नहीं आएगी। आनंद को भी यही कहूँगी।' फिर उन्होंने अनुपमा की ओर देखते हुए कहा, 'समझ गई न? जाते वक्त मेरा दिया हुआ सोना, जेवरात मुझे देकर जाना।'

दैन्य के प्रतिरूप शामराव जी ने कहा, 'आपकी भी बेटी है। अनुपमा को अपनी ही बेटी समझ लीजिए। भगवान् ने पिछले जन्म के पाप का प्रायश्चित्त दिया है। दया कीजिए, परदेसी लड़की, आप ही उसकी माँ हैं।

अनुपमा ने पिता को आगे बढ़ने से रोका और कहा, 'पिता जी, चलिए, हम चलते हैं।'

राधक्का का कठोर हृदय पत्थर बन गया था। वह पिघलनेवाला नहीं और पिता जी जो कुछ भी कहेंगे, आर्तभाव से विनति करेंगे, वह अरण्य-रोदन होगा, यह बात अनुपमा अच्छी तरह जानती थी। अपने कक्ष से अपनी

ही कुछ साड़ियाँ बटोरकर अपना और आनंद का भावचित्र लेकर वह बाहर आ गई।

राधक्का ने कहा, 'गिरिजा, अपनी भाभी को सिंदूर दे दो।'

संभवतः यही आखिरी मुलाकात हो इस घर में और घर के लोगों से। मन में सोचती हुई सिंदूर लगाकर अनुपमा 'लक्ष्मी-निवास' से बाहर निकली उसने पलटकर देखा तक नहीं।

उद्वेगित साबक्का घर में ही अंदर-बाहर घूम रही थी। सौतेली बेटी की ससुराल से आए हुए टेलीग्राम ने उनको आतंकित कर दिया था। उनको लग रहा था कि कुछ 'अनिष्ट' ही हुआ है। इतने थके हुए, नतमस्तक शामराव अनुपमा के साथ आते हुए दीख पड़े। म्लान वदन बाप-बेटी वापस आ गए। बाहर के चौक पर थकावट से शामराव जी सर पर हाथ रखकर बैठ गए। अनुपमा चुपके से अंदर गई।

साबक्का ने पूछा, 'क्यों अनु को भेजा है ? न व्रत है, न त्योहार।'

शामराव जी कुछ नहीं बोले।

'आपका चेहरा इतना विषण्ण क्यों हुआ है ? ससुराल में झगड़ा-वगड़ा तो नहीं किया अनु ने ?'

शामराव ने जवाब नहीं दिया।

'भूख लगी है, पहले भोजन की तैयारी करो, खाली पूछताछ मत करो। सुबह से एक बूँद पानी भी पेट में नहीं है।'

'वे कैसे रिश्तेदार हैं ! पहली बार गए तो खाना-वाना छोड़ो, पानी तक नहीं दिया ! हमारी वसुधा की ससुरालवालों को देखिए, कितने अच्छे हैं ! इनको अपनी दौलतमंदी का घमंड होगा।'

'तुम अपनी कहानी बंद करो। हम यहाँ कड़ी भूख से मर रहे हैं और तुम ससुरालवालों की तुलना कर रही हो। पहले चावल बना दो, बाद में बताऊँगा, वहाँ क्या हुआ !'

हाँ, किसी के साथ अपना दिल हलका करने के लिए शामराव जी बातचीत करते, ताकि उनकी व्यथा कम हो। मगर अनुपमा क्या करे ?

अनुपमा मौन ही थी। साबक्का भी क्रोधित आँखों से 'इसमें कुछ रहस्य है' समझकर अपने कामकाज में व्यस्त हो गई।

रात के भोजन के बाद शामराव जी ने पूरा वृत्तांत सविस्तर साबक्का के सामने प्रस्तुत कर दिया।

साबक्का अनुपमा से जलती जरूर थी, मगर वह यह भी जानती थी कि अनुपमा झगड़ालू और झूठी लड़की नहीं है।

वैसे साबक्का ने अनुपमा को कभी प्यार की दृष्टि से नहीं देखा था। दूसरी परदेशी लड़कियों से थोड़ा-बहुत वात्सल्य, ममता दिखाई होगी, मगर अनुपमा से कभी नहीं। सौतेली माँ सौतेली ही होती है। उनको पूरा यकीन था कि श्वेत कुष्ठ अनुपमा को शादी के पहले से नहीं था।

विवाह के पश्चात् अपने से दूर हुई बेटी अब परित्यक्ता होकर वापस घर आई है, यह बात साबक्का बरदाश्त नहीं कर पा रही थी, इसलिए वह क्रोधित थी। एक तरफ गरीबी, दूसरी ओर नंदा की शादी। इसके बीच सौतेली बेटी का पुनरागमन! धधकती हुई आग में तेल डाला गया हो जैसे।

'आप इसको लेकर आए ही क्यों? तुम रहे, तुम्हारी बहू रही। जितना चाहो उतना पैसा है। इलाज करवाओ या जैसे चाहो वैसे अपने घर में रख लो। 'विवाह के बाद लड़की का स्थान ससुराल में ही होता है' यह कहकर छोड़ क्यों नहीं आए?'

'ऐसी बातें क्यों कर रही हो? अगर तुम्हारी अपनी बेटी होती तो?'

'ऐसी अशुभ बात मत कहो!'

'देखो, उन्होंने कहा है कि फिलहाल ले जाओ, सफेद दाग से मुक्त होते ही आने के लिए कोई मनाही नहीं है। कोशिश करना हमारे हाथ में है, फल देना ऊपरवाले के हाथ में।'

'बात वह नहीं है, अब लोगों का मुँह कैसे बंद करें? सब पूछेंगे, अनुपमा क्यों आई है? तब जवाब देना मुश्किल होता है। लोगों में बिना कारण संशय, दुनिया-भर की कहानियाँ पैदा होंगी। फिर वसुधा की ससुरालवालों को पता चल गया तो? आनंदराव भी कब लौटेंगे, इसका भी

भरोसा नहीं।''

हाँ, यह सब सोचनेवाली बात तो है। मगर पिता का हृदय सिर्फ अनुपमा का दु:ख और असहाय स्थिति ही पहचानता था।

'मैं आनंदराव को पत्र लिखकर वास्तविकता बता दूँगा।-अनुपमा भी लिखे। वह कुछ समाधान सुझाएँगे। अपनी पत्नी के भविष्य की चिंता उनको भी जरूर होगी।'

अनुपमा यह सब बातचीत सुन रही थी। वह भी आनंद, सिर्फ आनंद के विचार में ही डूबी थी।

'प्रिय आनंद!

अब तक आपको मेरा 'समाचार' प्राप्त हो गया होगा। अगर नहीं, तो मुझे खुद वह 'कड़वा सच' आपको बताना होगा।

आनंद, पिछले एक-दो महीने से मेरे जीवन में अंधकार छाया हुआ है। पादाग्र पर अंगार गिरने के बहाने शुरू हुआ यह अध्याय सफेद दाग पर खत्म हो गया है। मुझमें किसी से कहने की हिम्मत नहीं थी। संदिग्ध परिस्थिति में चर्मरोग-विशेषज्ञ डॉ. राव को दिखाया। उन्होंने इसे 'श्वेत कुष्ठ' निर्धारित किया।

आप खुद डॉक्टर हैं। इसलिए ज्यादा लिखना जरूरी नहीं समझती। आप रोग-निदान जानते हैं। हमारे वंश में किसी को यह बीमारी नहीं थी, मैं जानती हूँ। डॉ. राव इलाज कर रहे हैं।

यह मत समझिए कि मैं आपके घरवालों की शिकायत कर रही हूँ। मगर सासू जी यह सोचती हैं कि मुझे शादी से पहले ही यह रोग था और हमने जान-बूझकर उन्हें धोखा दिया।

आनंद, आप जानते हो न! मुझमें सफेद दाग नहीं था।

दुर्दैववशात् अब आ गया है। आपके खानदान को धोखा देकर आपको पाने का इरादा तो मेरा कभी नहीं था। मिसाल के तौर पर मुझमें और आपमें जमीन-आसमान का फर्क था।

अब मैं मायके में हूँ। मेरा चित्त आपमें ही बसा हुआ है। यहाँ भी

कितने दिन रह सकती हूँ!

आप जल्दी जवाब देना। माताश्री को भी खत लिखना। आपके पत्रोत्तर का चातक पक्षी की तरह इंतजार कर रही हूँ।

आपकी—अनुपमा।'

बेसब्री से आनंद के जवाब का इंतजार करना ही अनुपमा की दिनचर्या बन गई। केवल प्रतीक्षा ही नहीं, उसके जीवन-प्रवाह की गति बदलनेवाला भगीरथ आनंद ही था।

साबक्का भी सांप्रदायिक मनोभाव की ही थी। श्वेत कुष्ठ को वह 'अपशकुन', 'अशुभ' मानती थी। अनुपमा घर का कामकाज पूरी निष्ठा और श्रद्धा से करती थी। काम करते समय कभी अपनी हताशा, निराशा व्यक्त नहीं करती थी।

रात होते ही खिड़की से आकाश देखती, सोचती और ख्यालों में डूब जाती थी। आनंद अब क्या कर रहा होगा? मेरा खत पहुँचते ही उसने जवाब लिखा तो कब पहुँचने की संभावना है? 'चमकते सितारो! आप ही कालिदास के मेघदूत बनकर मेरे संदेश को क्षण-मात्र में आनंद को पहुँचा सकते हो, और कोई नहीं।' ऐसी सोच में बैठ जाती थी।

पोस्टमैन वासुदेव तरस खाकर कहता था, 'अनुपमा! खत आया तो मैं खुद पहुँचा दूँगा, तुम क्यों राह देखकर परेशान होती हो!'

विवाहित लड़की बिना किसी कारण के मायके में ज्यादा समय रह गई तो समाज के निंदक लोगों को मौका दिया जैसा ही होता है।

देवेंद्र जैसे वैभवशाली संपन्न घराने में बहू बनकर गई अनुपमा इतने दिन मायके में क्यों है? यह प्रश्न गाँववालों के मन में भी उत्पन्न हुआ।

चिकित्सक-बुद्धि के लोग चुप भी नहीं बैठ सकते। बगलवाली शांतब्बा ने पूछा, 'क्यों अनुपमा, व्रत-त्योहार संपन्न होने के बाद यहाँ आई है? कोई खास बात? वजह?'

'ऐसा कुछ भी नहीं। यों ही आई हूँ।'

'ससुराल से कोई बुलाने नहीं आया?'

'वहाँ है कौन आने के लिए!'

असली बात छुपाई नहीं जाती। अनेक ऊहापोह फैलकर वास्तविकता से ज्यादा ही 'कड़वा सच' बन जाता है।

इन सब बातों की परवाह न करते हुए सफेद दाग फैल रहा था। जैसे-जैसे दाग बढ़ता जा रहा था, अनुपमा मुरझाती जाती थी। डॉ. राव द्वारा दी गईं दवाइयाँ इस्तेमाल कर रही थी।

आनंद का जवाब आया ही नहीं। एड्रेस में कुछ हेर-फेर हुआ होगा, समझकर दूसरा खत भेजा। हर रोज वह डाक का इंतजार करती रही।

पोस्टमैन ने खुद आकर 'अनुपमा, आपका एक खत है' कहा। निराश वातावरण में आशा की एक किरण। नहीं, आनंद मुझे भूला नहीं। किसी वजह से खत देरी से पहुँचा होगा या पहुँचा ही नहीं होगा। आनंद मेरा पाणिग्रहण किया हुआ पति, सुख-दुःख का भागी, अग्निदेव के समक्ष शपथ ले चुका पति है।

अनुपमा दौड़ती हुई आई। आया हुआ खत देखकर निराश हो गई। वह आनंद का खत नहीं था। उसकी सहेली सुमन का था। सुमन का खत। उसके विवाह का आमंत्रण था। शादी हरिप्रसाद नामक लड़के से तय हुई थी। अनुपमा को आने के लिए कहा था।

सुमन की शादी की बात ने अनुपमा को जरूर संतुष्ट किया, मगर आनंद का खत नहीं आया, यह दुःख उसको सहना पड़ा। सुमन की शादी पर मौजूद रहना तो अनुपमा के वश में नहीं था। विद्यार्थी-जीवन में एक बार अनुपमा सुमन के घर गई थी।

सुमन की माँ ने सुमन से पूछा था, 'अनुपमा को तुमने क्यों बुलाया? उसे देखकर वर तुम्हें नापसंद कर सकता है।'

यह बात अनुपमा को भी सुनाई पड़ी और उसे बहुत दुःख हुआ था।

कई बार अनुपमा का मोहक रूप उसका शत्रु बना था। हर कोई उसको असूया से देखता था। अगर अब वह वहाँ गई तो हर कोई उसपर तरस दिखाता हुआ कहेगा—बेचारी को ऐसा होना नहीं था। ऐसी अशुभ-सूचक

लड़की को मंगल-कार्य से क्या लेना-देना!

चुभनेवाली बातों को सहने की शक्ति और मानसिक स्थिति दोनों अनुपमा में नहीं थी।

दीदी-बहन जैसी अन्योन्यता से भरा प्यार का मित्रत्व रहा तो भी अनुपमा सुमन की शादी में उपस्थित रहना नहीं चाहती थी।

'सुमन, तुम कहीं भी रहो, अच्छे हृदयवाले पति को पाकर सुखी रहो। दौलतवाले न भी हों, सुसंस्कृत, सुबुद्धिवाली ससुराल पाओ।' अपने मन में ही शुभकामना व्यक्त की।

शादी एक लॉटरी जैसी घटना है। लॉटरी में कई लोग भाग लेते हैं। मगर यह पता नहीं होता कि वह किसको मिलेगी। उसी तरह शादी में वधू-वर पक्षों का आचार-विचार, समझदारी, अंतःकरण—सब चीजों का मेल खाना अदृष्ट पर ही निर्भर होता है। 'मेरी जिंदगी में तो वह सौभाग्य आया ही नहीं! कम-से-कम सुमन की जिंदगी तो सुख से बीते।' यह अनुपमा के हृदयांतराल से आया हुआ सदाशय वचन था।

'आज सुमन, कल वसुधा, उसके बाद नंदा—ऐसे सब एक-न-एक दिन विवाहित होकर अपनी-अपनी ससुराल चली जाएँगी। औरों की जैसी जिंदगी बिताएँगी। उनके सुख-दुःख में शामिल होने के लिए एक सहृदय समभागी, साथी मिल जाता है।' मगर मेरी जिंदगी? सूनी-सूनी सी, यांत्रिक, श्मशान-मौन। इसमें कोई बदलाव आना अब संभव नहीं है क्या? भगवान्, जिंदगी में कई लोग अपना पासा सही डालकर जीत जाते हैं। मेरा पासा गलत कैसे पड़ा? मुझे क्यों यह सजा? यह नरक? इससे छुटकारा कब? अनुपमा अंतरीक्षण कर रही थी।

अनुपमा के लिए सकल जगत् के साथ परिपालक परमात्मा भी गूँगा बन गया था। शामराव जी कभी-कभार 'अनु, आनंदराव जी का खत आया क्या?' पूछते थे, तब अनुपमा को चुभन-जैसी अनुभूति होती थी।

आनंद ने जवाब क्यों नहीं दिया? उस पते पर वह मौजूद नहीं होगा? अगर ऐसी बात है तो खत वापस तो आना था। तबीयत तो ठीक होगी? क्या

हुआ होगा? ससुराल को लिखा होगा? सास ने खत छुपाया तो नहीं होगा? या मैं खुद सास को खत लिखकर विनति करूँ कि अगर आनंद का खत वहाँ आया हो तो कृपया यहाँ भेज देना।'

अगर मैं उनको खत लिख भी दूँ तो क्या भरोसा है कि वह भेज देंगी। कुछ-न-कुछ बहाना निकालेंगी, झूठ बोलेंगी, उसके बाद भगवान् की शपथ लेंगी। यह सब अनुपमा की देखी हुई, महसूस की हुई बातें थीं।

इतने में अनुपमा को इस शादी के कारणकर्ता प्रो. देसाई जी याद आ गए। हम दोनों के परिचय में भी वही मध्यस्थ थे। उनको आनंद का अता-पता जरूर पता होगा। वह जानती थी कि देसाई जी का ट्रांसफर देहली में हुआ है।

पहले देसाई जी का पता लेना। बाद में उनको खत लिखकर आनंद का पता हासिल करना, तदंतर अपनी दयनीय स्थिति का खुलासा आनंद को पत्रमुखांत देना। क्या झंझट है!

पति-पत्नी से संबंधित कोई भी आंतरिक बात घर के दरवाजे के बाहर जानी नहीं चाहिए, अनुपमा का इस बात पर अटल विश्वास था। आज उसको अपने पति का पता किसी अन्य से माँगने की नौबत आ गई थी।

अब अनुपमा को देसाई जी के खत के इंतजार में समय बिताना पड़ा। एक शाम की बात, घर में कोई नहीं था। आमतौर पर साबक्का मंदिर जाती थी, वैसे ही आज भी गई थी। नंदा-वसुधा पड़ोस में आयोजित नामकरण-संस्कार में गई थीं। अनुपमा को ऐसे मंगल-कार्यों पर कोई भी मनःपूर्वक आमंत्रण नहीं देता था। पांडुरोग-पीड़ित द्वारा नवजात शिशु को छूना निषिद्ध था। वह अंधविश्वास समझती हुई भी कहीं नहीं जाती थी।

पड़ोसी शांतब्बा का दो बरस का बेटा अगर इस तरफ आ गया तो शांतब्बा जोर से चिल्लाती थी, 'शिवू, उस तरफ मत जाना।'

दरवाजे पर खट-खट हुई। शब्द सुनकर अनुपमा ने दरवाजे खोले। देखा तो दो आगंतुक थे। दोनों पुरुष थे। दोनों आगंतुकों ने अनुपमा का नख-शिखांत निरीक्षण किया, जिससे अनुपमा संकुचित हो गई।

वह अंदर जाकर पानी लाई और दोनों को दे दिया।

उनमें से एक ने पानी पीया और दूसरे बुजुर्ग ने अनुपमा को देखते हुए कहा, 'आप ही बड़ी बेटी हैं?'

'हाँ।'

दोनों मौन हो गए। इतने में साबक्का वापस आ गई। संभ्रम से अंदर जाकर अनुपमा से पूछा, 'वसुधा की ससुरालवाले हैं। उनको क्या दिया? वसुधा के ससुर और मामा हैं। ये कहाँ गए हैं? नंदा, उनको बुला लाओ।' अनुपमा अपने कमरे में खिसक गई। संभ्रमपूरित वातावरण में अपशकुन की मौजूदगी क्यों?

शामराव जी भागते हुए आए। वसुधा रसोईघर में गई।

'राव साहब, क्या लेंगे? चाय, कॉफी। रात को यहीं ठहर जाइए। मैं शादी की तारीख बतानेवाला था, मगर बता नहीं पाया।'

बुजुर्ग आदमी ने शामराव जी को मुँह बंद करने के लिए संज्ञा की और मामा जी ने कहा, 'हम आपको यह बताने आए हैं कि घर में कोई समस्या है। गाँव जाने के बाद खत लिखकर बताएँगे। यहीं कहीं गए थे। आपके गाँव भी आना था। अब हमें आज्ञा दीजिए।' वे चाय पीकर चले गए। शामराव जी उन्हें बस स्टैंड तक पहुँचाकर आए। घर में शादी की तैयारी साबक्का बहुत उत्साह से कर रही थी। अनुपमा को अचरज हुआ। अपनी शादी में सिर्फ लड़का मान गया है, इसी बात पर केवल सौ रुपएवाली साड़ी और चूड़ियाँ लाई साबक्का अपनी बेटी के लिए धूमधाम से तैयारी कर रही थी। क्या गरीबी अनुपमा तक सीमित थी? यह अनुपमा का प्रश्न था।

अनुपमा ने दीर्घ साँस छोड़ी। उसको इन वस्तुओं से हजार गुना अमूल्य पति मिला था। मिला हुआ पति अब हाथ से फिसल गया। अपूर्व वस्तु खो जाने के बाद मुझे ऐसा विचार भी नहीं आना चाहिए। अनुपमा ने अपने आपसे कहा।

अगले दिन पोस्टमैन वासुदेव दो खत लेकर आया—एक अनुपमा के लिए और एक शामराव जी के लिए।

प्रो. देसाई ने लिखा था कि उन्हें आनंद के इंग्लैंड के प्रोफेसर हाल ही में मिले थे। साथ ही उन्होंने आनंद का पता भी भेजा था। पता पढ़कर अनुपमा को बहुत दुःख हुआ। वह पता वही पूर्व वाला था। उसी पते पर अनुपमा ने एक नहीं, दो खत भेजे थे। अनुपमा को आघात हो गया। इसका अर्थ यह है कि आनंद को खत मिले हैं। दूसरा अर्थ यह भी है कि आनंद जवाब देना नहीं चाहता। यह कैसा कठोर सत्य है ?

दूसरी तरफ शामराव जी खत पढ़ते-पढ़ते निश्चेत हो गए। अनुपमा ने ठंडा पानी लाकर उनके मुँह पर जल्दी-जल्दी छिड़का। उनको मिले खत में ऐसी कौन-सी बात होगी, जिसे पढ़कर वे बेहोश हो गए ?

वह खत वसुधा की होनेवाली ससुराल से था—

'आपकी बड़ी बेटी को कुष्ठ रोग (पांडुरोग) लगा है, ऐसी कानोकान सुनी खबर पर हमारा विश्वास नहीं हुआ। हमें यह भी खबर मिली थी कि इसी वजह से ससुरालवालों ने उसको त्याग दिया है। परसों हमारा आपके यहाँ आने का बहाना भी वही था। खुद आपकी बड़ी बेटी ने दरवाजे खोले। हमें यकीन हो गया है, आपकी बड़ी बेटी को वाकई कुष्ठ रोग है। आपकी दूसरी बेटी की शादी हम अपने लड़के से करने में असमर्थ हैं। इससे आपको दुःख जरूर होगा। घर में अत्यंत कट्टर शुद्धता का आचरण करनेवाले प्रपितामह होने के कारण हम विवश हैं। शादी ब्रह्मदेव-कृत गाँठ है। प्रायः ऐसी शादी भगवान् को स्वीकार नहीं होती है। आप अन्यथा न समझकर शादी की तैयारी रोक दें।'

किसी भी कन्या और पिता के लिए यह आघातकारी समाचार है। अनुपमा ने अपमान से सर झुका लिया। घर में रोना-धोना, श्मशान-जैसी शांति, गंभीर शांति छा गई। वसुधा सुबक-सुबककर रो रही थी, साबक्का क्रोध से लाल हो गई थी।

अनुपमा ने कहा, 'पिता जी, आप उनको जाकर बताइए कि मैं निरपराध हूँ।' वह गिड़गिड़ा रही थी। मगर वह अपराधिनी ही थी। सफेद दाग ने उसको अपराध नहीं करते हुए भी अपराधिनी बनाया था। उसी की वजह से

शादी टूट गई थी। अनुपमा के अस्तित्व ने ही वसुधा के स्वप्न-सौध को मिट्टी में मिलाया था, भंग किया था।

साबक्का ने परिस्थिति सँभालने की कोशिश करते हुए कहा, 'आप रिश्तेदारों के यहाँ हो आइए, हमारे खानदान में किसी को यह बीमारी नहीं थी। हो सकता है कि अनुपमा की माँ के यहाँ हो। अनुपमा वैसे ही सौतेली बहन है, कहकर उनको मना लीजिए। कहावत है कि 'सौ झूठ बोलकर एक शादी करो, इस अरिष्ट बीमारी ने मेरी बेटी की जिंदगी को बरबाद कर दिया।'

मरहूम माँ के खानदान में यह पांडुरोग था, कहकर वसुधा की शादी हो सकती है तो बहुत अच्छी बात है। मेरी जिंदगी बरबाद हो गई। वसुधा और नंदा तो सही-सलामत रहें, सोचकर अनुपमा ने पिता जी से कहा, 'माँ ठीक कह रही हैं। अगर उससे कुछ कामयाबी मिली तो मुझे बहुत संतोष होगा।'

शामराव जी निराश-भाव से हाथ-में-हाथ पकड़कर चल पड़े।

उनके वापस आने तक घर में श्मशानी मौन छाया रहा; बातचीत नहीं, खाना नहीं, पीना नहीं, किसी की बुद्धि स्थिर नहीं थी।

शामराव जी उदास चेहरा लेकर लौट आए। उसी से नतीजा पता चला। शामराव जी खाली हाथ वापस आए थे। उन्होंने कहा, 'रिश्तेदार ने किसी की बात नहीं मानी।'

'आपको जरूरत है, इसलिए आप कारण बता रहे हैं। हमें दूसरा रिश्ता नहीं मिलेगा क्या? हम उसी मुहूर्त में अपने लाडले की शादी कर देंगे।'

अनुपमा रोई नहीं, दुःख करने के लिए उसके पास कुछ बचा नहीं। शामराव जी अकाल-वृद्ध बन गए। इस घटना ने उनको निश्चेष्ट और सत्त्वहीन बनाया था। इतने में उनका दूसरे स्थान-स्थित स्कूल में तबादला हुआ। घरवालों को वही राहत थी।

शामराव जी का संसार नए गाँव में बस गया। घर में किसी में चेतना और उत्साह नहीं था। फिर भी, जिंदगी को तो आगे बढ़ना ही है।

गाँव छोड़ने के पहले अनुपमा ने पोस्टमैन वासुदेव को बुलाकर प्रार्थना

की थी, 'मेरे लिए कुछ खत वगैरह आए तो जरूर नए पते पर भेज देना।' हृदयांतराल में बसी आशा के तंतु अतिसूक्ष्म, किंतु मजबूत होते हैं। यही वजह थी कि अनुपमा की पोस्टमैन से की हुई विनति। अनुपमा को अटल विश्वास था कि आनंद कभी-न-कभी जवाब देगा।

मकड़ी अपना जाल सूक्ष्म रासायनिक तंतु से बनाती है। वह टूट जाए तो फिर उसे बनाकर उसमें बसने की कोशिश करती रहती है। ऐसे ही अनुपमा अपना स्वप्नजाल बुन रही थी।

नई जगह पर ट्यूशन पढ़ने के लिए छात्र एकदम नहीं जुटते। उसमें कुछ समय लगता है। पर इसलिए खर्चा-वर्चा भी गाँव से ज्यादा ही होता है। ऐसी परिस्थिति में अनुपमा का उनके साथ रहना उन्हें असहनीय महसूस हुआ।

शामराव जी की अनुपस्थिति में वह कहती थी, 'धनवान् ससुरालवाले हों तो पेट पालने के लिए हर महीने खर्चा भेजने के लिए लिखना। हम दीवान देसाई थोड़े ही हैं! या तो ससुराल में जैसा हो, वैसे रहना चाहिए। हमें अपना घर निभाना ही मुश्किल है, इसमें रास्ते में जानेवाली मुसीबत घर आ बैठी है।'

मगर अनुपमा सास से जीवनयापन-हेतु खर्चा कैसे माँगती? अनुपमा घर की नौकरानी जैसी रही तो भी उसको दो वक्त की रोटी देना साबक्का की दृष्टि में फिजूल खर्चा था।

अनुपमा ने शामराव जी से कहा, 'पिता जी, मैं खाली हाथ बैठकर क्या करूँगी? यहीं कहीं ट्यूशन पढ़ाऊँगी या छोटी-मोटी नौकरी ढूँढ़ लूँगी। मैं भी कोशिश करूँगी, आप भी देख लीजिए।'

अनुपमा ने आज-तक किसी पर बोझ बने बिना अपना विद्याभ्यास पूरा किया था। अब वही बड़ा बोझ बन गई थी—अपने जन्मदाता पर भी। वैसे कोई भी पिता अपनी औलाद को कभी बोझ नहीं समझता। सौतेली माँ और बेटियों के साथ ऐसी परिस्थितियों में रहना अनुपमा को खुद भारी बोझ लग रहा था।

माध्यमिक शाला में पढ़ाने के लिए 'बी.एड्.' करना जरूरी है। अनुपमा में वह चैतन्य नहीं था। इस वर्ष ट्यूशन पढ़ाकर अगले साल कोशिश करने का इरादा रखा।

अनुपमा को कॉलेज में बीते सुंदर दिन याद आते रहते थे। भगवान्! यह बीमारी शादी हो जाने के पहले हो जाती तो कितना अच्छा था! आनंद मुझे पसंद भी नहीं करता—और शादी की बात तो दूर की होती। तब अपनी पढ़ाई तो पूरी होती, जो जीने का सहारा हो जाती।

शादी के बाद, स्वप्न-सौध बाँधकर अपना सबकुछ समर्पित कर, सुख-चैन हासिल कर उसको खो देने की, पछताने की नौबत ही नहीं आती।

शादी होते ही लगा, यह श्वेत कुष्ठ इतनी शीघ्रता से फैल रहा है कि जीना हराम हो गया है। भगवान्! आप इतने निष्करुण क्यों हो?

कॉलेज के दिनों में अनुपमा कोई दु:खांत नाटक प्रस्तुत करना नहीं चाहती थी। 'जीवन एक सुंदर सपना है, जो आनंद, उल्लास, संतोष से भरा हुआ है।' मुझे दर्शकों को यह दिखाना है कि प्रेम, प्यार, वात्सल्य जिंदगी को रम्य, सुमधुर कैसे बना देते हैं। यह रंगमंच पर प्रस्तुत कर दर्शकों को खुश करना अनुपमा की मनोभिलाषा थी।

वास्तविक जिंदगी अलग थी। जिंदगी गम का दरिया बन गई थी। प्यार, प्रेम, वात्सल्य वहाँ नहीं थे। सिर्फ कठोर सत्य, धोखा, द्रोह ही थे। अनुपमा चाहे या न चाहे, इस नाटक का पात्रत्व निभाना ही था। इस जिंदगी नामक नाटक का अंत क्या है? कैसा है? कहाँ है? वह नहीं जानती थी।

सुमन शादी के बाद मुंबई में बसी थी। सहेली की दु:खद एवं हीन स्थिति के बारे में किसी ने कहा था। अनुपमा का स्वभाव, परिचय वह अच्छी तरह जानती थी, इसलिए अनुपमा कैसी कठिन स्थिति में होगी, इसका अंदाजा भी कर सकती थी। अनुपमा की शादी होते ही सुमन ने सोचा था—अनुपमा कितनी भाग्यशाली है! शादी की भारी समस्या को चुटकी के निरायास में सांग कर दिया, यहाँ तक कि किसी को महसूस तक नहीं हुआ।' लेकिन अब, जब अनुपमा की स्थिति मालूम हुई, तब सुमन ने

सोचा—अनु की यह बीमारी! वह भी शादी होते ही! भगवान्, उसको क्या-क्या झेलना पड़ेगा?'

आत्मीय सहेली होते हुए अनुकंपा से सांत्वना देने के इरादे से ऐसा लिखा—

'केवल कर्तव्य-दृष्टि से नहीं, तुमपर मेरा प्रेम-विश्वास है, इस कारण बुला रही हूँ। वहाँ के वातावरण से तुम तंग आ गई होगी। यहाँ तुम्हारा स्वागत है। मैं भी नौकरी करती हूँ। तुम चाहो तो तुम्हें भी जल्दी ही मिल सकती है। गाँव में वही लोग, वही बातें दोहराकर दिमाग खराब करने से बेहतर है, अपने भविष्य के बारे में सोचना। मैं अपने पति से भी यह बात कह चुकी हूँ। उनकी सहमति से यह खत लिख रही हूँ।

तुम होनहार, बुद्धिमती और समझदार हो। मुसीबत का सामना करो। हौसला मत खो बैठना। इससे ज्यादा मैं क्या लिखूँ।'

असहनीय वातावरण में सहनशील कैसे रहूँ? चारों तरफ से निराशा गला घोट रही है। फिर भी अनुपमा ने यह दृढ़ निश्चय किया कि 'मुझे जीना है,' 'मुझे जीना है।' यह बात ही उसके भविष्य का सहारा थी।

शाम को नौकरानी सावंत्री आ गई—

'आपको एक बात बताऊँ?'

'क्या है?'

'हमारे ग्राम-देवता बहुत जाग्रत् हैं। किसी की प्रार्थना नहीं सुनी, ऐसी बात ही नहीं। बड़ी-बड़ी खतरनाक बीमारीवाले भी उनकी कृपा से ठीक हो गए हैं। अपनी शरण में आए बहुत लोगों का कष्ट, कार्पण्य दूर किया है। आप भी ग्राम-देवता की आराधना करो, रोग-मुक्ति पाओगी।'

'सावंत्री, मैं देवाराधना कर चुकी हूँ।'

'नहीं! देवी महात्मा अपार हैं। नंदी बट्टल नामक श्वेत पुष्प से नियमित पूजा करने से यह रोग भाग जाएगा। मेरी बात सुनिए। अगर सच निकला तो मुझे साड़ी उपहार देना।'

'देखूँगी।' कहकर अनुपमा चुप हो गई। नौकरानी समेत सभी उसको

सलाह देती हैं। मुसीबत में फँसे हुए आदमी को हर एक आदमी कुछ-न-कुछ कहता ही रहता है।

अंदर माता-पिता बातचीत में लगे थे।

'वसुधा के लिए और रिश्ता ढूँढ़ोगे या ऐसे ही सर पर हाथ रखकर बैठे रहोगे?'

'मैं मना कहाँ कर रहा हूँ। कोशिश तो जारी है; मगर कहीं भी बात छेड़ता हूँ तो नकारात्मक जवाब ही मिलता है।'

'देखने के पहले ही क्यों मना करते हैं? आप बाहर जाकर कोशिश तो करो।'

'तुम समझती हो कि मैंने कोशिश नहीं की? नायक जी के यहाँ गया था। 'हमें सब मालूम है, हमें रिश्ता करने की इच्छा नहीं है,' सुनकर आना पड़ा। मोरब गया था। वहाँ उन्होंने कहा, 'आपकी बेटी का रिश्ता क्यों टूट गया, हम जानते हैं। वह लड़का हमारे मामा का बेटा है। जान-बूझकर हम खड्डे में क्यों पड़ें?'

'साबक्का, यह सब अनुपमा की वजह से है।'

शामराव जी ने अत्यंत दु:खित स्वर में कहा, 'लड़कियाँ क्यों पैदा होती हैं? पिछले जन्म का शाप है क्या? पेंशन लेने का समय आ चुका है, समझ में नहीं आ रहा कि क्या करूँ?'

अनुपमा सुन रही थी। उसे चक्कर जैसा आया। दीवार से सर टेककर बैठ गई।

बातचीत आगे बढ़ी, 'अनु के आने के बाद शादी का मामला बिगड़ गया है। भारी मुश्किल लग रही है।'

इससे ज्यादा दु:ख अनु को क्या हो सकता है? जन्मदाता ही उसे रास्ते का पत्थर समझ रहा है।

सब आशाएँ खत्म हो चुकी थीं। सावंत्री की बताई हुई 'जाग्रत् देवी' की उपासना उसे याद आ गई। हो सकता है, 'जाग्रत् देवी' की कृपा से अपना टूटा हुआ संसार बस जाए, जिंदगी फिर से सुखमय हो जाए?

पिछले दिन पिता के मुँह से सुनी बात से कोमल हृदय अनुपमा का हृदय घायल हो गया था। हृदय से बहता हुआ रक्त-रूपी दुःख और असहाय दशा—वह भी क्या करे?

पिता जी ने भी अपनी बेबसी, गरीबी, मनःक्लेश की अतिशयता से ऐसी बातें की थीं।

लड़कियाँ क्यों पैदा होती हैं? पिछले जन्म में क्या पाप किया था? किसको दुःख पहुँचाया था? लड़कियाँ पैदा होना एक घोर शाप है। ...ऐसा कहा था।

छाती में लगकर पीठ से पार होती हुई तीक्ष्ण बात थी वह। ऐसी बात सुनकर अनुपमा को ऐसा लगा, मानो पैरों तले जमीन ही खिसक गई। यह भूमि फटकर, अपना मुँह खोलकर लील क्यों न ले? भूमि में लीन होने के लिए वह सीता माता तो नहीं है। गरीब स्कूल मास्टर की बेटी परित्यक्ता अनुपमा-मात्र है।

'वसुधा की शादी कैसे होगी? नंदा की भी होनी है। पेंशन नजदीक है। सब मुश्किल ही लग रही है। अनुपमा के आने के बाद सबकुछ भारी बोझ ही लग रहा है।' पिता जी की बात सुनकर अनुपमा ने भगवान् से प्रार्थना की थी—'हे भगवान्! मुझे अभी, इसी वक्त मौत देकर पिता जी का बोझ हलका करने की कृपा करो।'

जब चाहे आने-जाने के लिए 'जान' जादू-टोनेवाला खेल नहीं है, पैसे से खरीदनेवाली बाजारू चीज नहीं है। अत्यंत निराशावाले संदर्भ में याद करनेवाली चीज है।

सावंत्री ने कहा था 'जाग्रत् देवी की उपासना हर रोज सौ नंदी बट्टल श्वेत पुष्प से सौ दिन श्रद्धा से की तो श्वेत कुष्ठ से मुक्ति मिलेगी।' दिल में नई आशा की लहर बहने लगी थी।

अब-तक हर स्त्री का आचार-विचार, यंत्र-तंत्र-मंत्र, देवाराधना, मन्नत माँगना यह सब हो चुका था, मगर सब निष्फल साबित हुए थे। अब कैसे भी हो, रोग से मुक्ति मिले, यही लक्ष्य था। अगर किसी ने रास्ते का पत्थर

दिखाकर कहा, इसकी पूजा करो, रोग से मुक्ति मिलेगी तो उसे भी अचल श्रद्धा से करने के लिए अनुपमा मनोयोगपूर्वक राजी थी।

सुब्रह्मण्यम् मंदिर से मन्नत, श्रृंगेरी शारदांबा को अर्पण, मंत्रालय के राघवेंद्र स्वामी जी को नमस्कार, मैलार लिंग को अभिषेक, सिद्धारूढ़ मठ में सेवा, ऐसे सैकड़ों व्रत, नियम, आचरण, कठिन परिश्रम, हकीम की दवाएँ, रामाचार्य जी का तावीज, मलेया के पंडित का कषाय, आयुर्वेद की पुड़िया, चर्मरोग-तज्ञ की अँगरेजी दवाएँ, देशी-विदेशी, गाँव की ऐसी कई औषधियों का समागम भी हो चुका था। आखिरी कोशिश समझकर सावंत्री का बताया हुआ व्रतानुष्ठान शुरू किया था।

सूर्योदय से पहले ठंडे पानी से नहाकर नंदी बट्टल फूलों को इकट्ठा करती हुई नजदीकी पहाड़ पर स्थित 'जाग्रत् देवी' मंदिर जाती थी। पचास-साठ सीढ़ी चढ़कर देवी माँ को फूलों का अर्पण करके, वहीं प्रदक्षिणा लगाकर अनन्य-भाव से देवी माँ से प्रार्थना करती थी, 'देवी! कैसे भी हो, मुझे इस मृत्युसंकट से पार करो। श्वेत कुष्ठ से मुक्ति पाए बिना मेरे सामने अंधकार-ही-अंधकार है। रोग-मुक्ति ही मेरी जिंदगी है।'

अपनी पिछली जिंदगी का सिंहावलोकन करते निर्लक्ष्यता से बाल बना रही थी। पिछली रात की घटना, रोष-द्वेष से आँखों से आग उगलती हुई सौतेली माँ, बात-बात पर खफा होती हुई वसुधा, यह सोचती हुई कि मेरी जिंदगी को बरबाद करनेवाली यही है। इसकी वजह से मेरी शादी भी नहीं होगी, सोचती हुई नंदा, असहायता से गुस्सा होनेवाले पिता जी—अनुपमा को उबलती हुई तेल की कड़ाही में बैठने-जैसा महसूस होता था। आईने के सामने खड़ी होकर बिंदी लगाने की कोशिश में थी। वहाँ उसको अपना मुँह नहीं दीखा, मगर कोहनी में सफेद दाग दीख गया। वह हतप्रभ रह गई।

अनुपमा स्तब्ध होकर शिला जैसी बन गई। कड़ी ठंड में ठंडे पानी में खड़ी हो जैसे। निराशा और असहायता की दशा में पड़ी अनुपमा ने अनुभव किया, बिंदी लगाने के लिए उठा हाथ वहीं तटस्थ हो गया।

हाँ, चोर दरवाजे से छिपकर सर दिखानेवाले चोर जैसे इस दाग का

उद्भव हुआ। मतलब यह कि यह कम होनेवाला नहीं। यह फैलता ही जाएगा और पूरी देह को अपनी जकड़ में ले लेगा—और अनुपमा के लिए ससुराल का द्वार हमेशा के लिए बंद हो जाएगा। यह सिर्फ 'दाग' नहीं, अनुपमा के दिलो-दिमाग पर गहरा दाग था। उसका भविष्य गहरे अंधकार में डूब गया था।

अनुपमा ने जैसे ही यह दाग देखा तो उसको यकीन हो गया कि कोई 'जाग्रत् देवी' भी कल्याण नहीं कर पाईं और इस भयंकर शाप से मुक्ति नहीं है।

दुःख से हृदय भर आया। सहनशीलता का संयम टूट गया और आँसुओं की बाढ़ ही आ गई। शब्द नहीं निकले। इस कोशिश में अपने आँचल से मुँह दबाए रखा अनुपमा ने।

दुःख-प्रवाह लहर-लहरकर आ रहा था, आँसुओं को रोकने के लिए कोई सांत्वना और समाधान का अवलंब नहीं था।

इतने में स्नानगृह से साबक्का की चूड़ियों की आवाज सुनाई पड़ी। अपने मन के भाव को साबक्का के सामने दिखाने के लिए अनुपमा कभी राजी नहीं थी। कहीं बाहर जाकर, मंदिर में बैठकर जी-भरकर रोना चाहती थी। वह मंदिर की तरफ चल पड़ी।

रोज से पहले ही बाहर निकली थी। वह अकेली पड़ गई। रोज मंदिर जाते वक्त मन में जो आशा, श्रद्धा इत्यादि रहती थी, वह आज नहीं थी। रोज आने-जानेवाले लोगों पर नजर पड़ती थी। आज कुछ भी नजर नहीं आ रहा था। मन की स्थिति ही निर्वक्ष की थी।

रास्ते के अंत में मंदिर की तरफ घूमते समय अनुपमा से आगे दो औरतें आखिरी घर से बाहर आ गईं। वह तहसीलदार का घर था। उनको अनुपमा का परिचय ही नहीं था।

वे दोनों आगे और अनुपमा पीछे चल रही थी। सूर्योदय अभी नहीं हुआ था। अस्पष्ट रोशनी थी। अनुपमा सर पर आँचल ओढ़कर चल रही थी। दोनों औरतों के बीच चले संवाद सुनाई पड़ रहे थे—

'शारदा! तुमने क्यों यह देवी-पूजा का व्रत पकड़ा?'

'इंद्रक्का! मेरे घरवालों को कामकाज में कुछ कठिनाइयाँ हैं। हमें दूसरी जगह तबादला चाहिए। ऊपरवाला साहब बड़ा स्ट्रिक्ट है। यह इन्सान से होनेवाला काम नहीं, देव की सहायता चाहिए, समझकर यह व्रत अपनाया है। देवी बहुत 'जाग्रत्' हैं। इस कुग्राम से ट्रांसफर हों, ऐसा कहा है। मैंने तो मन्नत पूरी होने पर देवी को हरी साड़ी चढ़ाने की कसम खाई है।'

'शारदा, किसी भी जगह रहो, उससे क्या! यहाँ तनख्वाह मिलती है कि नहीं?'

'इंद्रक्का! आप समझतीं नहीं। यहाँ ऊपरवाली कमाई कम है। हम बाल-बच्चेवाले कैसे गुजारा करेंगे?'

अनुपमा को इस निराशा की स्थिति में भी हँसी आई। इसका मतलब सफेद दाग मिटाने के लिए, ट्रांसफर करवाने के लिए, निस्संतानवालों को संतान प्राप्त करने के लिए, शादी करवाने के लिए, नर-संतान प्राप्त करने के लिए—ऐसी नानाविध माँगों को पहाड़ पर अकेली खड़ी देवी को पूरा करना है। सबको अपनी-अपनी मन्नत मंजूर करवाने के लिए व्रत करना चाहिए। मगर वह कैसे साध्य है!

अनुपमा सीढ़ी चढ़ रही थी। संवाद जारी थे—

'शारदा, राधक्का के घर की शादी की शान में क्या बोलूँ! इंद्रदेव का वैभव, देखने के लिए दो आँखें कम महसूस हुईं, उसमें भी आखिरी शादी, स्वर्ण गौरी बेटी। लड़का इतना सुंदर था, गोरा-गोरा, हट्टा-कट्टा, किसी कंपनी का जेनरल मैनेजर। इकलौता बेटा, श्रीमंत घराने का, वधू-वर लक्ष्मी-नारायण जैसे सुंदर लगते थे।'

'तभी क्या हुआ? इतनी तारीफ करती हो न!'

'हाँ! भगवान् ने हर-एक को कुछ-न-कुछ खुंदक, दुःख दिया है, नहीं तो भगवान् को याद कौन करेगा? वही उनका बेटा।'

'आनंद का जिक्र कर रही हो **न**?'

अनुपमा के कान खड़े हो गए। अब तक गिरिजा, राधक्का का नाम

सुनते ही उतना लक्ष्य नहीं था; किंतु जब आनंद का नाम सुनाई पड़ा तो पूरे ध्यान से बातचीत सुनने लगी। अपना दु:ख भूल गई।

'आनंद, जो इंग्लैंड में था—डॉक्टर, उसकी एक कहानी ही है। आनंद की चहेती गरीब घर की लड़की लाकर शादी की राधक्का ने। लड़की गिरिजा से खूबसूरत थी। घर में सूतक की वजह से मैं शादी में उपस्थित हो नहीं पाई थी। कन्यादान खाली हाथ किया था।'

'हो सकता है, अच्छा रिश्ता अपनी खूबसूरत बेटी का हाथ थाम रहा है, इसका फायदा उठाया होगा।'

'हाँ, उसकी सौतेली माँ थी। वह क्यों देने देगी! अगर उसकी खुद की बेटी होती तब लड़का न माँगे तो भी जबरदस्ती वरभूषण के नाम कुछ-न-कुछ तो दे ही देती। परदेसी लड़की!'

'इतना ही नहीं, शारदा, अंदरवाली बात सुनो। लड़की को श्वेत कुष्ठ या सफेद दाग की बीमारी थी। छिपाकर कन्यादान किया था। हमारी राधक्का का आचार-विचार तुम जानती हो, ऐसा धोखा थोड़े ही बख्शती। राधक्का ने लड़की को जबरदस्ती मायके भेज दिया। अब दूसरी वधू ढूँढ़ रही है।'

अनुपमा का कलेजा मुँह को आ गया। यह नया विचार उसका ऊहातीत था। वे दोनों वहाँ अनुपमा की मौजूदगी को कहाँ जानती थीं। संवाद जारी रहा—

'बेटे को मान जाना चाहिए न? वह प्रेम-विवाह था।'

'नहीं मानेगा तो क्या करेगा? प्रेम-विवाह तो ठीक है, मगर धोखे से किया हुआ प्रेम-विवाह भी तो है। दरअसल राधक्का भी उसकी सम्मति के बिना कन्यान्वेषण कैसे कर सकती है! अनजाने में भूल की हुई राधक्का इस बार जान-पहचान में ही वधू ढूँढ़ना चाहती है। दुबारा धोखा खाना नहीं चाहती।'

'आपकी राधक्का कैसी है?'

'किसी भी मामले में उनको टाल नहीं सकती। संपन्नता पर थोड़ा गर्व है। वह तो स्वाभाविक ही है। आगर्भ धनवान् घराना 'लक्ष्मी-कटाक्ष'

आनुवंशिक है। आचार-विचार, पूजा-संस्कार, व्रत-त्योहार पर विश्वास करनेवाली। जब उनके पति गोपालराव जीवित थे, तब धर्मगुरु जी उन्हीं के यहाँ चातुर्मास पर डेरा डालते थे। आम आदमी के लिए इतने बड़े पैमाने का खर्चा उठाना आसान बात नहीं थी।

'लाखों का खर्च आता था। आज भी हर रोज एक-न-एक धार्मिक कार्यक्रम होता ही रहता है। ऐसे नामी खानदान में पांडुरोग-पीड़ित बहू को कैसे रख सकती है? असंभव! राधक्का बड़ी दुःखी है। किस जन्म के पाप के लिए यह अपमान! ऐसा कहती हुई मेरे सामने रो पड़ी थी।'

अनुपमा भारी हृदय से बात सुनती ही रही। एक बार उसको लगा कि इन दोनों की बात रोककर कह दे—

'मेरे पिता जी ने धोखे से शादी नहीं की थी। शादी के पहले मुझे श्वेत कुष्ठ नहीं था। हम गरीब जरूर हैं, मगर धोखेबाज नहीं हैं। मेरे बारे में ऐसे अपप्रचार क्यों कर रही हो?' किंतु यह अव्यावहारिक होगा, समझकर चुप रह गई।

बात और आगे बढ़ रही थी। ब्रह्म जमीन पर उतर आए तो भी इन बातों का अंत नहीं था।

'शारदा, तुम्हें व्यावहारिक बुद्धि ही नहीं। वह लड़की गरीब घराने की, सौतेली माँ, भाइयों की ताकत नहीं, पैसों की भी नहीं, ऐसी दशा में कौन आकर दूसरी शादी रोकेगा? वैसा हो भी गया, समझ लो, तब राधक्का आठ-दस हजार वर्षाशन देंगी। पैसों की कमी तो नहीं है। गरीब लोग चुप हो जाते हैं। पति नहीं चाहता तो कोई भी नहीं चाहता। लड़के के राजी होने पर दूससी शादी मनाने में हर्ज क्या है?'

दोनों चुप हो गईं। नीरव मौन राज करने लगा; मगर कुछ ही क्षण।

'शारदा! तुम्हारी नजर में कहीं अच्छी लड़की हो तो बताओ।'

'नहीं, कैसे भी हों तो भी दूसरा संबंध हमारे जमाने में? हम वर देखे बिना माला डालते थे। जो माता-पिता कहते थे वही करते थे। आज जमाना बदल गया है। लड़कियाँ भी पढ़ी-लिखी हैं। इसके अलावा बड़ों का रिश्ता

हमें नहीं चाहिए। हमारी पहुँच के लायक कहीं हो तो बताओ।'

अनुपमा को कभी थकावट महसूस नहीं हुई, पर आज ऊपर चढ़ने को पैर नहीं उठे। वहीं सीढ़ियों पर बैठ गई। आनंद गिरिजा की शादी में जरूर आया होगा, यहाँ तक आकर मुझे देखे बिना चला गया। इसका मतलब है, उसे भी धोखा हुआ है। इस असत्य को मान गया? तब प्यार-मुहब्बत, शादी, पति-पत्नी, वाग्दान—ये सब सपना था? बीती हुई घटना याद आ गई।

फल काटते वक्त चाकू लगा था, खून निकला, तब आनंद ने कहा था, 'अनु, मेरे खून में रक्तरंजकता (होमोग्लोबिन) नहीं है, अनुपमा है।'

यानी कि आनंद ने जो कुछ भी कहा था, वह ढोंग था? नाटक था? नाटक में अभिनय करते समय पात्र में वही जीवित रहती थी। कोई भी पात्र हो, उसमें सम्मिलित होकर वह जी-जान से अभिनय-प्रदर्शन करती थी। इसी वजह से वह यशस्वी अभिनेत्री कहलाती थी। नाटक होने के कई दिनों बाद भी उसके संभाषण धाराप्रवाह रूप से दोहरा सकती थी।

पृथ्वीराज की प्रेयसी संयोगिता, वत्सराज उदयन की वासवदत्ता, सलीम की अनारकली—किसी भी पात्र का संभाषण अनुपमा के हृदयांतराल से ही आता था। मगर कभी भी नाटक में पात्र का अभिनय नहीं किए हुए आनंद ने वास्तविक जीवन में अनुपमा के साथ नाटक ही किया था।

अनुपमा खड़ी हो गई। आनंद खुद डॉक्टर है। उसकी इस बीमारी के बारे में सबकुछ जानता था। कुछ भी उसको समझाने की जरूरत नहीं थी। संपूर्ण विचार करनेवाला, मेधावी, समझदार। उसने क्यों ऐसा किया?

यह बीमारी यदि उसकी बहन गिरिजा को लगती या खुद उसको आती, तब क्या करता? जवाब सीधा था, उनको नहीं लगी है। इसलिए बीमारी आई हुई अनुपमा का दुःख, कार्पण्य, निराशा की कल्पना तक उसको आई नहीं होगी। भरा पेट भूख का अहसास कैसे करेगा? व्रात्य आदमी को उपदेश देना बहुत आसान काम है।

बहुशः दूसरे को यह रोग लगा हो तो आनंद अपनी चिकित्सकीय भूमिका से उपचार करता होगा। जब यह बीमारी अपनी पत्नी को लगी है,

उसका भविष्य जब अपने भविष्य से गाढ़े रूप से जुड़ा है तो वह क्यों मुसीबत, परेशानी झेलेगा? आसानी से परित्याग करेगा।

हमारे पुरुष-प्रधान समाज में उसकी दूसरी शादी करना, कोई मुश्किल नहीं। धनी लोग 'धोखा' शब्द का इस्तेमाल कर सबको धोखा देते हैं। मुझे श्वेत कुष्ठ शादी के पहले से नहीं था, इस बात का सबूत क्या है? कौन है? एक ही सबूत था। वही आनंद। उसने भी मुँह फेर लिया। अनुपमा की क्या कीमत है? असत्य को सत्य साबित करने के लिए उनके पास जन-बल है। हर किस्म से निर्बल अनुपमा असहाय होकर देवी माँ के मंदिर के रास्ते में अश्रुपूर्ण आँखों से खड़ी थी।

अनुपमा के लिए सबूत देनेवाली 'जाग्रत् देवी' भी पत्थर बनकर चुप खड़ी थी। अनुपमा किसी यंत्र की भाँति से सीढ़ी चढ़ने लगी।

शारदा और इंद्रक्का चली गई थीं। आधे रास्ते में खड़ी अनुपमा को जीवन का आगेवाला रास्ता पता नहीं था।

सूरज निकल रहा था, उसकी किरणों से कोहरा पिघल रहा था। सीढ़ियों से देवी माँ का मंदिर नजर आ रहा था। मगर अनुपमा को अपने 'जीने की राह' दीख नहीं रही थी।

अनुपमा सुबक-सुबककर रोने लगी। जन्मदात्री माँ की ममता नहीं देखी, पिता को जिंदगी में आत्मविश्वास ही नहीं, दूसरी पत्नी का गुलाम, बड़ी बेटी पर प्रेम, विश्वास होते हुए भी प्रकट करने में असमर्थ, साबक्का के क्रोध का सामना करने से डरता हुआ निर्बल। साबक्का तो अनुपमा के अहित में ही अपना हित ढूँढ़नेवाली, सौतेली माँ कभी सौतेली बेटी से प्यार करेगी? प्रेम जताएगी? अंतःकरण से देखेगी? असंभव।

'गोरी चमड़ी है, इसका गर्व है।'

'गोरी चमड़ी देखकर मोहित होने का अंजाम यही होता है।'

साबक्का से हित-वचन सुनना असाध्य, अपेक्षा करना भी मूर्खता है।

सबसे ज्यादा आनंद, जिसने प्यार करके हाथ थामा था, अब तिरस्कार कर रहा है, तीव्र उपेक्षा कर रहा है। अनुपमा किस भरोसे पर अपना दीर्घ

शेषायुष्य बिताएगी?

इतने में वह मंदिर पहुँच चुकी थी। पहली प्रदक्षिणा करते वक्त पगडंडी से गुजरते टीले की चोटी से झुककर देखा, वहाँ एक भयानक दृश्य दीख पड़ा। चोटी से लगाकर किसी पुण्यात्मा ने भक्त लोगों की रक्षणा के लिए छोटी दीवार खड़ी की थी। नीचे एक गहरा खंदक। अकस्मात् दीवार से गिर पड़े तो खत्म।

अनुपमा ने अपरिचितों जैसे इस खंदक को पहली बार देखा, जैसे लग रहा था, मिसाल के तौर पर वह इसको रोज देखती थी, मगर आज दृष्टि और इरादा दोनों अलग थे।

इससे नीचे गिरे तो बस, हड्डी का टुकड़ा भी नहीं मिलेगा। ऐसे 'अंत' का इंतजाम हो जाएगा। अनेक समस्याओं का परिहार अपने-आप हो जाएगा। किसी का पत्र, प्रेम; आगमन की प्रतीक्षा नहीं होगी। किसी पर शक करने की भी झंझट नहीं। अनुपमा ने झुककर खंदक को दुबारा देखा।

यह नया विचार उसको प्यारा लगा। हाँ, सिर्फ एक बार धैर्य जुटाकर कूद पड़ी तो बाद वाला अंजाम सोचने की जरूरत भी नहीं होगी। एक ही बार बस।

वह सोचने लगी—

अकस्मात् मैंने ऐसा कर भी दिया तो लोग क्या कहेंगे? अपनी-अपनी समझ के मुताबिक बात करेंगे।

'अय्यो! पांडुरोग था, इसलिए खुदकुशी कर ली।'

'नहीं, पैर फिसल जाने के कारण गिर पड़ी।'

'पति ने त्याग दिया, इसलिए।'

'पति दूसरा ब्याह कर रहा था, इसकी वजह से।'

'छोटी उम्र की पति-वंचिता, कुछ गड़बड़ हुई होगी।'

ऐसी अनेक कल्पनाएँ, ऊहापोह, तर्क पैदा होंगे। मरणांतर किसी ने कुछ भी कहा तो भी मुझपर कोई असर नहीं होगा। तब अपना मरण भी 'कलंक'-प्राय ही होगा। दाग दाग ही रहेगा।

अनुपमा का ध्यान फिर खंदक की ओर हटा। हाँ, अगर मैं मर गई तो किसको दु:ख होगा? प्रायश: पिता जी चार दिन मूक रोदन करेंगे, दु:खाश्रु बहाएँगे, कालक्रमेण भूल जाएँगे। वह तो मानव का सहज गुण ही है। राधक्का, आनंद, साबक्का, वसुधा, नंदा—इनको कुछ भी नहीं होगा। सुमन को पता चला तो दु:खी होगी; मगर अपने संसार में मग्न पड़ी उसको कितनी याद आएगी?

मन मौन से फिर सोच रहा था, तब भी कोई अदृश्य, अव्यक्त शक्ति उसको रोक रही थी। धूप चढ़ते ही लोगों का आवागमन बढ़ने पर अपना इरादा कार्यरूप में परिणत करने में मुश्किल होगी, यह व्यावहारिक प्रज्ञा चेतावनी दे रही थी। सिर्फ दो फुट के अंतर में 'मृत्यु-देवता' खड़े थे। एक पैर उठाने की हिम्मत न जुटाती हुई वह ठंड में भी पसीना-पसीना हो गई।

चेहरा पसीने से भींग गया। मरना बहुत आसान, अपने हाथ में ही है, समझी। अनुपमा ने पैर पीछे हटा लिया।

जीवन की कौन-सी शक्ति, आशा उसे मृत्यु-विमुख कर रही है? अनुपमा को गिरिजा की याद आ गई। उसके साथ क्रोध भी प्रकट हुआ। उसका 'रहस्य' पहचान गई, इस वजह से मुझे घर से बाहर डालने के लिए राधक्का की प्रेरक शक्ति बन गई। धनवान् घर की बेटी, उसकी चरित्रहीनता का कोई साक्ष्याधार नहीं था। अपने शरीर के लिए सफेद दाग सबूत था।

अनुपमा गरीब घर से आई थी, इसी कारण गिरिजा हमेशा उसे तिरस्कार के भाव से देखती थी। सुंदर रूप और पैसों के बल से अच्छे लड़के को पाकर व्यावहारिकता में जीत गई थी। अपने कलंकित चारित्र्य को छिपाकर अब 'गौरी-पूजा' करके 'पतिव्रता' कहलाएगी, निसर्ग और वैद्यकीय ज्ञान अब तक अजनबी रहा। इस सफेद दाग ने अनुपमा के सकल सद्गुणों को भूखे राक्षस बकासुर की तरह स्वाहा किया था। वह गिरिजा के मुकाबले में किस चीज में कम थी? विद्या, रूप, गुण? हमेशा अनुपमा ही ऊपर थी; मगर वास्तविक जीवन में बुरी तरह हार गई थी।

गिरिजा घमंड से अनुपमा को देख रही है, ऐसा आभास अनुपमा को

हुआ। मगर मैं क्यों अपने-आपको उससे कम, नीचा समझूँ? गिरिजा से आनंद और भी घटिया, क्षुद्र। वह असलियत जानता था। राधक्का से डरकर या यह समझते हुए कि अगर 'सफेद दाग' ने मेरी देह पर पूरा आक्रमण कर लिया तो उसको यह सुनना पड़ेगा—'बेचारे आनंद की पत्नी को पांडुरोग!' अथवा सौंदर्योपासक को विरूपी पत्नी की मौजूदगी, अछूत, अपवित्र है—इस मनोभाव से मेरे खतों का जवाब नहीं दिया होगा। कैसा धीर पति! ऐसा पति होने से क्या फायदा? मुझसे सच्चा प्यार होता या 'शादी' को भी गौरव मिलता है, यह मनोभाववाला होता या मुसीबत का सामना करनेवाला होता तो राधक्का के सामने ही नहीं, पूरे समाज के सामने धैर्य से कहता—

'नहीं, शादी होते वक्त सफेद दाग नहीं था। अब आया है, इसका इलाज करेंगे।' बदले में खत का जवाब न देकर चोर जैसा बैठा है और अब दूसरी शादी के लिए भी उसने सम्मति दे दी है। यह कैसा प्रेम है?

फिर याद आया, उसने कहा था—

'अनुपमा, क्रिश्चियन शादी में 'Until death departs us.' कहकर शपथ लेते हैं, वैसे ही मैं कभी तुम्हें छोड़कर जी नहीं सकता।'

मृत्यु ने उनको अलग-अलग नहीं किया, मगर एक सफेद दाग ही मृत्यु रूप से अलगाव लाया था। अग्निदेव के साक्षित्व में हाथ थामा था। आनंद उस पत्नी को भूल चुका है। पत्नी को संकट से बचाना पति का कर्तव्य होता है।

'बलिष्ठ बाहु, विशाल छाती भगवान् ने पुरुष को क्यों दी? कहीं नाटक में संभाषण आया, जैसी याद, तब अनुपमा ने जवाब दिया था—

'अबलाओं को, आर्त को, असहाय को रक्षण देने के लिए दिए, देवदत्त वरदान है।'

मदन जैसा सुंदर था, मगर उससे प्रयोजन क्या है? आनंद कभी अनुपमा के कष्ट में भागी नहीं हुआ। खत का जवाब तक देने का सौजन्य आनंद में नहीं था।

उसका बरताव अपरिचित जैसा था। मनुष्य की गुण-परीक्षा कठिनाई में

ही होती है। ऐसे आनंद का निज स्वरूप, असलियत का पता चल गया था।

खंदक में कूदने से मृत्यु निश्चित तो नहीं, किंतु यदि हाथ-पैर टूट गए और वह बच गई, तब परावलंबी जीवन गुजारना होगा। वह इससे बदतर और असह्य होगा। अगर मर भी गई तो देह सियार, कुत्ते, गीदड़ खा जाएँगे; मगर इसके कारणीभूत भ्रष्टान्न भोजन करते सुख से बैठे होंगे।

मेरी मृत्यु से 'बहनों की शादी' सुगम होगी, इसका सबूत क्या होगा? हो सकता है कि 'बड़ी बहन को श्वेत कुष्ठ था', इस अपवाद से छुटकारा तो नहीं मिलेगा, जीवित रहते हुए उनके लिए 'मरी' जैसी रहना ही ठीक है। किस-किसकी खुशी के लिए अपनी जान बेकार न्योछावर करे! यह तो पागलपन होगा।

अनुपमा अब उद्विग्नता से शांतता की ओर झुक रही थी। दीवार से टिककर बहुत देर से खड़ी थी, पीठ में दर्द हो रहा था। सूर्यदेव का रथ चढ़ रहा था, उष्ण किरणें फैल रही थीं।

अनुपमा को यह सूर्योदय अपूर्व लगा। उसकी जिंदगी में यह सूर्योदय अनूठा इसलिए है कि मरणोन्मुख हुआ मन फिर चेतना की ओर घूमकर एक नई राह का दिशा-सूचक था। उसने नीचे झुककर देखा। अनेक वन्य पुष्प खिलने की तैयारी कर रहे थे, पक्षी अपने आहार-शोधन के लिए उड़ रहे थे। अनुपमा आगे बढ़ी।

'नहीं, मुझे क्यों मरना है? ऐसी परिस्थिति में भी मैं इसका सवाल समझकर सामना करूँगी। लोगों की कटूक्तियों, व्यंग्योक्तियों से नहीं डरूँगी। मुझे किसी का सहारा नहीं चाहिए। भगवान् करे, उनपर तमाचा मारने जैसी जिंदगी बिताऊँगी। विधिवशात् आए हुए इस सफेद दाग से ही अपनी जिंदगी को पुनरुज्जीवित करूँगी। इस दृढ़ निश्चय से अनुपमा ने अपनी प्रदक्षिणा पूरी कर ली और देवी माँ के सामने भक्ति-भाव से खड़ी होकर प्रार्थना करने लगी।

'जिंदगी में अत्यंत कठिन, कष्टमय संदर्भ में भी धैर्यशाली होकर जीने के लिए धैर्य प्रदान करो। इससे ज्यादा वर-प्रसाद मुझे चाहिए नहीं।'

घर वापस आते समय उसको पता चला कि आत्महत्या से विमुख करनेवाली अव्यक्त शक्ति कौन थी? 'जिंदगी से प्यार।' हाँ, मैं अपनी जिंदगी से प्यार करती हूँ। इसीलिए तो मैं जिंदा हूँ। अब यहाँ से दूर, बहुत दूर जाकर अपनी पसंदगी का काम करती हुई जिंदगी बिताऊँगी और उसी से अपना जीवन सफल बनाऊँगी। इस घुटनवाले वातावरण से मुक्त होकर कहीं भी स्वच्छंदता से विहार करती हुई पक्षी की तरह बाहर जाऊँगी। मुझे किसी की हमदर्दी, सहारा, आसरा नहीं चाहिए।

अनुपमा दृढ़ निर्धारण से सीढ़ी उतरकर घर की तरफ चल पड़ी। रोज से ज्यादा देर होने की वजह से साबक्का गुस्सा करेगी, ऐसा अब भय उसमें नजर नहीं आ रहा था।

घर आकर पिता जी से कहा, 'पिता जी, मैं खाली बैठे-बैठे तंग आ गई हूँ। मैं सुमन के यहाँ मुंबई जा रही हूँ। ट्यूशनवाले बच्चों को बता दीजिएगा।

शामराव जी चकित होकर बोले, 'अनु, कितने दिन तक वापस लौटोगी?'

'कुछ दिन के बाद।'

जबकि वह मन-ही-मन जानती थी कि वह कभी वापस आनेवाली नहीं है।

जब ट्रेन दादर पहुँच गई, अनुपमा दिग्भ्रमित हो गई। भय और शंका से झिझक गई। मैं सही जगह में हूँ या नहीं? मैंने यहाँ आकर गलती तो नहीं की? मगर उस गाँव के नरक से मुक्ति पाने के लिए यही एक रास्ता था।

छोटा सूटकेस पकड़कर वह ट्रेन से नीचे उतरी। सूटकेस में लाने के लिए भी क्या था! कुछ खास नहीं, बस चार-पाँच साड़ियाँ, कुछ किताबें और हाथ में चार सौ रुपए।

सुमन दिखाई पड़ी। वह आनंदित हो गई।

'सुमी, तुम आ गईं! मुझे तो डर लग रहा था। क्या भीड़ है भाई! यह मुंबई है।'

'छुट्टी के दिन पहुँचने के लिए इसी कारण लिखा था। चलो, घर चलते हैं।'

अनुपमा को सबकुछ नया लग रहा था। भीड़, इलेक्ट्रॉनिक ट्रेन, विविध वेशभूषण के लोग, भाषा, गरमी और पसीना। अनुपमा सुमन के पीछे चल पड़ी। दूर वर्सोवा स्थित सुमन का छोटा घर। वही उनका राजभवन था। सुमन का पति हरि अँधेरी स्थित फैक्टरी में इंजिनीयर था। छोटे घर में सारी शहरी अनुकूलताएँ थीं, जैसे मुंबई का हर वास-स्थान होता है।

मगर अनुपमा को यह सब नया लगा। गाँव में ही, पर बड़ा घर था उनका। सुमन भी काम पर चली जाती थी। हरि की छुट्‌टी गुरुवार और रविवार को रहती थी।

सुमन ने अनुपमा का उपचार मन:पूर्वक किया।

'अनु, घर अपना ही समझ लो। किसी चीज के लिए चिंता मत करो। आगे की सोच लेंगे, कोई हल निकल आएगा। सही ढंग से खाना खाओ। कितनी क्षीण हो गई हो!'

सहेली की आत्मीयता और मृदु वात्सल्य से भरे हित-वचन से अनुपमा गद्‌गद हो उठी।

'सुमी, पहले मेरे लिए कोई क़ाम ढूँढ़ो। घर में खाली रहने से मन व्याकुल रहता है और व्यथा सताती है। फिर उसी सोच में डूबी रहूँगी। इसके अलावा तुम हमारी आर्थिक स्थिति तो जानती ही हो।'

'मैं इनको कह चुकी हूँ। तुम क्यों चिंता करती हो? अनु, तुमने आनंद को खत लिखा तो उसने क्या जवाब दिया? या जवाब दिया ही नहीं?'

'सुमी, एक नहीं, तीन खत लिखे। पता चार-चार बार चेक करके डाला था। जवाब! पोस्टमैन की राह देख-देखकर आँखों में दर्द होने लगा। पिता जी ने भी लिखा था। जवाब नहीं आया।'

'तुम्हारी शादी तय करने में मध्यस्थ थे प्रो. देसाई, उनको कहती?'

'अब वे यहाँ कहाँ हैं! शादी के पहले ही उन्होंने कहा था, शादी संपन्न कर मैं दिल्ली जाऊँगा।'

'उस पुण्यात्मा ने तो शादी संपन्न कर पुण्य पा लिया, मगर तुम्हें कुएँ में ढकेल दिया।'

‘सुमी, तुम बेकार उनको क्यों दोष देती हो? उनको क्या पता था कि मुझे ऐसी बीमारी लगेगी?’

‘अनु, तुम्हारी सास व्रत-नियम, दान-धर्म करती है न! अगर तुम्हें ऐसा कहा-किया तो पाप क्या नहीं लगेगा? तुम्हारा शेष जीवन कैसे बीतेगा, इसका विचार तो करना था और सहायता भी करनी थी।’

‘सुमन, मुझे उनकी दया-भिक्षा नहीं चाहिए। वह मेरे लिए भीख है। मुझे सिर्फ सफेद दाग आया है, बाकी सबकुछ मैं पहले जैसी ही हूँ। हाथ, पैर, विद्या, बुद्धि। रूप था, वह कुरूप हो गया है! मगर मेरी हैसियत पर काम तो मिलेगा न?’

‘अनु, एकाएक तुम्हारी योग्यता के अनुसार काम कहाँ मिलेगा? मुझे देखो, मैं एम्.ए. होते हुए भी क्लर्क के पद पर नौकरी कर रही हूँ। तुम मुझसे बुद्धिमती हो, तुम्हें क्लर्क का काम मिलना मुश्किल नहीं; मगर तुम उसको पसंद नहीं करोगी।’

‘सुमी, मेरी पसंदगी-नापसंदगी की बात नहीं। जीवन-समुद्र में तैरना तो है।’

‘घर की रानी जैसी राज करनेवाली! तुम्हें ऐसा कहते हुए सुनकर मुझे बहुत दुःख होता है। तुम यहाँ के कन्नड़ संघ की सदस्य बनो, मातुंगा में है। तब नाटक वगैरह में भाग ले सकोगी। खुद करवा सकोगी।’

‘सुमी, जीवन-नाटक में ही मेरी कहानी चल रही है, और नाटक लेकर मैं क्या करूँ?’

यात्रा से थकी अनुपमा सो गई थी। जब जागी तो लगा कि सुमन का पति हरि आया है। सुमी अनुपमा के बारे में बोल रही थी। संकुचित अनुपमा उठकर चली आई।

‘अनु, यह हरिप्रसाद जी हैं, यानी मिस्टर सुमन।’ कहकर उसने अपने पति से परिचय कराया।

हरि आश्चर्यचकित हुआ, जब सुमन ने अपनी सहेली के बारे में कहा था, उसने सोचा था, कोई सहेली सफेद दाग की बीमारी से पीड़ित होगी और

कुछ दिनों के लिए हमारे यहाँ ठहरने आएगी, यही कल्पना थी। वह इतनी 'खूबसूरत' होगी, नहीं सोचा था उसने। आँखों में विषाद की छाया थी।

हरि को अनुपमा शापग्रस्त अप्सरा जैसी लगी। सुमन के मुकाबले अनुपमा दीये के सामने जाज्वल्यमयी ज्योति लग रही थी। शिष्टाचार के अनुसार हरि ने 'नमस्कार' कहा। अनुपमा उसकी आँखों से व्यक्त आराधक-भाव को पहचान गई थी। कॉलेज में अनुपमा के कई आराधक थे।

अनुपमा ने अपने आपको आश्वस्त किया—'मुझे पांडुरोग है, इसलिए लोग अलग दृष्टि से देखते हैं।

'कृपया जल्दी ही मेरे लिए एक काम ढूँढ़ दीजिए। सुमन ने आपसे सबकुछ कहा होगा।'

'ठीक है। उसमें क्या है? आप चार दिन मुंबई में आराम कीजिए, एलिफंटा, वी.टी. बोरीवली पार्क सुमन के साथ घूमकर आइए, बाद में देखेंगे।'

हरि की बातों ने अनुपमा को आश्वस्त किया। सहेली अपनी हो तो भी उसका पति अपना नहीं है, यह संकोच, संदेह अनुपमा के मन से दूर हो गया।

अनुपमा को मुंबई आए एक महीना हो गया था। हरि की सलाह के अनुसार इधर-उधर गई थी। कई बार हरि भी साथ में आया था, फिर भी हृदयांतराल में बात चुभती थी—यह मेरा स्थान नहीं है। पति-पत्नी के बीच में कितने दिन रहूँ?

एक शाम हरि प्रफुल्ल मन आया, 'अनुपमा, कल आपको एक इंटरव्यू देना है। मेरे दोस्त गोपाल आत्रे के ऑफिस में है; परंतु...'

'परंतु क्या?' अनुपमा ने कुछ घबराहट के भाव से पूछा?

'साधारण क्लर्क का काम। ऑफिस फोर्ट में है। रोज आने-जाने की दूरी बहुत है।'

'कैसा भी काम हो, चलेगा। वर्सोवासे फोर्ट को बहुत लोग जाते हैं। मुझे क्या होगा! मैं भी आना-जाना करूँगी।' संतोष से अनुपमा हँस पड़ी।

दूसरे दिन आतंकित मन, थोड़ी भीति, निराशा लेकर अनुपमा गोपाल आत्रे के ऑफिस पहुँच गई। मन में भगवान् से प्रार्थना कर रही थी— भगवान्, किसी भी तरह मुझे यह काम दिला दो। नहीं तो सहेली पर बोझ बनकर कितने दिन रहूँगी? पराश्रय बहुत समय तक ठीक नहीं है।

घर में भी वक्त गुजारना मुश्किल होता था। सुबह बाहर गए पति-पत्नी रात को ही लौटते थे। घर का कामकाज जल्दी ही खत्म हो जाता था। बाकी समय वर्सोवा के समुद्र के किनारे से निकलती हुई लहरों के भयंकर गर्जन में, गुजरी हुई जिंदगी या आनेवाले भयानक भविष्य, उत्साह, उल्लास से गुजरा कॉलेज का जीवन याद कर दीर्घ श्वास छोड़ते बैठे रहना ही दिनचर्या बन गई थी।

स्वागतकारिणी एंग्लो इंडियन लड़की से पहले ही अनुपमा पहुँच गई थी। ऑफिस शुरू होने से पहले आई हुई लड़की ने अपने पर्स से छोटा आईना निकालकर अपनी भृकुटि सही की। होंठों पर लिपस्टिक लगाई, स्प्रे छिड़का। अनुपमा उसको देखती ही रह गई।

अनुपमा ने कभी शृंगार-प्रसाधन का इस्तेमाल नहीं किया था। आवश्यकता भी नहीं थी। मगर नाटक में अभिनय करते वक्त वह मेकअप खुद करती थी, पात्र के अनुसार। इसीलिए स्वर और मौखिक हाव-भाव में वह कभी शकुंतला बनती थी, कभी चाँद बीवी, कभी नूरजहाँ।

वे दिन कहाँ गए! कराल भविष्य को न देखा, न सोचा। सुहाने दिन थे वे। अनुपमा ने सुंदर स्वप्न-सौंध बनाए । तब उसने सपने में भी नहीं सोचा था कि मुझे कभी ऐसा भयानक कष्ट उठाना पड़ेगा।

'अनुपमा आप ही हो? आपको इंटरव्यू कॉल आया है क्या?' स्वागत-कारिणी ने पूछा।

'हाँ।'

'गोपाल आत्रे बुला रहे हैं।'

□

इंटरव्यू अत्यंत सरल था। मेधावी अनुपमा ऐसे काम के लिए आई थी,

यह आश्चर्यजनक ही था।

संदर्शक अधिकारी ने पूछा था, 'अच्छा बताइए, आप इस काम को क्यों करना चाहती हैं?'

'घर की नाजुक परिस्थिति के कारण।'

'तो आप कल से ही काम पर हाजिर हो जाइए। हमारे यहाँ हर तरह का काम सँभालना पड़ेगा। हमारी स्वागतकारिणी डॉली दो महीने पश्चात् छुट्टी पर जा रही है। उससे काम सीखना है।'

'ठीक है।' कहती हुई अनुपमा बाहर आ गई।

उसके जाते ही गोपाल आत्रे ने करुणापूरित स्वर में उद्गार व्यक्त किया, 'कितनी सुंदर लड़की है बेचारी!'

'इसका मतलब क्या है?' दूसरे व्यक्ति ने पूछा।

'उसको श्वेत कुष्ठ लगा है।'

'हमें तो दिखाई नहीं पड़ा।'

'हरिप्रसाद जी ने ऐसा कहा था।'

'पूअर गर्ल! बेचारी!'

बाहर डॉली से 'कल आऊँगी' कहकर अनुपमा निकल पड़ी।

डॉली ने कहा, 'बाइ-बाइ!'

□

अनुपमा को नौकरी शुरू किए दो महीने हो गए। पहली तनख्वाह मिलते ही उसकी आँखों में आँसू आ गए। सुख से या दुःख से, वह नहीं जान पाई।

आर्थिक स्वातंत्र्य मानव का एक अति महत्त्व का विषय होता है। अब वह उसी का कमाया पैसा था—और उसके नियमित रूप से आने का भरोसा हो गया। इसके सहारे जीवन को एक लक्ष्य मिला।

अनुपमा ने सुमन को तीन सौ रुपए देने की कोशिश की तो वह मानी ही नहीं।

हरिप्रसाद ने कहा, 'क्या? अगर मेरी बहन घर में होती तो मैं उससे

पैसा लेकर उसे खाना देता? आप मेरी बहन के समान हो। अगर आप मुझे खुशी रखना चाहती हो तो पैसे की बात ही मत करना।'

कृतज्ञता से अनुपमा मूक-विस्मित हो गई।

दिन शीघ्र गति से बीत रहे हैं, ऐसा अनुपमा को अहसास हो गया। ऑफिस में डॉली, शिरिन दारूवाला, चंद्रिका राव, नीला कुलकर्णी—ऐसे अनेक सहयोगी थे। सब अनुपमा जैसे मुंबई के उपनगरों में रहते थे।

संघप्रिय अनुपमा को सहेलियों का यह संग अत्यंत प्रिय बन गया। अपने जीवन में छाए काले घने बादल बिखरते हुए नजर आए। सहेलियों का जीवनोत्साह, परस्पर सहकार, आत्मीयता से गरमी में अप्रतीक्षित बारिश से जो राहत मिलती है, ठंडक महसूस होती है—वैसा सुखद अनुभव हुआ।

सुमन के यहाँ ऐसे ही कितने दिन रहने की साध्यता है? छोटा घर। सुमन छह महीनों में माँ बननेवाली थी, तब घर और भी छोटा हो जाएगा। सुमन के संसार में मैं क्यों? मेहमान ज्यादा समय रहना नहीं चाहिए। अति अमृतं विषम्। हरि और सुमन ने बहुत सहायता की है। सब ठीक-ठाक रहने के लिए मेरा अलग रहना जरूरी है। सड़ने के बाद कुछ भी अच्छा नहीं लगता।

सहेलियों को 'रहने के लिए एक जगह' का विचार बता चुकी थी। उसमें भी अकेली स्त्री ऐसी-वैसी जगह में रह नहीं सकती। अनुपमा में पेशगी के रूप में पूँजी देने की योग्यता भी नहीं थी।

डॉली और अनुपमा एक ही ट्रेन में या बस में इकट्ठी चलती थीं। डॉली बांद्रा में उतरती थी तो अनुपमा आगे चलकर अंधेरी-वर्सोवा जाती थी।

अब तक किसी ने अनुपमा के 'सफेद दाग' के बारे में नहीं पूछा था। पादाग्र पर पूरा सफेद दाग फैल गया था। कोहनी पर थोड़ा ही दाग दीख पड़ता था। फिर भी किसी ने अनुपमा को 'अस्पृश्य' या कलंकित नहीं समझा।

महीने बीत गए। भाग-दौड़, प्रयाण से थक जाती थी; किंतु मुंबई के

यांत्रिक जीवन की जैसे आदत पड़ गई थी।

दीवाली का मौसम चल रहा था। एक साड़ी बेचनेवाला ऑफिस में आया। वह हर वर्ष आया करता था। अनुपमा ने दो अच्छी साड़ियाँ खरीद लीं।

डॉली के साथ बाजार जाकर चाँदी का एक शोकेस खरीद लाई। भैया-दूज के शुभ अवसर पर सुमन को एक साड़ी, हरि को शोकेश भेंट में दिया।

सुमन ने कहा, 'अनु, इतना कीमती उपहार क्यों?'

'अगर आपकी बहन ने भेंट दी होती तो लेते कि नहीं?'

हरि मुस्कराकर मान गया।

वह हरि और सुमन के किए हुए उपकार को कभी भी भूल नहीं सकती थी।

□

डॉली उस दिन ऑफिस आई ही नहीं। क्या वजह हो सकती है? डॉली की शादी तय हो चुकी थी। लड़का ऑस्ट्रेलिया में काम करता था। एंग्लो इंडियन से शीघ्र ही शादी होनेवाली थी।

अनुपमा ने सोचा कि भावी पति आया होगा। टेलीफोन की घंटी बजी। उठाया तो डॉली की दुर्घटना हो गई है, ऐसी अशुभ सूचना सुननी पड़ी। आधा दिन का अवकाश लेकर अनुपमा हॉस्पिटल गई।

डॉली की बूढ़ी माँ जायसी बाहर बैठकर रो रही थी। डॉली इकलौती बेटी, शादी तय हुई पड़ी है। सब रिश्तेदार गोवा में थे। अब विपत्काल आया है।

अनुपमा डॉक्टर से मिली तो पता चला कि डॉली को खून की आवश्यकता है। परिचित लोगों से या ब्लड बैंक से मँगवाना जरूरी है। बूढ़ी जायसी यह सब नहीं कर सकती थी। डॉली के कुछ बंधु लोग थे; मगर मुंबई में बुलाते ही कौन हाजिर हो सकता है?

अनुपमा जायसी को सांत्वना देती हुई डॉक्टर से बोली, 'सर, अगर मेरा खून डॉली से मिलता है तो ले लीजिए। मैं तैयार हूँ।'

रक्तदान करना मुश्किल नहीं। मगर रक्तदान करने से बलहीनता आती है। श्वेत कुष्ठवालों से रक्त लिया जाता है या नहीं। जिसे दिया जाता है उसको भी श्वेत कुष्ठ हो जाता है, ऐसी गलतफहमियाँ, अंधविश्वास है।

भाग्यवशात् अनुपमा का खून डॉली के खून से मेल खा गया। यह बात अनुपमा ने किसी से कही भी नहीं। रक्तदान करने के बाद बाहर खड़ी जायसी से अनुपमा ने कहा, 'डॉली अब ठीक हो जाएगी, आप चिंतित न हों।'

इतने में डॉली के अनेक बंधु लोग आ पहुँचे। अब मेरा काम खत्म हो गया, सोचकर वह वहाँ से चल पड़ी।

डॉली के ठीक होने तक अनुपमा हर रोज ऑफिस छूटते ही हॉस्पिटल में उससे मिलकर घर जाती थी; मगर कभी भी उसने रक्तदान का जिक्र नहीं किया।

मगर डॉली इस बात को जानती थी। उससे किसी तरह का संबंध न होते हुए भी अनुपमा ने किसी को भी न बताकर अत्यंत कठिन समय पर रक्तदान देकर उसकी जान बचाई थी। डॉली कभी भी अनुपमा को भूल नहीं सकती थी।

ऑफिस लौट आने के बाद डॉली ने इसका जिक्र अनुपमा से किया, 'अनुपमा, तुम्हारा एहसान मैं कब, कैसे और कहाँ चुकाऊँ, यह मैं समझ नहीं पा रही हूँ। तुम सिर्फ सहयोगी ही नहीं हो।'

अनुपमा ने डॉली को आगे बढ़ने से रोका, 'डॉली, एहसान की बात मत करो। तुम्हें रक्त चाहिए था, मैंने दे दिया। मेरे पास था, तुम्हारे पास नहीं था। बात इतनी-सी है।' डॉली मूक-विस्मित हो गई। ऐसे उपकार का चार गुना वर्णन करते हुए बतानेवालों को उसने देखा था, मगर अनुपमा ने सिर्फ 'इतनी-सी बात' वाक्यांश कहा था।

ऑफिस की सहेली चंदिका की शादी थी। सबने आधे दिन की छुट्टी ली थी।

अनुपमा शादी में जाने के लिए विशेष शृंगार करके तथा वधू के लिए

चाँदी की कटोरी खरीदकर निर्धारित जगह दादर स्टेशन पहुँची।

मुंबई में शादी आधे दिन की ही होती है। हिंदु कॉलोनी में कल्याण-मंडप। वर भी महाराष्ट्रियन। अत्यंत सादगीपूर्ण विवाह।

अनुपमा को न चाहते हुए भी अपनी शादी याद आ गई। क्या ठाट-बाट था! उत्साह! वैभव! शान! वह सब अब सपना-जैसा ही लगा।

शादी कितनी भी धूमधाम से, ठाटबाट से हो, वधू-वर में परस्पर प्रेम-विश्वास ही मुख्य है। बाकी पूरा दिखावा है, निर्गंध पुष्प जैसा।

प्रीतिभोज के बाद ऑफिस जाने का मन नहीं हुआ। सीधा घर वापस आई। घर में अब कोई नहीं होगा, ऐसा सोचा था। पर घर में हरि था।

'यह क्या? आप ऑफिस से इतनी जल्दी?'

'मुझे टूर पर जाना है, इसलिए।'

अनुपमा अंदर जाकर, साड़ी बदलकर घर में पहननेवाली साड़ी पहन रही थी।

इतने में पीछे से किसी ने आकर उसे पकड़ लिया। वह मुँह खोल ही रही थी कि हाथ से मुँह को दबा दिया गया। देह पर पकड़ मजबूत हो गई।

वह पुरुष की पकड़ ही थी। कौन हो सकता है? क्षण-भर में समझ गई। भयभीत होकर वह पसीना-पसीना हो चुकी थी।

पीछे मुड़कर देखा तो हँस रहा हरि खड़ा था। विशेष अलंकार से सुशोभित अनुपमा को एकटक देख रहा था।

'अनुपमा, कैसे भी देखो, तुम खूबसूरत हो।'

'आप?' तुतलाती हुई अनुपमा ने पूछा।

'हाँ, अनुपमा, आपको जबसे देखा, तबसे मेरा मन आपपर ही है। आप भी किसका इंतजार करके अपना यौवन बरबाद कर रही हैं? आपने भी शादी करके पति के साथ समय बिताया है, संसार-सुख की आग आपमें भी होगी। हम ऐसे ही रह सकते हैं। किसी को पता भी नहीं चलेगा। मैं किसी भी संदर्भ में आपकी रक्षा करूँगा।'

अत्यंत क्रोध से अनुपमा मूक हो गई।

उस मौन का अपार्थ करते हुए हरि ने सोचा कि अनुपमा का मन उसकी तरफ झुक रहा है। उसने कहा, 'तुम्हारी सुंदरता के सामने सुमन कुछ भी नहीं। कुछ गड़बड़ हो गई तो सैकड़ों अस्पताल हैं। तुम्हें भी पति के साथ जीने की आशा तो होगी? मैं इस घड़ी का इंतजार कर रहा था। अनु, मैंने तुम्हें नौकरी दिलाई है। उसका प्रतिफल दे दो।' कहते हुए वह आगे बढ़ा।

अनुपमा ने अपनी पूरी ताकत जुटाकर हरि को थप्पड़ मारा।

'हरि, तुम्हें शर्म नहीं आती? तुमने मुझे बहन कहा था। सुमन मेरी बड़ी बहन जैसी है। तुम्हारी यह हरकत मैं सुमी को कहूँगी। मुझे जाने दो।'

' 'भाई' कहकर पुकारने से कोई भाई होता है क्या? सुमी को आसानी से धोखा देने के लिए भाई कहा था। कहूँगा। एक ही माँ से पैदा होकर साथ-साथ कई बार भाई-बहन जैसे नहीं रह पाते। ऐसी दशा में मेरे साथ कोई संबंध न रखती हुई तुम कैसे बहन बनोगी? अनु, मैं जैसा कह रहा हूँ, वैसा करो। सुख-चैन से जिंदगी बीतेगी। हम दोनों का संबंध भी रहस्य ही रहेगा। तुम्हारा क्या भविष्य है? सफेद दाग की बीमारी से तड़पती हुई। तुम्हें आनंद वापस थोड़े ही बुलाएगा, या कोई शादी करेगा? समय व्यर्थ बिताने से कोई फायदा नहीं होगा।'

'छिह्! कुत्ते! हट जा।' अनुपमा दरवाजे की तरफ खिसक गई।

'हाँ, मैं कुत्ता और तू जूठन। कुत्ता भूखा है और जूठन राह देख रही है। मेरी बात नहीं मानी तो मैं सुमी से शिकायत करूँगा कि तुमने खुद आकर प्रेम-भिक्षा माँगी थी। अनु, सुमन मेरी पत्नी है, वह मेरी बात मानेगी, तुम्हारी नहीं।'

इतने में दरवाजे पर खटखटाने की आवाज आई। अनुपमा ने हिरण जैसी छलाँग लगाई और दरवाजा खोल दिया। देखा तो स्टोर्स सेल्स गर्ल थी।

'मैडम, घर साफ करने के लिए हमारी कंपनी ने 'इंटल लिक्विड सोप' तैयार किया है। चमकदार सफाई होती है। इसका दाम केवल उन्नीस रुपए है।'

अनुपमा सेल्स गर्ल की बात सुन नहीं रही थी।

भगवान् ने मेरी रक्षणा के लिए ही इस लड़की को भेजा है, उसने सोचा और उस सेल्स गर्ल से कहा, 'अंदर आइए, मुझे एक बोतल दे दीजिए।' कहकर पर्स से बीस रुपए निकालकर उसने दे दिए।

निराश हरि हताशा से देख रहा था।

सेल्स गर्ल ने कहा, 'मैडम, खुल्ले नहीं हैं।'

अनुपमा पर्स हाथ में लिये हुए दरवाजे के बाहर आई और 'रहने दीजिए, कोई बात नहीं।' कहती हुई सड़क पर आ गई।

समंदर किनारे बैठकर अनुपमा फूट-फूटकर रोई। उसको यह दूसरा आघात लगा था। जिसको रस्सी समझा, वह साँप बन गया था। ऊँचे पहाड़ से प्रपात में गिरा-सा अनुभव!

जब सफेद दाग लगा था तब जिस तरह की पीड़ा, दुःख हो रहा था, वैसा ही फिर होने लगा।

अब क्या करूँ? इस घटना के बाद सुमन के साथ कैसे रहूँ? कहाँ जाऊँ? जनारण्य मुंबई में मेरे रहने का इंतजाम कैसे होगा? अनुपमा पागल-सी हो गई।

उसे आनंद की याद आई। उसके तिरस्कार के कारण आज कैसी-कैसी बातें सुननी पड़ीं।

तीसरा कोई कुछ भी कहे, सह सकती थी—दुनिया का मुँह तो बंद नहीं कर सकती थी; मगर जिसको 'भाई' पुकारा था, उसके मुँह से निकली बातों ने अनुपमा को घायल किया था। न मिटनेवाला घाव।

'श्वेत कुष्ठ से तड़पती तुम, 'कुत्ता भूखा है, जूठन राह देख रही है'—कैसी बात? हे भगवान्! मेरी और क्या परीक्षा लोगे? मुझे ही क्यों ऐसे नरक में रखा है? गिरिजा जैसी कुलटा को सुख-सागर में लहराने दे रहे हो! मैंने क्या गलती की है?

अनुपमा की समस्या एवं उलझनों का जवाब कहीं नहीं था। समाधान ढूँढ़ने में मग्न अनुपमा की परवाह न करते हुए सूर्यदेव ने अपनी दैनंदिन चर्या जारी रखी थी। वह डूब गया।

अनुपमा ने घर में प्रवेश किया। अंदर सुमन खाना बना रही थी। म्लान बदन, फूली हुई आँखें, बिखरे हुए बाल देखकर सुमन ने पूछा, 'अनु, कब लौटी? ठीक तो हो? शादी कैसी हुई?'

अनु, ने कुछ जवाब नहीं दिया।

'अनु, तुम सो जाओ। बहुत थकी-सी लग रही हो। खाना मैं बना रही हूँ। ये भी बाहर गए हैं, आठ दिन में लौटेंगे।'

इसका अर्थ है, सुमी को घटित घटना की जानकारी नहीं है। भारी हृदय से अनुपमा अंदर गई। सुमन ने सोचा, शायद अनुपमा को अपनी शादी याद आ गई होगी, इसीलिए दुःख, दर्द महसूस हो रहा होगा। वह भी क्या करे?

□

अगले दिन ऑफिस जाने से पहले अनुपमा डॉली के घर आई। डॉली अपना मेकअप कर रही थी।

'अरे अनु! इस वक्त कैसे?'

दरवाजा बंद करके अनुपमा फूट-फूटकर रो पड़ी। उसने कोई वजह नहीं बताई। बताई भी तो नहीं जा सकती थी।

'डॉली, मुझे किसी हॉस्टल में सीट दिलाओ, आठ दिन के अंदर।'

'अनु, ऐसी क्या जल्दबाजी है?'

'डॉली, कृपया कुछ मत पूछो। तुम कई लोगों को जानती हो। प्लीज।'

'अनु, वह कोई बड़ी बात नहीं है। अगर कहीं स्थान नहीं मिले तो हमारे यहाँ 'पेईंग गेस्ट' बनकर रह जाओ न!'

'सच?'

'हाँ, बाहरवाला कमरा खाली है। हम सिर्फ दो ही हैं, माँ-बेटी। हम मांसाहारी हैं। तुम अपने लिए अलग बना सकती हो।'

'डॉली, मैं तुम्हारी शुक्रगुजार हूँ।'

शाम को हरि टूर से लौट आया। सुमन रसोई में खाना बना रही थी। घर में शांति छाई थी। हरि ने कुछ भी नहीं कहा।

खाने के समय सिर्फ दो थालियाँ रखते देखकर हरि ने पूछा, 'अनुपमा

नहीं है ?'

'नहीं। उसको कहीं पेईंग गेस्ट की सुविधा मिल गई। मैंने कितना आग्रह किया, मानी नहीं। आज सुबह चली गई। मेरे प्रसव का समय भी आ रहा है। सास भी शुश्रूषा करने आनेवाली हैं। उनका भी आचार-विचार, धार्मिक प्रवृत्ति, घर भी छोटा। इसलिए मैं भी चुप रह गई।'

'तुम क्यों चुप बैठी?' गुस्से से हरि ने कहा।

'देखो, हमने उसकी सहायता की है। इसका मतलब यह नहीं कि वह यहीं रहे। वह गई, इसलिए दुःख हुआ; मगर अब हमारा संसार बढ़ेगा, उसको भी संकोच था। अगर हमें कुछ मदद की जरूरत पड़ी तो वह आया-जाया करेगी। एक वर्ष तो हमारे यहाँ रही। उसको भी अच्छा नहीं लगेगा।'

'खाना इतना तीखा क्यों बनाया? मुझे कुछ भी समझ नहीं आता।' हरि क्रोध से चिल्लाया।

चीनी का डब्बा लाने के लिए सुमन उठ गई, ताकि चीनी डालकर पति की समस्या का समाधान करूँ; मगर हरि का तीखापन अनुपमा की अनुपस्थिति से है, यह सुमन को पता ही नहीं चला। अब अनुपमा कभी यहाँ नहीं आएगी, यह निष्ठुर सत्य सिर्फ हरि ही जानता था।

डॉली के स्नेह, प्रेममय संग में दिन क्षणों जैसे बीत रहे थे। अब ऑफिस क्लर्क का काम दम तोड़ रहा था। अनुपमा की योग्यता से बहुत कम स्तरवाला काम तंगी लाता था। दूसरी जगह नौकरी ढूँढ़ने के लिए हर रोज समाचार-पत्रों में 'वांटेड' कॉलम देखती थी।

विले पार्ले कॉलेज में एक संस्कृत-अध्यापक का स्थान रिक्त था। अनुपमा आनंदित हो गई। पढ़ाने का अनुभव हो तो आद्यता मिलेगी, पढ़कर हौसला कम हो गया। अंडा पहले या मुरगी पहले—तर्क जैसा लगा, 'काम के बिना अनुभव नहीं, अनुभव के बिना काम नहीं।' मगर काम अनुपमा की अभिरुचि के अनुसार ही था।

संदर्शन में आए अभ्यर्थी वयस्क ही थे। उनमें अनुपमा ही सबसे छोटी थी।

'अनुपमा, तुम्हारे अभिप्राय में नाटककारों में 'भास' और 'कालिदास' में कौन श्रेष्ठ? बताओ।'

'माफ कीजिए। यह श्रेष्ठता की तुलना ही गलत है। नाटक के सर्वगुण भास के नाटकों में हैं, वर्णन से कथा मुख्य है। इसका मलतब यह नहीं कि कालिदास कम हैं। उनकी सर्वश्रेष्ठ कृति 'अभिज्ञानशांकुतलम्' को अत्यंत परिपूर्ण कहा जाए तो भी गलत नहीं होगा; मगर कालिदास कवि भी हैं। इसलिए निसर्ग, आकाश-वर्णन भी उनके नाटक में आते हैं, यह मेरा स्वतंत्र अभिप्राय है।'

'आपने हॉबीज में नाटक लिखा है। हमारे कॉलेज में ऐसा वातावरण निर्मित करने के लिए आप विद्यार्थियों को प्रशिक्षण देंगी?'

'वह तो मेरे लिए स्वर्ग-समान होगा। अच्छा प्रशिक्षण देकर सुंदर नाटक निर्देशन करूँगी।'

अनुपमा अब नाटक में नायिका नहीं बन सकती थी, क्योंकि सफेद दाग हाथों पर भी फैल चुका था।

□

डॉली की शादी धूमधाम से बांद्रा चर्च में संपन्न हुई। अनुपमा ने एक हफ्ते की छुट्टी ले रखी थी। डॉली केवल स्नेहिल ही नहीं थी, अंतरंग भी थी।

नई जगह, नई नौकरी में जितना संतोष था, उतना ही दुःख पुराना काम और सहेलियों को छोड़ने का था।

नए आत्मविश्वास से भरी हुई अनुपमा पार्ले कॉलेज में लग गई। मुंबई आते ही मंगलसूत्र को निकाल फेंका था। वह अर्थविहीन ही था।

व्यवहारिक ज्ञानवाली नीला कहती थी, 'पुरुषों से बचने के लिए मंगलसूत्र एक रक्षा-कवच है।' लेकिन अनुपमा सहमत नहीं होती थी।

□

बांद्रा के समुद्र के किनारे बैठकर अनुपमा सागर की लहरों की गरज सुन रही थी। 'काल' को किसी की परवाह नहीं, न प्रेम, न द्वेष, होनी-

अनहोनी इसकी कदर भी नहीं; मगर मानव-जीवन ऐसा नहीं। हार-जीत, सुख-दुःख, अच्छा-बुरा, खट्टा-मीठा, उत्साह-निरुत्साह, प्रेम-द्वेष ऐसे विरोधों का अंबार।

'सुख-दुःखे समे कृत्वा लाभा-लाभौ जया-जयौ।' भगवद्गीता के अनुसार समचित्तवाला व्यक्ति इन विरोधों की आलोचना ही नहीं करता; मगर ऐसे कितने लोग मिलेंगे?

समंदर किनारे रोज आधा घंटा बैठकर या टहलकर वक्त बिताना अनुपमा के दैनंदिन कार्यक्रम का अंग बन गया था। समुद्र में ज्वार-भाटा के समान जीवन में घटनाएँ घट चुकी थीं।

सुमन को बेटा हुआ था। साथ-ही-साथ हरि का कोल्हापुर तबादला हो गया था। हरि की अनुपस्थिति में जाकर अनुपमा बच्चे को सोने की अँगूठी भेंट में दे आई थी।

सुमन ने अपने बच्चे से कहा, 'देखो तुम्हारी मौसी।'

'मैं तुम्हारी माँ की सहेली, और कुछ नहीं।' अनुपमा ने अपने मन में ही कहा। किंतु बच्चा दोनों ही बातें समझने की स्थिति में नहीं था।

□

मूसलधार बारिश से मुंबई नगर तालाब बन गया था। लोग आतंक से आकाश की ओर देखते, अपने आपसे प्रश्न करते थे कि कभी सूरज निकलेगा या नहीं? बारिश की गति जाँचने के लिए वसंत ने अपनी ड्यूटी रूम की खिड़की से बाहर सर निकाला। सुबह से हो रही मूसलधार बारिश को शाम तक उसने देखा नहीं था, मनःस्थिति भी नहीं थी। सुबह आठ बजे से शाम चार बजे तक काम-ही-काम, ऑपरेशन, एमरजेंसी—इन्हींके बीच समय गुजर गया था। अब खाना खा रहा था, तभी बाहरी जगत् की याद आई थी।

बारिश। बादल छाया हुआ है। वातावरण ने निरुत्साही बना दिया था। बाहर झाँककर देखा तो 'मुंबई सेंट्रल' स्टेशन पर जमी भीड़ मामूली-सी लगी। सदा धूप से उबलते हुए मुंबई के लोग अब निरंतर मूसलधार वर्षा से राहत महसूस करते होंगे। बारिश से अनेक झोंपड़-झुग्गी बस्तियाँ मूलोत्पाटित

हो चली थीं। अनेक लोग बेघर हो गए थे। धूप की प्रखरता से उबलते हुए लोगों को राहत पहुँचानेवाली निसर्गदत्त देन थी बारिश।

दाल में पत्थर (कंकड़ी) आया। 'खट' आवाज से वसंत जाग्रत् हुआ। रोज वही खाना—आधा पका हुआ चावल, ज्यादा मसालेदार भाजी, मोटी रोटी, कंकड़ भरी हुई दाल, मीठा दही—वसंत को हँसी आई। अनेक सालों से यही खा रहा था। अपने घर का खाना बिना कारण याद आ गया। न मिलनेवाला, सपना ही रह गया था।

टूटी खिड़की का शीशा पार कर आई बारिश का पानी पाँव पर गिरा। यह बारिश का स्पर्श वसंत को अपने बचपन की मधुर यादों में ले गया। तब बारिश कितनी प्यारी थी, प्रिय थी! गरमी के पश्चात् प्रारंभ होती प्रथम बारिश में नंगी देह को जी-भर भिंगोता था। यह बारिश शुभ और सेहत की हितकारी कही जाती थी। यह तार्किकतावाद होते हुए भी माँ तुंगक्का कहती थी, 'वसंत, अंदर आओ। बारिश में भींगोगे तो ठंड से जुकाम-खाँसी हो जाएगी।'

ऐसे ढेर सारे रोगों के नाम सुनकर डर तो नहीं जाता, मगर माँ के प्रेम, अंत:करण भरे हितवचन से झुककर अंदर आ जाता था।

रूम के दरवाजे पर खट-खट की आवाज सुनकर उसने कहा, 'प्लीज कम इन।' शब्द कहते ही वह वास्तव में आ गया।

'डॉक्टर, एमरजेंसी केस, एक्सीडेंट का केस आया है। फौरन आने के लिए कहा है।' बुलाने आया लड़का बोला और उसने वसंत का चेहरा देखा जवाब के लिए।

थाली की ओर देखते हुए वसंत ने कहा, 'तुम चलो, मैं आ रहा हूँ।' कहकर वह हाथ धोने के लिए सिंक के पास चला गया। साढ़े चार बजे का समय था। यह मुंबई सेंट्रल स्टेशन की घड़ी जाहिर कर रही थी।

वसंत अपना एप्रन हाथ में लिए बाहर निकला। कॉरिडोर में मिली नर्स नीलमणि आत्मीयता से मुस्कराई।

केरल की रहनेवाली नर्स नीलू (नीलमाणि) ने वसंत को देखकर अचरज

से प्रश्न किया, 'डॉक्टर, क्या आज आपकी ड्यूटी है?'

'हाँ, सत्या की ड्यूटी मैं कर रहा हूँ।' कहते हुए वसंत ने निचली मंजिल स्थित एमरजेंसी वार्ड की तरफ कदम बढ़ाए।

मैसूर शैली की सुंदर कन्नड़ बोलता सत्या तीन वर्ष से वसंत का दोस्त था। वह वसंत से कहता था, 'हाय वसंत, तुम तो लाइफ एंज्वाय करने की इच्छावाले नहीं हो, संन्यासी गोत्रवाले हो। मैं इस संडे ऑफ लूँगा। तुम कृपया मेरी ड्यूटी कर लेना। आनेवाले मंगलवार को मैं तुम्हारी ड्यूटी कर लूँगा। मुझे जरूरी काम है। प्लीज!' कहकर जवाब का इंतजार किए बिना वह चला गया था।

सत्या को जरूरी काम क्या था, वसंत जानता था। गुजराती विद्या के साथ लिबर्टी में सिनेमा देखना, कमला नेहरू पार्क स्थित हैंगिंग गार्डेन में आमलेट खाना, विद्या के साथ प्रेम-संलाप करना।

वसंत के आते ही एकत्र हुए लोगों को अलग हटाते हुए ड्यूटी पर मौजूद कांस्टेबल आगे आया।

'डॉक्टर, सा'ब से टैक्सी एक्सीडेंट हुआ है। यह अकेले मराठा मंदिर से रास्ता पार कर मुंबई सेंट्रल की तरफ जा रही थी। इतने में टैक्सी नंबर बी.बी.वाई. २८८४ ने इनको टक्कर मारकर गिरा दिया। इसके बाद टैक्सीवाला फरार हो गया था। फिर भी अगले चौक पर पकड़ लिया गया। वह अपनी कार्य-साधना के बारे में ज्यादा कह रहा था, जिसे डॉक्टर ने अनावश्यक समझा।'

वसंत का लक्ष्य घायल की तरफ था। उसकी उम्र करीब पच्चीस वर्ष की थी। सर पर चोट लगने से खून बह रहा था। कपड़े रक्त में सन गए थे। पैर मुड़ गया था। होश होने की संभावना नहीं थी।

वसंत ने घायल लड़की को दुबारा देखा—अब कौतूहल और अनुकंपा से।

लंबे बाल, शुद्ध सुंदर गुलाबी रंग का शरीर, शिशु-समान, छोटा मुँह, मुग्धता दिखाता मुखमंडल, नारंगी रंग की साड़ी लाल रक्त से सन गई थी।

हाथ में पहनी लाल चूड़ियाँ टूटकर हाथ में फँस गई थीं। देह पर कोई गहना या अलंकार नहीं था। सिंदूर बिखर गया था। यह खूबसूरत तरुणी है, इसमें कोई शंका नहीं थी।

घायल की जाँच करने के लिए देह को दूसरी तरफ घुमाया। कोहनी पर और उसी तरफ के पादाग्र पर 'सफेद दाग' दीख पड़ा। यह दाग एक सुंदर चित्र पर छिड़की स्याही जैसा लगा।

मगर अंदर छिपी हुई वैद्यकीय प्रज्ञा उजागर हुई। उसने घायल युवती की जाँच की। पैरा टूटा होगा। सर पर चोट लगी है। कैसी चोट है? ठीक होनेवाली है या नहीं? वैद्य की ऐसी दृष्टि से वह देख रहा था।

घायल को प्लास्टर चढ़ाना, इंजेक्शन देना, इसके बारे में विवरण लिखकर वसंत काम में निरत हो गया। बाहर की दुनिया, शाम ढलकर रात में बदल गई। इन चीजों के बारे में सोचा ही नहीं और सोचने की कोशिश भी नहीं की।

सब काम निबटाकर वह अपने ड्यूटी रूम में आ गया। सुबह से अविरत काम से थकावट महसूस कर रहा था। अँधेरा कमरे में छाया हुआ था। निरुत्साहमय वातावरण था। स्विच दबाकर उसने बत्ती जलाई, खिड़की के नजदीक आकर देखा, वर्षा-धारा निरंतर चलती हुई दिखाई दी। रात होने पर भी मुंबई में जीवन की यांत्रिकता में कुछ बदलाव नहीं दीखता। जन-जीवन हमेशा जैसे चलता रहता है। भारी वर्षा में भी इलेक्ट्रिक ट्रेनें चलती रहती हैं, जिन्हें मुंबई की जीवनगाड़ी कहते हैं। उनकी खड़खड़ाहट निरंतर सुनाई पड़ती है।

रात के भोजन का टिफिन मेज पर था, तब भी वसंत ने उसको खोलने की कोशिश नहीं की। दोपहर का खाना भी सही ढंग से खा नहीं पाया था। और एक बार वार्ड का चक्कर लगाकर मरीजों की हालत पता करके आना है, सोचकर वार्ड की तरफ चला।

रात की ड्यूटी पर नीलू थी। चार्ट देखकर बुखार नापकर लिख रही थी।

‘डॉक्टर, सब ठीक है, मगर दोपहर में दुर्घटनाग्रस्त होकर आई हुई लड़की का पर्स…’

‘सिस्टर, यह बात पुलिस-विभाग को कहिए।’

‘कहनी थी, मगर खाना खाने गया वह कांस्टेबल अभी आया ही नहीं।’

‘वह पर्स मिला है तो उसमें उसका ‘पता’ होगा, फिर हम उनको बता देते हैं।’

‘डॉक्टर, मैं उनका पर्स देखने की कोशिश नहीं करूँगी। मैं क्यों लूँ बेकार का झमेला? आप और वह कांस्टेबल मिलकर देखो।’ कहती हुई नीलू ने पर्स आगे कर दिया। इतने में वह पुलिसवाला खाना खाकर वापस आ गया और ‘डॉक्टर सा’ब, माफ करना, देर हो गई’ कहा।

‘रहने दीजिए। यह कौन है? पता देखकर बताइए।’ कहते हुए वसंत ने पर्स उसके आगे किया। वसंत ने कभी लड़कियों का पर्स देखा ही नहीं था। पीले रंगवाले मुलायम पर्स को उसने कौतूहल से देखा।

आमतौर पर सब लड़कियाँ पर्स में छोटा कंघा, छोटा आईना, लेडीज हैंडकरचीफ, दो-तीन नोट, खुल्ले पैसे रखती हैं।

‘इसमें कोई एड्रेस नहीं है।’ कांस्टेबल ने कहा।

कांस्टेबल चकित हो गया। यह बड़ी मुसीबत है। धाराप्रवाह वर्षा होनेवाली मुंबई में एड्रेस ढूँढ़नेवाला काम कोई भी नहीं चाहता। यह गंभीर ड्यूटी लगी। धनवान् घर की नहीं है। पर्स में भी विशेष पैसा नहीं था।

‘डॉक्टर, यहाँ देखिए एक छोटी किताब है; मगर इस भाषा को मैं नहीं जानती।’ कहते हुए नीलू ने किताब आगे कर दी। वह पर्स में छिपी हुई थी।

वसंत आश्चर्यचकित हो गया अपनी मातृभाषा देखकर।

‘भास-नाटक-चक्र।’

‘डॉक्टर, यह भाषा आप जानते हैं?’ हर दक्षिण भारतीय को मद्रासी समझनेवाली मुंबई की पुलिस ने आश्चर्य से पूछा।

‘यह मेरी मातृभाषा है।’ वसंत ने कहा। ‘अनुपमा, ४६ बांद्रा पाली हिल रोड, उसका पता था।

पुलिस को वह पता बताकर और वहाँ समाचार देने के लिए बोलकर वसंत ने अपने काम पर जाते वक्त 'भास-नाटक-चक्र' किताब उठा ली और कहा, 'सिस्टर, इनके जाग जाने पर मुझे बताना, मैं ऊपरवाले कमरे में हूँ। इनकी किताब मेरे पास है। इनके रिश्तेदार कोई आएँ तो बता दीजिए।'

वसंत ने अब पहली बार अनुपमा को लक्ष्यपूरित दृष्टि से देखा। निस्संदेह अनुपमा सुंदरी का सौंदर्य, खूबसूरत लड़की और खूबसूरत नाम। कन्नड़ जाननेवाली समझकर और भी हर्षित हुआ।

हाथ में किताब लिए हुए अपने कमरे की ओर चला गया। अपने गाँव में हनुमान्-मंदिर में सुश्राव्य स्वर में जैमिनी भारत पठन करनेवाले रामण मास्टर जी का पद्य उसे याद आ गया।

'कालिंदी सुरनदिगे, काष्ठी बाणिगे, कावी इंदुमंडल के वरकावी लोकाकीगे।'

हाँ, कहीं भी परिपूर्णता नहीं है, परिपूर्णता का नाश करने के लिए 'दाग' चाहिए न?

दोपहर को भोजन करते समय सत्या सामने आया। वसंत को देखकर बोला 'हैलो बॉस! कैसा था कल का काम? ज्यादा कांप्लिकेटेड केस तो नहीं आया?'

'नहीं, सत्या, ऐसी कोई परेशानी तो नहीं हुई; मगर सत्या, कल की ड्यूटी से मुझे एक लाभ हुआ है।'

सत्या मुस्कराते हुए आँख मटकाकर बोला, 'क्या? कोई स्पेशल मरीज आया था? या कोई वी.आई.पी. जमा हुआ था?'

'नहीं, सत्या! मुझे उत्तम कन्नड़ नाटक मिला।'

'उसमें क्या है, वसंत? कन्नड़ संघ के ग्रंथालय से मैं अपने रोगियों से कहकर मँगवाता था। किताब अच्छी है या उसको लानेवाला मरीज?'

सत्या की मजाकवाली बात रोकते हुए वसंत उठा। सत्या का स्वभाव ही ऐसा है। हर चीज अगंभीर भाव से देखता था। जीवन ही लघु है, यह उसकी भावना थी।

'सत्या, कामिनी–कांचन के कृपा–कटाक्ष सिर्फ तुम्हें ही, तुम अदृष्टशाली हो, हम वैसे नहीं, यशोदेवता हमारी तरफ मुड़कर भी नहीं देखता।'

वसंत का पीछा करते सत्या कमरे की ओर चला। गंभीर मनोभाव के चिंतनशील वसंत का स्वभाव सत्या के स्वभाव से भिन्न है। इसी वजह से सत्या वसंत को 'शुकमुनि' कहता था। सिद्धार्थ, गौतम शाक्य वंशज का हूँ, ऐसा वसंत ने ही एक बार कहा था।

'वसंत, तुम चाहो तो तुम्हारी कामिनी के लिए कांचन का पीछा करना बहुत आसान है। 'शुकमुनि' वह यशोधरा या यशोदेवता तुम्हारे चरणदासी होंगे। यह सरकारी नौकरी छोड़ो, अंधेरी में गुजरातियों के बीच हम दोनों दवाखाना खोलेंगे तब··· ।'

'सत्या, नीचे विद्या ने बुलाया है, ऐसा लग रहा है।' बात काटते हुए वसंत ने कहा।

सत्या ने खिड़की से झुककर नीचे देखा तो विद्या नहीं थी।

'वसंत, तुम अपने अपूर्व 'लाभ' को तो दिखाओ। देखेंगे, मुझे कुछ लाभ होगा?'

वसंत ने किताब उठाकर सत्या के हाथ में दे दी। उसको देखकर सत्या को निराशा हुई।

'भाई शुकमुनि, मैंने इसे अद्‌भुत रम्य प्रणय, रोमांटिक उपन्यास या सुंदर प्रणयगीत अथवा रोमांचकारी डिटेक्टिव नॉवेल समझा था। यह क्या है, 'भास–नाटक–चक्र'? अब वीडियो क्लब आने से सिनेमा बंद हो जाने की नौबत आ गई है। ऐसे आधुनिक जमाने में नाटक, वह भी संस्कृत के भास, हास, चंद्रहास कहाँ के हैं? उसको देखनेवाला कौन? रात–भर सुननेवाला कौन?'

'सत्या, तुम बिना पढ़े–समझे मत कहो। भास के नाटक अति सुंदर तथा मशहूर हैं। प्रायशः तुम संस्कृत के जानकार होते तो इसको अच्छी तरह समझ सकते थे। फिर भी··· ।'

सत्या ने उसको आगे बढ़ने से रोका, 'वसंत, मैं संस्कृत सीखूँ? मेरे

बाप! अब मातृभाषा, राष्ट्रभाषा अंतरराष्ट्रीय भाषा सीखने की छोड़ो, यहाँ मुंबई की प्रेमभाषा, व्यवहार-भाषा सीखकर टूट गया हूँ। ऐसी दशा में यह संस्कृत सीखकर क्या करूँगा? यह सब तुम जैसों के लिए...'

'सत्या, सब चीजों को व्यावहारिक दृष्टि से मत देखो। जहाँ व्यवहार-प्राधान्य होता है, वहाँ भावना का नाश होगा। जहाँ भावना नहीं है, वहाँ जीवन कैसे साध्य होगा? भावनारहित जीवन नीरस है न? सत्या, मेरी दृष्टि अलग...'

कि तभी विद्या की आवाज सुनाई पड़ी। झुककर देखा तो वाकई विद्या नीचे से सत्या को आवाज दे रही थी।

सत्या चला गया।

शाम को रोज जैसे राउंड्स में वसंत मरीजों को देखने आया, तब 'विजिटर्स् रूम' होने की वजह से हर मरीज के साथ बंधु लोगों की भीड़ थी।

अनुपमा के बराबर में दो लड़कियाँ बैठी थीं। बिना कारण लड़कियों से संभाषण करना वसंत को पसंद नहीं था। सहज संकोच, अनुपमा को देखकर 'हैलो, हाउ आर यू?' कहा।

अनुपमा ने हँसकर कन्नड़ में कहा, 'अच्छी हूँ, डॉक्टर।'

'अरे, मैं कन्नड़ जानता हूँ, यह आप कैसे जानती हैं?'

'कल आप मेरी किताब ले गए थे, यह बात नर्स ने कही थी।'

'किताब पूरी पढ़ी नहीं। और कुछ दिन रख लूँ?'

'वह मेरी ही किताब है। जितने दिन चाहें, रख सकते हैं।'

'आपका पैर कैसा है?' वसंत की डॉक्टर प्रवृत्ति जाग्रत् हुई।

'बहुत दर्द होता है। हिला भी नहीं सकती।'

'हाँ, हड्डी टूट गई है न! दर्द-निवारक दवाई लिख देता हूँ, मँगवा लीजिए।'

'ठीक है।'

वसंत चला गया। अनुपमा की सहेलियाँ यह संभाषण मौन होकर सुन

रही थीं। बहुत समय के बाद अनुपमा कन्नड़ में बात कर रही थी।

आधी रात में वसंत पढ़ रहा था। रात का शो देखकर वापस लौटा सत्या बोला, 'क्या वसंत, और किस परीक्षा की तैयारी है?'

'मैं भास-नाटक-चक्र पढ़ रहा हूँ।'

सत्या कुछ नहीं बोला। वसंत किताब पढ़ने में मग्न था या नहीं, पता नहीं चला। किताब में अनुपमा की टिप्पणियाँ, नीचे लिखा हुआ अर्थ देखते ही वसंत को पता चला कि वह नाटक और संस्कृत में खास अभिरुचि रखनेवाली है। दोनों की मातृभाषा एक ही होने से परिचय आत्मीय लगा।

रोज शाम 'राउंड्स' पर आता वसंत लड़कियों को अनुपमा के पास बैठे देखता था। लड़कियाँ लगभग अनुपमा की उम्रवाली या थोड़ी छोटी थीं। अस्पताल में मरीज को देखने के लिए बेकार लोगों की ही भीड़ ज्यादा होती है।

'डॉक्टर! हमारा पेशेंट कैसा है? और कितने दिन रहना होगा? खाने के लिए क्या देना है? गरम या ठंडा?'

ऐसे पूछना बार-बार दोहराकर डॉक्टरों का दिमाग खराब करनेवाले ही ज्यादातर लोग होते हैं। मगर इस घायल मरीज के साथ ऐसा कुछ नहीं था। कुछ लोग आते तो वक्त खत्म होते ही चले जाते थे।

स्वभावतः वसंत ऐसी चीजों पर गौर करता था। मगर ऐसी खास बात ने उसमें अचरज पैदा किया था। प्रायशः मुंबई महानगरी के किसी एक कोने में स्थित उपनगरी में रहकर, घर के सब लोग बाहर जाकर नौकरी करने की परिस्थिति में मात्र साध्य उसको ऐसा महसूस हुआ। दूर से मुंबई सेंट्रल आकर जाना या वहीं मरीज के साथ रहना कष्ट-साध्य होता।

अनुपमा को अस्पताल में दाखिल हुए एक हफ्ता बीत गया था। सुबह परीक्षण करते समय वसंत को देखते ही उसने पूछा, 'डॉक्टर, मुझे और कितने दिन रहना पड़ेगा?'

'देखेंगे, वह आपके प्रोग्रेस पर निर्भर है।' मरीज का ध्यान दूसरी तरफ लगाने से दर्द कम हो जाता है। इसलिए वसंत ने उसके पैर को देखते हुए

कहा, 'आपकी बहनें आईं नहीं, लगता है।'

'डॉक्टर, वे मेरी बहनें नहीं हैं। मैं कॉलेज में अध्यापिका हूँ। वे कुछ सहेलियाँ और छात्राएँ हैं।'

'आप मुंबई की रहनेवाली हैं क्या?'

क्षणमात्र में अनुपमा का चेहरा उतर गया, निस्तेज-सा हो गया। उसने कहा, 'हाँ, अब यहीं मेरा गाँव है।'

पैर की जाँच चल रही थी।

'आपके घर में कौन-कौन हैं?' वसंत ने पूछा।

तब अनुपमा के चेहरे पर एक विषाद की रेखा दीख पड़ी।

'डॉक्टर, मेरा कोई नहीं है।'

वसंत के काम करते हाथ अनायास ही रुक गए। निरुद्देश्य प्रश्न था। कहीं अनुपमा को दुःख तो नहीं लगा? दिल दुखा तो नहीं?

'माफ कीजिए, अनजाने में प्रश्न किया था।'

मुस्कराती हुई अनुपमा ने कहा, 'माफी क्यों, डॉक्टर, कठोर सत्य भी सत्य ही होता है न!'

वसंत हँसा नहीं।

वसंत की डॉक्टरी चल रही थी। उसके साथ-साथ अनुपमा से परिचय भी बढ़ता गया। सत्या की गिद्ध दृष्टि ने इसको कबका पहचान लिया था।

'वसंत, आपका पेशेंट क्या कहता है?'

'मेरे अनेक पेशेंट हैं। तुम किसका जिक्र कर रहे हो?'

'वही, 'लाभ' वाली कन्नड़ लड़की।'

वसंत ने गंभीरता से कहा, 'सत्या, तुम इस तरह का मजाक मुझसे करो तो परवाह नहीं। कृपया उससे मत करना। प्रायशः 'सफेद दाग' के दर्द से ही उसका जीवन भरा होगा। जिसके जिस विचार से निरुत्साह या दर्द हो, उसका जिक्र नहीं करना चाहिए। यही पाप है। सत्या, प्लीज!'

'सॉरी वसंत, मेरा इरादा तुम्हारा दिल दुखाने का नहीं था। तुम्हारी नई पेशेंट देख चुका हूँ, सुंदरता की प्रतिमा है। बेकार में मिस यूनिवर्स या मिस

मुंबई बना देते हैं। यह तो अद्वितीय है। मगर इसे लगा, 'सफेद दाग' दूध में नींबू डालने जैसा हो गया है। पूअर गर्ल! क्या जिंदगी है!'

'सत्या, तुम्हें डॉक्टर होकर ऐसी बात नहीं कहनी चाहिए। 'सफेद दाग' या पांडुरोग क्या होता है? बीमारी है? नैसर्गिक है? आनुवंशिक है? कोई भी साबित नहीं हुआ है। संख्या-शास्त्र से आनुवंशिक ही ज्यादा है। यह कोई वंश का इतिहास न होते हुए भी आ सकता है। उनको भी आम आदमी की तरह सब भावना, स्पर्श, राग, ज्ञान रहता ही है। पीढ़ियों से इसको संक्रामक माना जाता है। कई बार यह संपूर्ण गुण हुआ। मैंने खुद अपना चर्मरोग-विभाग की पोस्टिंग में अपनी आँखों से देखा है।'

'वसंत, तुम अपना भाषण बंद करो, मैं आम लोगों की राय कह रहा हूँ। कितनी भी सुंदर सुकुमारी हो तो भी ऐसी लड़कियों की शादी होना मुश्किल ही है। यह सफेद दाग उसके भावी जीवन के लिए अनिष्ट ही है। वैसे भी जीवन के बारे में मेरे दृष्टिकोण को क्या तुम जानते नहीं? क्या तुम ऐसी लड़की से शादी करोगे?'

विद्या के आगमन की सूचना से वार्तालाप बंद हो गया। सत्या चला गया। वसंत को सत्या का आखिरी प्रश्न आश्चर्यजनक लगा।

'मेरी शादी का विचार! जब आएगा, तब देखा जाएगा।'

☐

अनुपमा की स्थिति में सुधार आ रहा था। प्रतिदिन थोड़ा-थोड़ा चलने के लिए वसंत ने कहा था। वह एक अच्छी मरीज भी थी, डॉक्टर की बतलाई सब सलाह मान लेती थी। डॉक्टर के मुताबिक ही चलती थी। नहीं तो सुधार दीख पड़ते ही दवा बंद करना, जिह्वा-चापल्य से वर्ज्य पदार्थों को खाकर रोग-वृद्धि कर लेनेवाले मरीजों को देखकर वसंत को तरस आता था।

वसंत के ड्यूटी रूम तक चलकर आती हुई अनुपमा को देखा। वैसे दोपहर का वक्त था। तब जन-संचार भी कम था। ऐसे वक्त में अभ्यास करना आसान होता है।

वसंत ने अनुपमा से कहा, 'आपको खाने का डायट बदलना होगा। ज्यादा पौष्टिक आहार सेवन करना होगा। अच्छा, आपका खाना कहाँ से आता है ?'

अनुपमा ने अपनी तर्जनी उठाकर खिड़की के बाहर स्थित उडुपी का 'लक्ष्मी कैफे' दिखाया।

'छिह्! वहाँ से ? वही रोगों का बाण है। बस स्टैंड से आनेवाले सब वहाँ चाय पीकर यहाँ दाखिल होते हैं।'

'मैं और क्या कर सकती हूँ ?'

'देखिए, अगर आप चाहें तो हमारे मेस से मँगवा लेना। वह भी घर का खाना नहीं है। फिर भी, लक्ष्मी कैफे से हजार गुना अच्छा है। आपको एतराज न हो तो...'

'डॉक्टर, आप मेस बिल मुझसे ले लोगे, तब!'

'हाँ! जरूर ले लूँगा।'

'डॉक्टर, आपका एहसान कैसे चुकाऊँगी ?'

'आप 'नाटक' पर बुलाइए।'

'अरे, आपको कैसे पता चला ?'

'आपके नाटक 'स्वप्नवासवदत्ता' को बहुमान-सम्मान मिला था, यह मुझे पता है। मगर बहुत देर से।'

'डॉक्टर, आप आएँगे क्या ? मेरा अगला नाटक दशहरे के संदर्भ में माटुंगा-स्थित कन्नड़-संघ में है।'

'हम दोनों आएँगे, सीट आरक्षित रखना। मैं कांप्लिमेंटरी पास पर कभी नाटक नहीं देखूँगा। मैं पैसे देकर देखता हूँ।'

'डॉक्टर, टिकट का प्रावधान ही नहीं है कन्नड़-संघ में। 'स्वप्नवासवदत्ता' कन्नड़-रूपक है। आपको पत्नी-समेत आना ही चाहिए।'

वसंत प्रायशः गंभीरता खोकर खिलखिलाकर हँस पड़ा।

'मेरे साथ आनेवाला मेरा रूममेट प्रकाश है। मेरा भी आपकी तरह कोई नहीं है।'

अनुपमा ने अवनतमुख होकर कहा, 'डॉक्टर, मुझे माफ कर दीजिए।'

'माफी क्यों? आपने तो पूछा नहीं, मैंने खुद बताया है।'

अनुपमा अब संपूर्ण रूप से ठीक हो गई थी। अस्पताल से छुट्टी का दिन भी आ गया।

वसंत और सत्या एक ही वार्ड में काम करते थे। इसलिए सत्या की जान-पहचान भी अनुपमा से थी।

घर जाने से पहले अनुपमा ने पूछा था, 'आप और आपका दोस्त सत्यप्रकाश मेरे घर आएँगे? और कुछ नहीं? सिर्फ चाय और उपहार के लिए।'

संकोच से वसंत ने कहा था, 'यह सब क्यों? अपना कर्तव्य हमने निभाया है।'

'मैं भी मरीज की कर्तव्य-दृष्टि से ही कह रही हूँ।'

'ठीक है, रविवार की शाम ठीक रहेगा न? या शाम में आप टी.वी., रेडियो में व्यस्त होंगी?'

'नहीं, आप आ जाइए।'

अनुपमा ने अपना पता दे दिया। बस से कहाँ चढ़ना, कहाँ उतरना है यह सब बताने लगी तो वसंत बोला, 'उसकी कोई जरूरत नहीं, हमारा सत्या 'सिंदबाद द सेलर'! मुंबई का कोई भी पता हो झट ढूँढ़ लेगा।'

अनुपमा सबसे विदा लेकर अस्पताल से चल पड़ी।

☐

'सत्या, रविवार की शाम का प्रोग्राम है। मैंने अनुपमा से कह दिया है।'

'विद्या गाँव में नहीं है; परंतु मैं क्यों जाऊँ?'

'सत्या, वह हमारी मरीज है। पहले उसने कहा तो मैंने मना किया था। फिर भी उसने आग्रहपूर्वक दो बार विनति की, तब माना था।'

'छोड़ दो, इतना जरूरी है तो फोन करेगी।'

'सत्या, यह गलत है। एक बार स्वीकृति दे देने के बाद हमें जाना चाहिए।'

‘तुम्हें कोई उपहार मिलेगा?’

‘सत्या, मुझे उसकी अपेक्षा ही नहीं है।’

पाली हिल की बस से पश्चिम बांद्रा पहुँचे तो चढ़ाव पर बस रुक गई। सत्या व वसंत वहाँ से पैदल चले।

ऊँचे-ऊँचे अपार्टमेंट्स, सुंदर मगर विशाल अट्टालिकाएँ, घने पेड़-पौधों के बाद मुंबई शहर इनके साथ अपूर्व लगता था।

‘वसंत! मैं प्रैक्टिस प्रारंभ करने के बाद बहुत पैसा कमाकर पाली हिल में ही बँगला खरीदना चाहता हूँ। तुम्हारा क्या इरादा है?’

‘तुम जानते ही हो, नया कुछ नहीं। गाँव में डॉक्टर होते तो पिता जी की जान बच जाती। इसकी याद आते ही बहुत दुःख होता है। किसी भी हाल में मुझे गाँव वापस जाना है। पैसे कमाकर नाम, शोहरत हासिल करने की इच्छा ही नहीं है। जिन हालात में मेरे पिता जी गुजर गए, वैसे लोगों को बचाने की कोशिश करना ही मुझे अच्छा लगेगा।’

‘वसंत, इसीलिए धन चाहिए। वहाँ कौन तुम्हारी सहायता करेगा?’

‘उतना पैसा तो चाहिए ही नहीं। मैंने बहुत बचत की है। रहने के लिए घर है, वही अस्पताल बनेगा। एक-दो खेत हैं, उनकी उपज अलग बचाकर रखेंगे। वही काम आ जाएगा। सरल जीवन में दैनंदिन खर्च भी ज्यादा नहीं होता।’

‘फिर भी दवाएँ, नर्स!’

‘हाँ, दवाएँ हर माह चाहिए। नर्स रखने की ताकत फिलहाल तो नहीं है, बाद में सोचूँगा। गरीबों से सिर्फ दवाओं का पैसा लूँगा। देहाती जीवन का परिचय तुम्हें नहीं है। धनवान् भी गरीब जैसी पोशाक पहनते हैं। वहीं पैदा होकर पला हूँ। कौन कैसा है, मुझे इसका अनुमान तो है ही। वैसे लोगों से फीस लूँगा। वही पैसा जरूरी चीजों को खरीदने में सहायक होगा।’

‘वसंत, यह सब ‘हवा-महल’ बनाना भूल जाओ। तुम क्यों ऐसी साहसी, बेरंग दुनिया अपनाना चाहते हो? इससे क्या तुम्हें प्रशस्ति मिलेगी? सरकार को पता तक नहीं चलेगा। पत्ते के पीछे छुपे हुए फल जैसी जिंदगी से क्या

फायदा है ?'

'सत्या, मुझे प्रशस्ति, मान-सम्मान आदि की चाह नहीं है, गरीबों की सेवा में ही सुख, चैन, तृप्ति मिलती है।'

'वसंत, अपनी शादी के संबंध में तुम्हारा क्या विचार है ? जीवन सिर्फ तुम्हारा नहीं है। अर्द्धांगिनी का भी उसपर हक है।'

'वही कारण है, मैं अब तक ब्रह्मचारी रहा हूँ। पैसा, नाम, कीर्ति, व्यामोह को न चाहती हुई सरल जीवन चाहनेवाली, अत:करण क्या होता है, इसको जाननेवाली लड़की हो तो मैं जात-पाँत देखे बिना शादी कर लूँगा।'

इतने में अनुपमा का घर दिखाई पड़ा।

छोटा पुराना गोवाई क्रिश्चियन घर, आसपास बगीचा, नारियल के पेड़, अमरूद, अनार के पेड़, सफेद लिली के फूलों के पौधे, बगीचे के कोने में एक 'क्रॉस'। उसका नाम था 'मोरिविल्ला'।

अंदर जाएँ या न जाएँ, इस उलझन में फँसे मित्रों को देखकर अनुपमा बाहर आ गई। आदरपूर्वक स्वागत किया और अंदर ले गई।

सादगीपूर्ण, सुंदर घर। दीवार पर घड़ी छोड़कर कुछ नहीं। हर कोने में फूलदान। उनमें श्वेत पुष्प। घर में ही बिल्टइन लाइब्रेरी।

अनुपमा उपहार लाने अंदर गई।

कौतूहल से वसंत ने किताबों पर नजर डाली। देखा, अश्वघोष का बुद्ध-चरित्र, कन्नड़ नाटक, कालिदास की कृति, भवभूति का उत्तर-रामचरितम्, बर्नार्ड शॉ का नाटक, कन्नड़ काव्य...।

'अनुपमा आलीम लड़की होगी।' वसंत ने अपने मन में ही कहा।

सत्या ने कहा, 'आपको बहुत अच्छा घर मिला है। मुंबई में ऐसा घर भाग्यशाली को ही मिलता है।'

'डॉक्टर, यह खरीदा हुआ नहीं है। यह मेरी सहेली डॉली का घर है।' डॉली शादी करके ऑस्ट्रेलिया गई है। वहीं रहेगी। यह घर बेचना नहीं चाहती। उसकी माँ कभी-कभार यहाँ आया-जाया करती हैं। घर दो हिस्सों में बाँटकर एक को मुझे रहने के लिए दिया है और दूसरा अपने लिए रखा है।'

'कितने दिनों की लीज है?'

'प्रेम-स्नेह-विश्वास। जब-तक रहेंगे तब-तक। देखिए, वे इस घर को अपने बंधु-बांधव, रिश्तेदार किसी को भी दे सकते थे, या ज्यादा किराए पर कंपनी को दे सकते थे; मगर डॉली ने मैं जब-तक चाहूँ तब तक मुझे रहने के लिए कहा है।'

'अगर आपने घर वापस नहीं किया तो?'

'उसका घर मैं क्यों रखूँ? जो चीज अपनी नहीं है, उसकी आशा करनेवाला 'भिखारी' समझा जाता है। विश्वासघात विषप्राशन सा घोर पाप है। जहर हमें एक ही बार में मार देता है, मगर विश्वासघात जिंदगी भर किसी को हतप्रभ करता रहता है।'

वसंत ने किताब से अपना सर उठाया, 'आपके यहाँ अश्वघोष की किताब देखकर अचरज हुआ। यह बहुत दुर्लभ ग्रंथ है। चंद लोगों के पास ही मौजूद है।'

'डॉक्टर, अश्वघोष संस्कृत नाटक का पहला नाटककार माना जाता है। उसके पूर्व में भी नाटककार हो सकते हैं; मगर प्रकट रूप में कोई सबूत हासिल नहीं हुआ है। अश्वघोष का काल पहली ईस्वी है।'

'सत्या, तुम बोर तो नहीं हो रहे हो इन सब बातों से?'

'सुनने के लिए अच्छा है, पढ़ना नहीं होता।'

'डॉक्टर, मनुष्य को माँ की ममता कितनी आवश्यक है! माँ कितनी प्यारी होती है! देखिए, अश्वघोष अपने नाटक के अंत में 'आर्य सुवर्णाक्षी-पुत्र साकेत-निवासी अश्वघोष' लिखता है।'

'अश्वघोष के नाटक कहाँ मिले?'

'आप सुनकर हैरान होंगे। हमारे देश के बाहर तिब्बत में उसके नाटक मशहूर थे। ये वहीं मिले। उनपर जर्मन विद्वानों ने परिष्करण किया।' हँसती हुई अनुपमा बोली, 'डॉक्टर, यह मेरा काम और अभ्यास है। मगर आप नाटक और संस्कृत में रुचि दिखा रहे हैं, यह भी कौतुकवाली बात है। मैं समझती थी, डॉक्टर सिर्फ मरीज, दवा, ऑपरेशन में दिलचस्पी रखते हैं,

उनके अतिरिक्त उनमें कोई विचार नहीं आते।

'मेरे जैसे?' सत्या ने कहा।

'मेरे पिता जी संस्कृत-पंडित थे। गाँव में हनुमान्-मंदिर में पूजा भी करते थे। वक्त बिताना मुश्किल था। यहाँ-वहाँ से संस्कृत-ग्रंथ लाकर मुझसे कॉपी करवाते थे। माता जी अक्सर कहा करती थीं, 'बेटे के लिए आनुवंशिक देन दो ही हैं—एक संस्कृत और दूसरी हनुमान् जी की पूजा।' ऐसे पिता जी के साथ मुझे भी संस्कृत का परिचय हुआ। आप जैसे मैंने भी कॉलेज में नियमित रूप से व्याकरण एवं संस्कृत नहीं सीखी। फिर भी संस्कृत का मोह गया नहीं। माँ-बाप दोनों गुजर गए, मगर उनकी देन ऐसे ही मेरी साथी बन गई।'

वसंत और सत्या जाने के लिए तैयार हो गए। अनुपमा गेट तक आई और कहा, 'डॉक्टर, आपको संस्कृत के लिए या किसी और विषय के लिए मेरी सहायता की आवश्यकता हो तो जरूर बताइएगा। आप जब भी चाहो, फोन करके खाने पर आ सकते हो। वैसे भी हम कन्नड़वाले हैं।'

अस्पताल की सीढ़ियाँ चढ़ता हुआ वसंत सीमा को देखकर चौंक गया। अरे, यह सपना तो नहीं? अमेरिका-स्थित सीमा अचानक यहाँ कैसे?

'हैलो सीमा, कैसी हो?'

'वसंत, तुम कैसे हो? मैं कैसी हूँ, यह भी तुम्हीं बताओ।'

स्वभाव से वाचाल अब गोरी-गोरी दीख रही थी। अमेरिका के असर से और भी आधुनिक बन गई थी।

'वही लहरदार बॉबकट, पारदर्शी साड़ी, चानेल ह्वाइट फ्रेंच सेंट।'

वसंत मुस्कराया।

'अचानक तुम्हारी मुलाकात की वजह?'

'मेरी बहन की शादी है। पापा ने आग्रह किया था कि आना ही है। एक महीने की छुट्टी लेकर आ गई।' फिर सीमा ने सुंदर-सा विवाह निमंत्रण-पत्र दिया।

'तुम्हारा परिवार कहाँ है? नजर नहीं आ रहा।'

‘मेरी बेटी को मच्छर काटने से सूजन आ गई है। उसका समाधान करने उसके पिता जी बैठे हैं। वसंत, शादी में जरूर आना।’

‘मेरी ड्यूटी नहीं हो तो सोच सकता हूँ। शादी कहाँ है?’

‘बहन की ससुरालवालों ने धनवान् और रईस खानदान के होते हुए भी शादी ‘ताज’ में होनी चाहिए, कहकर आग्रह किया। शादी रविवार को है, ड्यूटी हो तो भी चक्कर मारकर आ जाना।’

‘अमेरिका में लैंड अपॉर्च्युनिटीज क्या है?’

‘रास्ते में क्या बात करें! घर ले जाकर चाय-वाय तो हो पहले! बहुत दिनों के बाद मिली दोस्त की ऐसी खातिरदारी!’

‘बेघर आदमी किस घर ले जाएगा? कहो तो लक्ष्मी-भवन चलें। मैं साइन करके आता हूँ।’

‘वसंत, तुम बिलकुल नहीं बदले। वही-के-वही हो। लक्ष्मी-भवन में कुछ नहीं खाऊँगी। यह मुंबई बहुत गंदी है। इन्फेक्शन, पीलिया! मैं कैसे जाऊँ?’

‘जैसे पहले जाया करती थीं।’

‘तब की बात अलग थी। अब रेसिस्टेंस पावर खत्म हो गई है।’

‘हम तो बीमारी, रोगों में डुबकी लेनेवाले हैं। रहने दो। कब फ्री हो, बता दो। दूसरे अच्छे होटल में खाना खिलवाऊँगा।’

‘वसंत, वक्त ही नहीं है। मैं शादी के इंतजाम में व्यस्त हूँ।’

‘सीमा, वहाँ का काम—जीवन कैसा है?’

‘वसंत, मैं अकेली एक वर्ष में चार लाख अस्सी हजार कमाती हूँ। पति की अलग कमाई। तुम्हारी याद आती है। तुम जैसे होशियार, काबिल और होनहार डॉक्टर मुझसे दुगुना कमा सकते हो। सिर्फ पैसा ही नहीं, नाम भी कमा सकते हो। तुम यहाँ रहकर निरर्थक जीवन क्यों बिता रहे हो?’

‘मुझे वैसा कुछ लगा ही नहीं, सीमा।’

‘क्योंकि तुम बाहरी दुनिया से अपरिचित हो।’

‘नहीं, मुझे पैसा, कीर्ति की अपेक्षा ही नहीं। उतने अपार धन से तुम

सुखी हो क्या? अगर हो भी तो समझो, मैं वह सुख यहाँ कम पैसे में पा रहा हूँ। अमेरिका जैसे अभिवृद्ध राष्ट्र में यहाँ के जैसे गरीब मरीज, रोगी नहीं मिलते। यहाँ विविध किस्म के रोगों का ऑपरेशन ही मेरी ज्ञान-वृद्धि के लिए सहायक है।'

'वसंत, तुम जमाने के मुताबिक नहीं हो। तीन बरसों में कोई बदलाव नहीं आया। इस विचार पर हम दोनों सहमत हो ही नहीं सकते। तुम्हारी शादी कब है? कम-से-कम एक कार्ड तो भेजोगे।'

'लड़की तय हुए बिना कार्ड कहाँ से भेजूँ? मेरी मनोभावना से मिलती-जुलती लड़की ही नहीं है। ऐसा सोचते हुए अब मैं पच्चीसवाँ तीर्थ कर रहा हूँ।'

सीमा निरुत्तर हो गई। वसंत और सीमा दोनों सहपाठी थे। उसकी वजह से आत्मीयता भी थी। एक जमाना ऐसा भी था, जब सीमा मेधावी, सुसंस्कृत वसंत से ब्याह रचाना चाहती थी। एक शर्त पर, अमेरिका में रहने के लिए तैयार हो तो? यह वसंत को पसंद नहीं था। यह जानकर लौकिक ज्ञानवाली सीमा अपना मनपसंद पति चुनकर अमेरिका में बसी थी।

वसंत यह विचार जानता था, मगर उसने किसी से कहा नहीं था। सीमा की अपनी विचारधारा के अनुसार उसने जो कुछ भी किया, वही सही था। इतने में डिपार्टमेंट आ गया। सीमा अपने पुराने सहयोगी मित्रों एवं सहयोगियों को, प्रोफेसरों को कार्ड बाँटने चली गई।

'वसंत, अब फिर मुलाकात कब होगी?'

'शादी में।'

'शायद तुम नहीं आओगे।' सीमा ने शंकित भाव से कहा।

'सीमा, तुम्हारी शादी में आया था, तुम्हारी बहन की शादी में क्यों नहीं आऊँगा! अब मैं चलूँ। ओ.पी.डी. में मरीज मेरा इंतजार कर रहे होंगे।'

□

दोपहर में ओ.पी.डी. खत्म करके वसंत कमरे में आया तो सत्या सोया हुआ था। वह चकित हो गया। दोपहर में सत्या रूम में कभी नहीं रहता था।

सत्या के नजदीक जाकर देखा तो घबरा गया। लाल-लाल आँखें, चेहरा दुःख एवं गंभीरता से फूला था। माथे पर हाथ रखा तो गरम था।

'सत्या, क्या हुआ? यह बुखार कबसे है?'

सत्या ने जवाब नहीं दिया। दुबारा पूछने पर सुबक-सुबककर रोने लगा। वसंत दिग्भ्रमित हो गया।

बिना मुँह खोले बाजू में रखी लग्न-पत्रिका दिखाई। सोने की लाल पैकेटवाली वेलवेट पर छपी। धनवान् ही ऐसी आमंत्रण-पत्रिका छपवा सकता था। वसंत उसको पढ़कर चकित हो गया।

वह विद्या की लग्न-पत्रिका थी।

अब सत्या की उद्विग्नता का कारण पता चला। इस समय कोई भी सांत्वना सत्या को समाधानित नहीं कर सकती थी, यह वसंत समझता था।

'किसने दिया?'

'खुद विद्या ने ही सबको बाँटा है।'

'शादी कहाँ है? किसके साथ?'

'किसी गुजराती डॉक्टर से इंग्लैंड या साउथ अफ्रिका में है। जल्दबाजी में शादी तय हुई। विद्या भी वहीं जाएगी अगले आठ-दस दिनों में।'

'सत्या, अब तुम कुछ कर सकते हो? विद्या खुद शादी के लिए राजी है या माता-पिता के द्वारा बलात्?'

'आज बहुत खुश थी। खुद राजी होगी।'

'सत्या, हिम्मत रखो। सोचो, ऐसा क्यों हुआ?'

'वसंत, मैं खुद यथार्थवादी और व्यवहार-ज्ञानी हूँ। समझाया, मगर विद्या मुझसे होशियार और चालाक है। मुझे क्या पता, क्या हुआ!'

'मैसूर के अग्रहार में एक घर उठाया नहीं जा सकता, ऊपर से तीन बहनों की शादी का बोझ। इसके अलावा मैं गुजराती जातवाला भी नहीं।'

'विद्या ने कभी ऐसा कहा था?'

'नहीं, इम्तिहान खत्म हो गया न!'

'सत्या, इस बात को आगे सोचकर कोई फायदा नहीं। यह सब मामूली

घटनाएँ हैं। मैं अनुभवी नहीं हूँ, मगर दृष्टांत देखा है।'

सत्या मौन हो गया। शायद उसको एकांत की जरूरत है, सोचकर वसंत बालकनी में आकर खड़ा हो गया।

'मुंबई सेंट्रल' की घड़ी में तीन बज गए। यह संकेत मिल रहा था कि काल कितना निर्लिप्त है। काल से मानव को कुछ सीखना चाहिए। कल तक नटखट, चैतन्यशील, उछलता-कूदता, हँसता-हँसाता, लड़कपन की चेष्टा करता हुआ सत्या आज गंभीर, निस्तेज और फीका दीख रहा था। काल कालांतर में मनुष्य को निराशा के ऐसे झटके देकर उसका स्वभाव बदल देता है।

□

बुखार चढ़े हुए दो दिन बीत गए थे। सत्या खाने के लिए आया ही नहीं। पूछा तो 'भूख नहीं है' कहता था।

बाद में उलटियाँ होने लगीं। पहले यह दुःख के आवेग से होता होगा, समझकर सत्या खुद डॉक्टर होते हुए चिंता की आवश्यकता नहीं, समझा था। जब उलटियों का दौर ही शुरू हो गया, तब चिंता से वसंत ने सत्या से कहा, 'शायद पीलिया हो गया है। सही जाँच करवाएँगे।' कहकर अस्पताल ले गया।

वसंत की आशंका सच निकली। सत्या की जाँचकर डॉक्टर ने कहा था, 'सत्या, तुम खुद डॉक्टर हो, तुम्हें मैं ज्यादा नहीं कहूँगा। सही खान-पान और आराम जरूरी है।'

कमरे में सत्या-वसंत सोच में थे।

ऐसी नाजुक स्थिति में सत्या को मैसूर ले जाना भी ठीक नहीं। यहीं मुंबई में कोई रिश्तेदार हो तो कितना अच्छा। यहाँ एक महीने की देखभाल से वह ठीक हो सकता था।

मगर जन-निविड़ मुंबई में इनका कोई नहीं था। हो तो भी अपने छोटे घर में मरीज को रखे भी कैसे? सत्या को पथ्य-आहार बनाकर कौन देगा?

'जिसका कोई नहीं होता, उसका भगवान् होता है। वसंत, तुम मेरा

ख्याल मत करो। माटुंगा में कुछ घरवाले खाना बनाकर डब्बा भेजते हैं। तुम पता कर लो। मैं यहीं रहूँगा।' सत्या ने कहा।

मगर वसंत को यह सहयोग कौन देगा?

वसंत को अनुपमा की याद आ गई। अनुपमा कन्नड़-संघ के कार्यक्रम में भाग लेनेवाली है। वह माटुंगा जाएगी। उसके जानकार अनेक होंगे। हो न हो, अनुपमा जरूर सहायता करेगी।

'सत्या, अनुपमा के घर जाकर पूछता हूँ। उससे जो संभव हो सकेगा, वह सहायता जरूर करेगी।'

'जो सही समझते हो, करो, वसंत।' सत्या ने आयास से आँखें बंद कर लीं।

वसंत ने बांद्रा की बस पकड़ी।

अचानक आए वसंत को देखकर अनुपमा को अचरज हुआ। अंदर आते हुए वसंत ने अपने आने का उद्‌देश्य बताया।

'सत्या कष्ट में है, आप सहायता कीजिए।'

'डॉक्टर, बैठिए, मैं चाय बनाकर लाती हूँ।'

'नहीं, मुझे जल्दी वापस जाना है। हो सके तो आप ही सत्या के खाने-पीने का इंतजाम कर-करा दें।'

अनुपमा दो मिनट चुप रही। अंदर जाकर चाय का कप लाकर वसंत को देती हुई बोली, 'डॉक्टर, आप बुरा नहीं मानें तो एक बात कहूँ। हमारी सखुबाई साथ है। डॉली की माँ भी नहीं हैं। अगर सत्यप्रकाश को एतराज न हो तो वे हमारे यहाँ आकर रह सकते हैं। मैं उनको पथ्य का खाना बना दूँगी। यहाँ टेलीफोन भी है। आप भी जब चाहें, आ सकते हैं।'

वसंत ने ऐसा सोचा ही नहीं था। अनुपमा की बात अप्रत्याशित लगी। सत्या मानेगा या नहीं? अपरिचित अनुपमा के घर में रहने का संकोच तो नहीं करेगा? उसकी मनोपीड़ा समझकर अनुपमा ने फिर कहा, 'सखुबाई मेरे यहाँ ही रहती है, सत्या से पूछिए। आना चाहें तो आ जाएँ, नहीं तो माटुंगा में पूछ लूँगी। मगर पीलिया-पीड़ित मरीज को खाना भेजने में मुश्किल होगी।'

वसंत वापस कमरे पर पहुँचा। सत्या मान भी गया तो संकोच तो होगा ही।

'वसंत, कोई कुछ भी कहे, अनुपमा को मेरे कारण कष्ट उठाना ही पड़ेगा। उनका अहसान कैसे चुकाऊँगा? कामवाली सखुबाई को पैसे दे सकते हैं। वही मेरी चाकरी कर देगी या दूसरा कोई मिल जाएगा?'

'सत्या, अनुपमा के सामने ऐसी कोई बात मत कहना। मैं और तुम दोनों जाएँगे। मैं तुम्हें वहाँ छोड़ आऊँगा। पहले तुम ठीक हो जाओ, बाद में सोच लेंगे। प्रायशः अनुपमा हमसे कुछ नहीं लेगी।'

सत्या बांद्रा में जब अनुपमा के घर आया, तब अनुपमा ने उसको अपने कमरे में बिठा दिया और मरीजोंवाला खास खाना बनाने लगी।

कामवाली सखू बूढ़ी हो गई थी। घर का कामकाज सँभालकर वहीं रहती थी। बाजार से कुछ लाना हो तो वही लाया करती थी।

सत्या अपने अँधेरे से युक्त गंदे कमरे से अनुपमा के दिए शुभ्र कमरे की तुलना कर रहा था।

एकदम साफ-सुथरा कमरा, फूलदान में नए फूल, सफेद बिछौने का पलंग, दवा रखने की सुविधा। सबकुछ बहुत सुव्यवस्थित लगा।

फिर भी सत्या को संकोच होता था। कोई रिश्ता-नाता न होते हुए इनके घर में कैसे रहूँ?

यह संकोच महसूस करती हुई अनुपमा बोली, 'डॉक्टर, आप संकोच मत करना। मैं आपके लिए कोई ज्यादा कष्ट नहीं उठाती। मेरा खाना भी सादा है—सिर्फ तेल नहीं डाल रही हूँ।'

बुखार फिर चढ़ गया। अनुपमा ने फोन करके वसंत को बुलाया। रात में माथे पर ठंडी पट्टी रखने का काम अनुपमा ने ही सँभाला। किसी काम को करने में अनुपमा को झिझक नहीं थी। सखु हो तो ठीक है, नहीं तो खुद सत्या की शुश्रूषा करती थी। जब बुखार उतरता था, गरम पानी से भीगा हुआ टॉवल देकर बाहर जाती थी।

सखु बाजार गई थी। सत्या को उलटी आ गई। बेड के नीचे रखे बरतन

में उलटी करने की कोशिश में फिसलकर गिरने ही वाला था कि अनुपमा ने उसको पकड़ लिया। उलटी जमीन पर हो गई। बदबू आनी शुरू हो गई। सत्या लज्जित और थका हुआ दिखाई दे रहा था।

'डॉक्टर, शर्मिंदा न हों आप। मरीज बच्चे-जैसा—असहाय होता है। आप जान-बूझकर तो ऐसा नहीं कर रहे।'

'मैं भी आपके लिए विशेष कुछ नहीं कर रही हूँ। जब मेरा पैर टूटा था, आपके अस्पताल में कई लोगों ने मेरी सेवा की थी न।' मुस्कराते हुए अनुपमा ने सत्या का संकोच दूर किया था।

सत्या अनुपमा की निस्स्वार्थ भावना देखकर दंग रह गया। सत्या उल्लसित रहे, यह सोचकर अनुपमा एक-न-एक काम में उसको भी जुटाकर हँसमुख रखने की कोशिश करती थी।

एक दिन सत्या ने पूछा, 'अनुपमा, आपकी दृष्टि में सौंदर्य का अर्थ क्या है?'

'यह केवल अपनी-अपनी दृष्टि होती है। सिनेमा के माध्यम में सिर्फ बाह्य सौंदर्य महत्त्वपूर्ण होता है। स्नेह में दो व्यक्तियों में परस्पर मेल-जोल के संदर्भ में बाह्य सौंदर्य को दोनों परस्पर कितना समझते हैं, वही महत्त्व का होता है।'

अनुपमा चुप हो गई। सत्यप्रकाश का मन विद्या का चिंतन-मंथन कर रहा था। विद्या खूबसूरत नहीं, स्मार्ट थी। उसने कभी नहीं सोचा कि उसने गलत किया। उसका गलती माननेवाला मनोभाव था ही नहीं।

नाटक में वेश बदलकर दूसरी पोशाक पहनकर दूसरा पात्र निभाने जैसा उसने अपने जीवन में अपने साथी को चुना। उसमें कोई समस्या नहीं थी। मगर मैं घर के सब लोगों की नाराजगी के बावजूद अन्य जातीय लड़की से शादी करने के लिए सन्नद्ध हुआ था। सत्या ने निराशा से लंबी साँस ली।

अनुपमा सत्या के मन का आंदोलन समझ गई थी; लेकिन उसने खुद कुछ जिक्र नहीं किया था। सत्या की प्रसक्त परिस्थिति वह जानती थी। वह प्रायश: उससे ज्यादा घोर स्थिति पार कर यहाँ पहुँची थी। सत्या अनुपमा के

घर में संकोचरहित मनोभावना से चहल-पहल करता था। मन खोलकर बात करता था।

'डॉक्टर, आप अच्छे डॉक्टर होते हुए भी रोग से भयभीत क्यों हो?'

'देखिए, अज्ञानी परम सुखी। हमें रोग का कांप्लिकेशन पता है, इसलिए मानसिक हिंसा अनुभव करते हैं। इसीलिए कहते हैं—'रोगी वैद्य ज्यादा तंग करनेवाला रोगी।'

अनुपमा हँस पड़ी।

'डॉक्टर, आप आराम कीजिए।'

'आप मुझे डॉक्टर कहकर मत बुलाइए। वह अपरिचित से संभाषण किया-जैसा लगता है। आपका किया हुआ अहसान, सेवा, देखरेख घर में अपनी बहन ने ही किया-जैसा लगता है। आप मुझे सिर्फ 'सत्या' कहिए।'

'तो आप मुझे 'अनुपमा' कहेंगे।'

'ठीक है।'

'सत्या, एक बात कहूँ, मैंने आपकी सेवा की, देखरेख की। जिस तरह एक मित्र दूसरे मित्र के कष्ट-कार्पण्य में सहायता करता है, उसी तरह मैंने भी किया है। इसमें कम भी नहीं, ज्यादा भी नहीं। मेरी एक विनति है।'

'क्या है?' सत्या ने अचरज से पूछा।

'कृपया भाई-बहन-दीदी ऐसी कोई कल्पना मत कीजिए। जैसे दो पुरुष स्नेह से रह सकते हैं, वैसे ही स्त्री-पुरुष भी स्नेह से रह सकते हैं। इस बात को मैं मन से मानती हूँ। इसको आप भी मानो, यही मेरी विनति है।'

सत्या ने आश्चर्य से अनुपमा की ओर देखा। उसकी आँखें अनकही कहानी, व्यथा सब जाहिर कर रही थीं।

लेटे हुए ही सत्या दूर से नजर आते हुए नारियल का पेड़, चर्च का क्रॉस देख रहा था। विद्या की शादी हुए आठ दिन हो चुके हैं। विद्या के बारे में अनुपमा से सत्या कह चुका था।

अनुपमा अपना काम निबटाकर हाथ पोंछकर आ गई और कुर्सी खींचकर बैठ गई। वह चुपचाप बैठे सत्या से बोली, 'सत्या, क्या सोच रहे हो?'

'कुछ नहीं।'

'ऐसा हो ही नहीं सकता कि कुछ भी नहीं सोच रहे। इसका मतलब, वह मुझसे बतानेवाली बात नहीं है। सत्या, आपके व्यक्तिगत जीवन के बारे में बात कर रही हूँ, समझकर मुझे गलत मत समझना। बीती हुई अप्रिय घटना भूल जाओ। उससे क्या फायदा?'

'अनुपमा, मैं इतनी निष्ठुरता से कह रहा हूँ, इसलिए बुरा मत मानना। आपका या वसंत का प्रेम क्या है? असफल प्रेम क्या है? यह भी मालूम नहीं। इसलिए आप भूल जाने को कह रही हैं। एक बार किसी से प्यार करो और वह प्यार शादी में परिवर्तित न हो तो मन को होनेवाला दुःख, द्रोह, असहनीयता की कल्पना आपको कभी नहीं होगी।'

अनुपमा चुप ही रही।

सत्या ने बात आगे बढ़ाई, 'अनुपमा, आप ही सोचो, पैसे देकर प्यार से खरीदी हुई साड़ी खो जाए तो आपको कैसा महसूस होगा? साड़ी निर्जीव तथा दाम देकर खरीदी हुई वस्तु होती है। प्रेम, विश्वास उससे कीमती नहीं, अनमोल होता है। उसको खोकर मैं जो अधीरता महसूस कर रहा हूँ, वह मैं ही जानता हूँ।'

सत्या ने अनुपमा का चेहरा देखा। मेरी कही हुई बात ने अनुपमा को दुःखी तो नहीं किया, सत्या सोचने लगा।

धीमी आवाज में अनुपमा ने कहा, 'सत्या, आपका दर्द मैं आपसे अच्छी तरह जानती हूँ। आप केवल मग्नप्रेमी हैं। कुछ दिन गुजरने के बाद शादी के बाजार में 'अच्छा वर' के रूप में विराजेंगे। यह दुःख और उद्विग्नता तब गायब हो जाएगी। मगर सत्या, मेरा जीवन अलग ही है। आप जानते हो, मैं प्रेमी से तिरस्कृत, त्याज्य ही नहीं, प्रेम-विवाह करके पति से परित्यक्त भी हूँ।'

आश्चर्यचकित होने की बारी अब सत्या की थी। अब-तक वह अनुपमा को 'कुमारी' ही समझता था। उसके निजी जीवन के बारे में वसंत ने एक शब्द भी नहीं कहा था।

'सत्या, मैं कॉलेज में पढ़ते वक्त नाटक करती थी। मेरे नाटक देखने आए श्रीमंत, मेधावी डॉक्टर ने मुझपर मोहित होकर शादी की इच्छा प्रकट की। वह जानते थे कि मैं गरीब स्कूल मास्टर की बेटी हूँ। मैंने उनसे शादी कर ली और आगर्भ श्रीमंत घराने की बहू बनी। 'सिंडरेला' नाटक की तरह उन्नत शिक्षण के लिए आनंद यानी कि मेरे पति इंग्लैंड गए। बाद में मैं भी जानेवाली थी। इतने में मेरे दाएँ पादाग्र पर सफेद दाग आ गया। वह शादी के चार महीने पश्चात् आया था। कौन कितना समझाए। किसी ने कुछ सुना ही नहीं। आनंद की माँ ने 'मायकेवालों ने बात छिपाकर शादी की', ऐसी खबर दुनिया-भर में घंटी बजाकर फैलाई। मायके में सौतेली माँ पक्षपात करती। आनंद को मैंने कई खत लिखे; पर कोई जवाब नहीं आया। 'श्वेत वर्ण' की अनुपमा शादी के पहले चहेती थी, उसका सौंदर्य आप्यायमान था। मगर जब अनुपमा सफेद दाग से 'महाश्वेता' बन गई, तब उन्होंने पहचानने से इनकार कर दिया। फटा हुआ कपड़ा जैसे फेंका जाता है, उसी तरह मैं मायके भेज दी गई। आनंद ने आज तक मेरी तरफ मुड़कर भी नहीं देखा।'

यह सब चलचित्र की कहानी जैसा लगा सत्या को; मगर वह चलचित्र नहीं था, जीवनचित्र ही था, इसका सबूत अनुपमा पर स्थित 'सफेद दाग' था।

अनुपमा ने कहानी आगे बढ़ाई, 'सत्या, आनंद की एक बहन थी गिरिजा। अत्यंत स्वेच्छाचारिणी। सबकुछ चुपके से छिपकर चलता था। यह सिर्फ मुझे पता था। वह समाज में अत्यंत अच्छी पत्नी कहलाती है। आनंद दूसरी शादी रचाकर मजे में है। अब बताओ, मेरे जीवन के अनुभव में आपका प्रेम-भंग कितने हिस्से का है? परस्पर दुःख की तुलना करना ही ग़लत है। दुःख एक निजी चीज है। खुद पर मरहम लगाकर दर्द से छुटकारा पाना होगा। सत्या, आपको पहले जैसा बनकर नई जिंदगी प्रारंभ करनी होगी। दुःख, दर्द यह सब जीवन में स्वाभाविक हैं। निराशा से मन परिपक्व होगा, यश तथा कामयाबी इन्सान को मदोन्मत्त बनाकर अति आत्मविश्वासी बना देते हैं।'

‘अनुपमा, यह सब आपको किसने सिखाया? किसके सहारे आपने सांत्वना पाई?’

‘सत्या, जीवन के अनुभव से बड़ा गुरु कौन है! जीवन ही बड़ी पाठशाला है। अनुभव ही उसका गुरु है। मुझे उसी ने धैर्य दिया। एक बार आत्महत्या के विचार से भरे हुए दिमाग को जिंदगी की ओर घुमाया। मैं किसी गुरु, स्वामी, वेदांती के पीछे नहीं जाती। यह प्राचीन कर्म है, जिनको हम नहीं जानते। कुछ लोग ही कैंसर से क्यों पीड़ित होते हैं? कुछ लोग ही क्यों अपघात में मर जाते हैं? कुछ लोगों को ही बीमारियाँ क्यों आती हैं? इन सबका जवाब नहीं है। यह किसी कारण आया है, इसका मुकाबला करना ही जीवन-धर्म है, इतना ही जानती हूँ।’

सत्या दिग्भ्रमित हो गया। अनुपमा के बारे में उसने ऐसा कुछ सोचा ही नहीं था।

उसने बड़े धैर्य से कहा, ‘अनुपमा, आप आनंद को याद नहीं करतीं? उनके बारे में कुछ महसूस नहीं करतीं? वैसे तो यह आपका निजी मामला है, फिर भी मन को दुःख पहुँचा हो तो माफ कीजिएगा।’

‘सत्या, मन की अप्रिय घटनाओं को जितना हो सके, उतना याद ही नहीं करती। इससे मनोबल कुंठित होकर अशांति आ जाती है। मन को खुशी देनेवाली घटना याद करती हूँ और उसी में आगे बढ़ने की कोशिश करती हूँ। मुझे संस्कृत और नाटक बहुत पसंद हैं। ज्यादा समय इसी के अभ्यास में बिताती हूँ। कोई सहायता माँगे या न माँगे, मैं खुद आगे बढ़कर सहायता करती हूँ। किसी का भी जीवन स्थिर नहीं है। जन्म-मरण दोनों मनुष्य के हाथ में नहीं हैं। ऐसा होते हुए भगवान् की दी हुई जिंदगी—जन्म-मरण के बीच का अंतर—फलप्रदत्त-क्रमण करना ही लक्ष्य होना चाहिए। कैसे-कैसे बड़े योगी, अद्वितीय महापुरुष हुए हैं। काल के प्रवाह में अनेक डूब गए हैं, मगर अपने कर्म से अमर हुए बहुत कम। मैं तो सामान्य स्त्री हूँ। अच्छा काम ही मेरे जीवन का ध्येय और लक्ष्य है।’

अनुपमा चुप हो गई। सत्या उसकी बातों को ध्यान से सुन रहा था।

'अनुपमा, चुप क्यों हो गईं?'

'नहीं, मेरा भाषण सुनकर आप बोर हो गए होंगे, इसलिए।'

'नहीं, आप बताती जाइए।'

'देखिए, श्रेष्ठ नाटककार भास, कालिदास, हर्षवर्धन आज नहीं हैं; मगर उनकी अमर रचनाएँ आज भी जनमानस को संतोष देती हैं। पीछे मैंने 'यक्ष-प्रश्न' नामक नाटक बच्चों के लिए कन्नड़ में रूपांतरित किया। उसका एक प्रश्न याद आ रहा है।'

जीवन में अति आश्चर्यजनक घटना कौन सी है? यक्ष प्रश्न करता है।

'मृत्यु। हर रोज मृतजनों को देखकर भी मैं अभी अजर-अमर हूँ, मृत्यु मुझे आती ही नहीं—समझकर ऐसे ही बरताव करना।' यह धर्मराज का जवाब है।'

सत्या और अचरज में पड़ गया। अनुपमा के उन्नत विचारों की उन्नति का स्तर वह जान गया था। अनुपमा ने खिड़की से दीखता हुआ फूल भरा अमरूद का पेड़ दिखाया और कहा, 'वहाँ देखो सत्या, पेड़ पर पुष्प फूले हैं। मगर हर फूल कच्चा अमरूद नहीं बनता, हर कच्चा फल पकता नहीं। फल बनने के बाद भी कुछ हवा से गिर जाएँगे, कुछ पक्षी खा जाएँगे, बाकी बचे फल मनुष्य के हाथ में पहुँचते हैं। पेड़ को क्या बचता है? उसके फल ही उसके नहीं। जीवन भी ऐसा ही होता है। हर आदमी का जीवन ऐसा ही है, कहा नहीं जा सकता। आघात से मरनेवाले, कुछ लाड़-प्यार से पले बच्चे माँ-बाप की कद्र नहीं करते होंगे। हर चीज अनिश्चित ही है। इसलिए हमारा जीवन ऐसा ही होना चाहिए, कहकर जिद नहीं करनी चाहिए।'

'कैसी भी कठिनाई आए, कैसी भी निष्ठा हो, इष्ट और अनिष्ट दोनों इकट्ठे आएँ' ऐसा कहकर स्वागत करती हूँ और उसी तरह जीवन बिताना चाहती हूँ।

'सत्या, आप मुझसे ज्यादा पढ़े-लिखे हैं। आप जिंदगी का अच्छी तरह सामना कीजिए।'

सत्या निरुत्तर हो गया।

□

प्रातःकालीन शीत लहर सुहानी लग रही थी। उसके साथ ठंड भी थी, इसलिए थरथराहट हो रही थी। आनंद नाइट ड्रेस पर गले पर स्कार्फ बाँधे था। शीत लहर से ठंड लगी और खाँसी आ गई तो बेकार में दवा लेनी पड़ेगी। बिना कारण दवा ली तो 'देह' बाद में उस औषध से 'रेसिस्टेंस' पाएगी। नहीं तो हर दवा का साइड इफेक्ट⋯।'

उसका चिकित्सक मन इस साइड इफेक्ट का विचार आते ही वहीं रुक गया। जीवन में हर चीज के दो मुख होते हैं। हर समस्या किस मुख का दबाव लिए होती है, यह देखना होगा। लाभ ज्यादा होता है, जिससे उसी को देखकर समस्या का समाधान किया जा सकता है।

मगर अपना जीवन! आनंद ने लंबी साँस ली। वह कसम खाता था कि अपने मन में वह विचार कभी नहीं सोचूँगा, मगर मनोमर्कट आसानी से फिसलकर वहीं सोच पर जम जाता था अनुपमा के बारे में ही। क्या मैंने जो किया वह सही था? अभिमानी मन कहता था—सही है। उस संदर्भ में दूसरा विकल्प ही नहीं था। फिर भी द्वंद्व में क्यों फँस रहा है? मालूम नहीं होता था। भगवान् ऐसी रस्साकशी, उलझन! मेरे जीवन से मुझे मुक्ति मिलेगी या नहीं? यही बात उसको बार-बार चिंतित कर देती थी।

प्रातःकाल टहलना आनंद की आदत थी। वह भी घर के विशाल कंपाउंड में ही सीमित था। आधा एकड़ के कंपाउंड में रंग-बिरंगे फूलों का उद्यान, कई तरह की सुगंध फैलाते हुए फूल। माली था, मगर फूलों को सही ढंग से उनकी उपयुक्तता के आधार पर चुनकर माला बनाने के लिए घर में राधक्का को छोड़कर दूसरी स्त्री कोई भी नहीं थी।

गिरिजा आराम से बेंगलूर में अपनी बेटी के साथ है।

और घर की बहू अनुपमा?

मन फिर विचारधारा में फँस गया। किसी-न-किसी बहाने को लेकर अनुपमा जरूर आती। राधक्का उम्र बढ़ने के कारण सन्निपात से पीड़ित थी। दर्द की वजह से प्रातःकाल जल्दी उठ नहीं पाती थी। आनंद टहलते-टहलते

पारिजात वृक्ष के नीचे आ गया।

पारिजात देवलोक का पुष्प है, 'नारायण पुराण' में ऐसा कहा गया है। मगर आनंद ने सोचा, इसके अत्यंत सुकोमल होने की वजह से ऐसा कहते होंगे। चार अपूर्व पारिजात वृक्ष इकट्ठे बगीचे में थे।

सुमधुर, सुवासित, सुगंध का वातावरण था। जमीन पारिजात पुष्पों से भर गया था। ऐसा लगता था कि फूलों की बिछौनी हो। कोमल श्वेत पुष्प, केसरी डंडा, उसपर श्वेत पुष्प! कैसा अनुपम सौंदर्य! मन पिछले घटना-जाल को याद कर रहा था।

आनंद अनुपमा को छोड़कर इंग्लैंड गया था, आनंद की देह मात्र इंग्लैंड में थी। आनंद स्वभावत: महत्त्वाकांक्षी था। शादी के बाद अनुपमा ने कहा था, 'आप उन्नत शिक्षण यहीं कीजिए। बाहर जाने की क्या जरूरत है? यह घर, मुझे और माँ को छोड़कर बाहर रहने की जरूरत ही नहीं।'

'अनु, इंग्लैंड से शिक्षण पाकर आए लोगों की मान-मर्यादा है। आप लोगों से बिछड़कर रहना मेरे लिए भी मुश्किल की बात ही है; फिर भी दो-तीन बरस में वापस तो आऊँगा ही।'

इंग्लैंड में आनंद के साथ पढ़ाई के लिए मुंबई की हरी आँखों तथा गोरी चमड़ीवाली नलिनी पाठक भी गई थी। वह खुद अपने को अत्यंत रूपवती समझती थी। प्रायश: तीन-चार लड़कों ने उससे ऐसा कहा होगा। उसके सौंदर्य से मोहित होकर भ्रमर जैसे सब चक्कर काटते हैं, यह उसका भ्रम था।

आनंद औरों जैसा नहीं था। नलिनी ने इसपर गौर किया था। स्त्री सहज नखरे करती हुई बोली, 'क्यों आनंद, आपके पास मुझसे बात करने के लिए वक्त ही नहीं है?'

'वास्तव में वक्त ही नहीं मिलता। यह कॉलेज, यह ड्यूटी, नया अस्पताल। नलिनी, आपको कैसे इतना वक्त मिल जाता है?'

'जिंदगी में यह समय वापस नहीं आता। मन अपने अधीन हो तो वक्त कैसे भी निकाला जा सकता है।'

'हाँ, यह सच है। यह विद्या सीखने के लिए मौका मिलना ही मुश्किल है। नलिनी, मैं चलूँ ?'

आनंद चला गया। नलिनी ने अपमान महसूस किया। अनुपमा के सौंदर्य के मुकाबले नलिनी बहुत फीकी थी। अनुपमा सैकड़ों क्या, हजारों में सुशोभित सुंदरी दीखती थी। 'अनुपमा के आने पर नलिनी को पता चलेगा कि सफेद चमड़ी सौंदर्य नहीं है।' आनंद की राय थी।

हफ्ते में एक बार आता हुआ अनुपमा का खत पढ़ते हुए आनंद बड़ा सुख अनुभव करता था।

शादी के बाद अनुपमा भी आनंद के साथ ही इंग्लैंड आ सकती थी। मगर आनंद अपनी माँ का दिल दुखाना नहीं चाहता था। जब वह शादी के लिए मान गई थी, तब स्वर्ग के ही धरातल पर आने जैसा संतोष आनंद को हुआ था। नहीं तो 'कुंडली', 'मेलखाना', 'बातचीत', 'नक्षत्र-दोष' जैसी जाँच पार करके आनंद की सपनों की रानी अनुपमा से शादी हो जाना बड़ा कठिन था।

राधक्का ने शांत-चित्त से कहा था, 'आनंद, तुम चाहते हो, इसलिए बाकी विचारों पर गौर न करते हुए मैंने 'हाँ' कह दी है। तुमने खुद देखा है कि ढेर सारे रिश्ते हमारे यहाँ आए थे। मगर, तुम्हें मेरी एक बात माननी होगी।'

'एक क्यों, सौ बात।' मानने के लिए आनंद राजी था।

'अनुपमा हमारे घर की एक ही बहू है। मैं तो महालक्ष्मी-पूजा करने लायक रही नहीं। शादी के बाद अनुपमा यहाँ रहकर लक्ष्मी-पूजा, गौरी-व्रत, नवरात्र त्योहार तक व्रत-आराधना संपन्न करे, बाद में इंग्लैंड जाए या तुम अपनी यात्रा आगे बढ़ाओ।'

राधक्का का कहना भी ठीक था। पिछले वर्ष ही गोपालराव स्वर्गवासी हो गए थे। विधवा स्त्री सुमंगलियों की तरह पूजा-व्रत नहीं कर सकती थी। अनुपमा ही घर की छोटी-बड़ी बहू थी। खानदान के कुलदेवता की आराधना का हक सिर्फ उसी को था। मगर आनंद ऐसे कारणों पर प्रवास आगे नहीं

बढ़ानेवाला। वहाँ उसका अस्पताल, हॉस्टल सबकुछ तय हो चुका था। इसके अलावा पाठ्यक्रम निगदित दिनांक से शुरू होने की वजह से 'गौरी-पूजा' के लिए कोई बदलाव नहीं करना चाहता था।

माँ पर अपरिमित विश्वास रखते हुए आनंद ने कहा, 'उसमें क्या है, मैं इंग्लैंड में दो-तीन बरस रहूँगा। अनुपमा छह महीनों के बाद इंग्लैंड आ जाए। माँ, तुम कुछ चिंता मत करो। पासपोर्ट, वीजा बनने में चार महीने तो लगने ही हैं।'

अनुपमा के बिना जब इंग्लैंड आया, तब उसको लगने लगा कि अनुपमा भी मेरे साथ आई होती तो अच्छा होता। चार-पाँच महीने तो यों ही बीत जाएँगे। मगर ऐसा हुआ नहीं। क्षण-भर में सारा सुहाना सपना टूट गया था। अप्रत्याशित घटना घट चुकी थी। आनंद ने फिर लंबी साँस ली।

उस दिन आनंद के पास राधक्का का लिखा खत आया था। मामूली क्षेम-समाचार और सलाह—हफ्ते में एक बार सरपट नहाना, रोज हनुमान् स्तोत्र भूले बिना पाठ करना, पिता के श्राद्ध का आचरण (थेम्स नदी-तीर पर) इत्यादि-इत्यादि। मुग्ध करनेवाला मात्र अंतःकरण का उपदेश न होते हुए वह छोटा कँटीला पत्र था।

वह केवल खत नहीं था, आनंद का हृदय, बुद्धि चीरता हुआ निष्क-करुण छुरा था।

'अनुपमा को 'सफेद दाग' है। तुमने सिर्फ मुँह देखा था। पादाग्र पर 'श्वेत कुष्ठ' है। और कहाँ-कहाँ है, हमें पता नहीं। सीढ़ी से गिर पड़ी, तब हमें पता चला। हमसे छिपकर डॉक्टर के पास जाती थी। गिरिजा को पहले ही शक था। अब अनुपमा अपने पिता के साथ उनके घर गई है।

'हमारा खान-पान, शुद्धता, आचार-विचार कैसा रहा है, तुम जानते हो। ऐसी पांडुरोगवाली लड़की मेरे होते हुए 'लक्ष्मी-निवास' में पैर नहीं रख सकती। वह रोगमुक्त होकर लक्ष्मी-निवास में कदम रखे—यह मेरा स्पष्ट अभिप्राय है।'

राधक्का ने खत समाप्त किया था। खत ने आनंद को दावानल में

ढकेल दिया था। आनंद पागल-सा हो गया।

दो दिनों के बाद अनुपमा का खत आया। उसको पढ़ते समय आनंद पुरानी आस्था खो बैठा था। अनुपमा को 'सफेद दाग' पीड़ित स्त्री के रूप में पहचानने में उसे कठिनाई महसूस हुई। फिर भी पढ़ने लगा।

अनुपमा अपनी जगह पर सही थी, गिरिजा और राधक्का का कहना भी ठीक ही है, तो वह क्या करे? आनंद दिग्मूढ़ हो गया।

आनंद हमेशा सौंदर्योपासक रहा है। रईस घराना भी ऐसी उपासना में पोषक होता है। घर में सबकुछ अनमोल, सुंदर ही होना चाहिए।

वेशभूषा में भी वह पुख्ता था। दोस्त भी गिने-चुने तीन-चार। उसके कपड़े की पसंद देखकर वे उसका मजाक उड़ाते हुए कहते, 'महाराज, कपड़े पसंद करने में ही इतनी देरी लगाते हो! उनके सिलकर आने तक फैशन बदल जाएगा और फिर कपड़ा ढूँढ़ने तुम्हें निकलना पड़ेगा। इस उलझन में तुम जैन संन्यासी दिगंबर बन जाओगे।'

कुछ मित्र कहते थे, 'तुम्हारी बीवी कैसे रहेगी, देखनेवाली बात है। तुम लड़की ढूँढ़ते-ढूँढ़ते बूढ़े हो जाओगे।'

और कुछ—'पता नहीं हमारे भाग्य में आनंद की शादी देखना है या नहीं।'

उन सबको अचरज हुआ। फट शादी हो चुकी थी। आधे कौतूहल-वश और आधे प्रेम-विश्वास से स्नेहिगण शादी पर जमा हुए थे। सबने मान लिया था कि अनुपमा बिलकुल अप्सरा ही है, पर शापग्रस्त!

आखिर आनंद ने ऐसी-वैसी लड़की से शादी नहीं की। बिलकुल 'ब्यूटी क्वीन' ही है। कहाँ ढूँढ़ रखा था, भगवान् ही जाने। सितारा जैसी चमकदार लड़की! कहकर पीठ पर शाबाशी दी थी।

तब आनंद ही परम सुखी और धन्य लगता था। वह नाज करता था। अब अतीतमुखी आनंद आराम से अनुपमा की कल्पना करने लगा। स्वयं डॉक्टर होते हुए रोग के बारे में वह सबकुछ जानता था। मगर क्या करूँ, यह उसके सामने यक्ष-प्रश्न था।

सफेद दाग धीरे-धीरे फैलेगा। अकस्मात् गर्भवती हो गई तो इसका फैलाव शीघ्र गति से होगा। अनुपमा के चेहरे पर, हाथ पर, देह पर सर्वत्र आ सकता है। चंदन जैसा बदन विकारग्रस्त हो जाएगा। देह विकृत दीखेगी या कालानुक्रम से पूरी देह पीड़ित होगी। श्वेत वर्ण की अनुपमा महाश्वेता, यानी अति श्वेता बनेगी।

इस कल्पना से आनंद थरथर काँपने लगा। जितनी भी वह तसल्ली करता, उसका अंतश्चक्षु अदृश्य भयानक चित्र को स्पष्ट रूप से देखता था। आनंद अधीर बन गया। इसके साथ लोग क्या-क्या कहेंगे, यह सोचकर भी वह चिंतित हुआ।

'अब वह चिकित्सक था। लड़कियों को चुनता था। अब क्या हुआ?'

'कपड़े का रंग थोड़ा भी फीका पड़ जाता तो पहनता नहीं था। अब बीवी को कैसे कहेगा?'

'आनंद के साथ ऐसा होना नहीं था। बेचारा!'

'छिह्!' लोग, मित्र-वर्ग उसपर तरस खाएँगे। आनंद को पसीना छूट गया। आनंद एक आदर्श पुरुष माना जाता था। जीवन में निराशा, अपयश, हार कभी नहीं देखी थी।

वह किसी भी काम में हाथ डालता, वहीं यशोलक्ष्मी उसके साथ हो जाती। कई कहते थे, यह पूर्वजन्म का परिणाम है। कोई खुशनसीब, राधक्का का लक्ष्मी-पूजा-प्रभाव कहते हुए असूया करते थे।

अब वही लोग अपहास्य करेंगे। आनंद के जीवन में यह पहली हार थी। निराशा क्या है? इसके बारे में वह विचार करता था। निराशा और अपयश से लोग पागल हो जाते हैं। यह सुनकर आनंद अचरज करता था कि यह कैसे संभव होता है। अब उसे वास्तव में यह सच लगा। लोग ऐसी परिस्थिति का सामना न करते हुए आत्महत्या कर लेते हैं, तब भी कोई बड़ी बात नहीं है।

राधक्का के अनुसार शादी में धोखा नहीं हुआ था। शादी के पहले अनुपमा को कहीं सफेद दाग नहीं था। बहुशः वह राधक्का की कल्पना

होगी। अनुपमा के अनुसार यह 'बीमारी' शादी के बाद ही आई। भगवान्! यह शादी के पहले ही आई होती तो कितना अच्छा होता! आनंद परिताप व्यक्त कर रहा था।

इसी विचार में मग्न आनंद अस्पताल की सीढ़ियाँ चढ़ रहा था, नलिनी पाठक मिल गई। कुटिल मुस्कान से भृकुटि नचाती हुई वह बोली, 'क्यों आनंद, अभी इम्तहान की तैयारी चल रही है क्या? पिछले दो-तीन दिनों से देखा ही नहीं?'

हाँ, कैसे इम्तहान की तैयारी? जिंदगी का असली इम्तहान। विश्वविद्यालय के इम्तहान में एक बार अनुत्तीर्ण होने पर दुबारा इम्तहान दिया जा सकता है। पिछले अनुभव का जायजा लेते हुए कठिन परिश्रम से अच्छा जवाब लिखकर ऊँचा दरजा प्राप्त हो सकता है। लेकिन जिंदगी के इम्तहान में अनुत्तीर्ण हो गया तो? आनंद घबराया। हाँ, यहाँ दूसरी जिंदगी तो नहीं है। सब भला-बुरा, सुख-दुःख, सौंदर्य का अनुभव इसी जन्म में होना है। भगवान् ने एक ही जीवन दिया है। अगला जीवन है या नहीं, यह भी पता नहीं।

आनंद ने आज रोज से ज्यादा वक्त अस्पताल में ही बिताया। काम में व्यस्त रहते हुए मनोक्लेश कम हो जाता था। घर पहुँचते ही अनुपमा के खत का आखिरी वाक्य याद आता था—'आपके जवाब का चातक पक्षी की तरह इंतजार कर रही हूँ।'

क्या जवाब लिखूँ? माता जी ने तो अपना फैसला स्पष्ट रूप से सुना दिया था, सफेद दाग से मुक्त होने तक इस घर में कदम रखने नहीं दूँगी।' तो इंग्लैंड चले आने के लिए कहूँ? यहाँ कैसे आएगी? नलिनी पाठक की हरी आँखें व्यंग्य से और भी चमकेंगी।

'क्यों आनंद, आपकी अनुपमा को क्या हुआ है? श्वेत कुष्ठ तो नहीं?'

'नहीं तो।'

'किस डॉक्टर से जाँच करवाई है?' कहकर घाव पर नमक छिड़केगी। छिह्! यह तो नामुमकिन है।

वैसे भी अनुपमा ने डॉ. राव से जाँच करवाई है, वह विज्ञ चिकित्सक

हैं। उनकी लिखी दवाएँ तो अनुपमा अनुपान कर रही है। सुधार होगा। यहाँ आकर भी क्या करेगी? अगर आ गई तो मुझे माँ से बिछड़ना पड़ेगा। माँ अत्यंत करुणामयी है। उनका वश चले तो वह परशुराम की चाप से भी कठिन सिद्ध हो। मरते वक्त भी पानी देने के लिए मुझे नहीं बुलाएँगी।

अब अनुपमा घबराई होगी? हो सकता है, यह बीमारी किसी को मानसिक रूप से चिंतित करती है। मगर वह स्वभावतः धैर्यशाली है। आनंद को सौ रुपए का टिकट दिया, वह संदर्भ याद आ गया। कई नाटकों में भाग लिया है। वह धैर्यशाली है। देखा जाए तो आनंद स्टेज पर खड़े होकर चार वाक्य कहने से हिचकता था। अब आई हुई मुसीबत का वह धैर्य से सामना करेगी। इसमें कोई शंका नहीं।

फिर अनुपमा को क्या लिखूँ? कुछ नहीं लिखा। अप्रिय बात लिखने से नहीं लिखना ही अच्छा है। वैसे मैं वापस भारत जा ही रहा हूँ। तब अनुपमा से मिलकर देखूँगा। तबकी हकीकत क्या होगी, तभी देखा जाएगा।

इतने में अनुपमा की ओर से दूसरा खत आया। दैन्य-भाव से भरा शामराव जी का खत भी आया। वही कहानी बार-बार दोहराई गई थी। 'सफेद दागवाली' पत्नी के बारे में। वह मेरी पत्नी है, यह भी सोच नहीं पाया। सफेद दागवाली अनुपमा अपरिचित थी। अकस्मात् होनेवाले बच्चे भी सफेद दागवाले हों तो क्या करना?

गरमी में भी आनंद काँप उठा।

वेद-शास्त्रों में सफेद दाग आनुवंशिक रोग है, यह आज तक साबित नहीं हुआ है। बाकी सब बीमारियाँ सिद्ध हो चुकी हैं। दुर्दैववशात् यह बीमारी बच्चों में भी आ गई तो अपनी मानसिक वेदना भी अपनी संतान को सौंपनी पड़ेगी। उनको भी भुगतना पड़ेगा। वह नहीं चाहिए, वह भयानक नरक होगा। खत लिखकर कुछ बताना ही नहीं चाहिए।

आनंद ने एक निर्णय निर्धारित कर लिया। अपने ऊपरवाले डॉक्टर से मिलकर विनति की, 'डॉक्टर, मैं अभी विद्यार्थी हूँ। मुझमें मेहनत करने की, सीखने की शक्ति है। मुझे हर दूसरे दिन पूर्णरूप से ड्यूटी पर लगा दीजिए।'

तब डॉक्टर ने आनंद से कहा, 'उसके प्रति तुम शनिवार, सोमवार जोड़कर छुट्टी नहीं माँगना।'

'सर! मुझे छुट्टी ही नहीं चाहिए।'

'गुड स्टूडेंट।' कह दिया डॉक्टर ने।

'थैंक गॉड।' आनंद ने कहा।

अब वह काम और कर्तव्य की तपस्या में डूब गया था। उसके जवाब के लिए तड़पती हुई अनुपमा की उसे याद ही नहीं आई।

कभी-कभी ईद के चाँद जैसे राधक्का को आनंद के खत आते थे—सिर्फ उसका क्षेम-समाचार लेकर। किंतु वहाँ से लौटने का जिक्र नहीं था। वह भारत वापस आना ही नहीं चाहता था, क्योंकि भारत उसको अनेक अप्रिय घटनाओं का समूह लगता था। फिलहाल उसे वहाँ नहीं जाना ही अच्छा लग रहा था।

गिरिजा की शादी में आनंद अतिथि की तरह आया था। एक हफ्ते में वापस चला गया। उसके मन में अनुपमा का विचार होता भी तो उसका मन उसे देखने का नहीं हुआ। राधक्का चाहती थी कि शादी पर आए हुए रिश्तेदारों से आनंद का परिचय करवाए, यह सूक्ष्म मति आनंद भी जानता था।

गिरिजा के ससुराल चले जाने के बाद राधक्का ने बात छेड़ी, 'आनंद, मुझे तुम्हारी ही चिंता हो गई है। गिरिजा का तो सबकुछ ठीक हो गया। अब तुम्हारा क्या होगा? मैं हमेशा इसी चिंता में डूबी रहती हूँ।'

आनंद ने कुछ नहीं कहा।

'पिछली बार धोखा हुआ, इस बार साधारण रूप हो तो भी परवाह नहीं। हम अपने संबंधियों में ही देखेंगे।'

आनंद चुप था।

'तुम 'हाँ' कहो, कन्याओं की तो कतार लग जाएगी। गलती हमारी तो नहीं है। आज तक अनुपमा या उसके पिता जी ने रोग में सुधार हो रहा है, ऐसा इलाज चल रहा है, इत्यादि लिखकर एक कार्ड भी नहीं डाला। हम

कितने दिन इंतजार करेंगे?'

आनंद मौन ही था।

मौन को सम्मतिसूचक समझकर राधक्का ने कहा, 'तुम क्या संन्यासी बनकर रहना चाहते हो? मुझे पोतों को देखने की इच्छा है। हमारे घराने के अष्ट ऐश्वर्य का दावेदार, हकदार कौन होगा?'

आनंद उठकर चला गया। शादी का नाम सुनते ही उसको अनुपमा की याद आती थी। उसका मन खंड-खंड हो जाता था।

इंग्लैंड वापस जाते वक्त आनंद ने माता जी को प्रणाम किया।

'आनंद, तुम फिर कब आओगे?'

'देखेंगे।'

'तुम्हारी शादी का क्या करूँ?'

'फिलहाल कुछ सोचा नहीं। आप जैसा चाहती हों वैसे करना।'

इस तरह वह 'हाँ' या 'ना' के बीच बात छोड़ गया। आशावादी राधक्का ने 'तुम जैसा ठीक समझो' पर ही ज्यादा महत्त्व दिया।

आनंद की पढ़ाई खत्म हो गई थी। अब उसे भारत लौटकर जाना है। हमेशा की तरह वह पीछे हट रहा था।

मरीजों में एक छोटा बच्चा लेकर आया इंग्लैंड हो या अमेरिका लोग-ही-लोग हैं। मानव-स्वभाव में कोई अंतर या परिवर्तन नहीं है।'

□

कार-अपघात में पैर खोई पत्नी को एक हाथ से सहारा देते हुए और दूसरे हाथ में छोटा बच्चा लिए हुए 'कार-दुर्घटना में मेरी पत्नी के पैर चले गए। मुझे खुद बुखार है। बच्चा रो रहा था, इसलिए ले आया।'

आनंद ने देखा, स्फुरद्रूपी पति। उसके योग्य पत्नी ही नहीं। लँगड़ी, प्रायश: वह देहाती होने की वजह से ज्यादा बात करता था।

भगवान् क्राइस्ट के सामने शपथ ली थी न—'Until death departs us.' इसलिए जब यह दु:खी है तो इसका साथ देना ही पड़ेगा।

आनंद मौन भाव से मरीज की जाँच कर रहा था। दिमाग में सोचने

लगा, इंग्लैंड जैसे देश में अति सामान्य तरीके से मिलनेवाला 'डिवोर्स'— सान्निध्य ठुकराकर लँगड़ी पत्नी के साथ 'Until death departs us.' का पालन कर रहा है।

पहले आनंद ने यही वाक्य अनुपमा से कहा था। अब वह वाक्य उसको चुभ रहा था। 'मृत्यु को छोड़कर कोई हमें अलग नहीं कर सकता' कहनेवाला आनंद आज मजबूरी में दूसरी शादी के लिए मान गया था। मन दुःखी हुआ।

सफेद दागवाली अनुपमा के साथ जिंदगी बिता नहीं सकता। मगर दूसरी शादी को कैसे मान गया? कल कोई दूसरी बीमारी नई पत्नी को लग गई समझो, तब क्या करूँगा? दूसरी शादी से सुख-चैन मिलेगा, यह किसने देखा है? एक शादी का दुरंत अनुभव अभी-अभी भुगत चुका हूँ। वह झमेला ही नहीं चाहिए। शादी किए बिना अनेक लोग जीवन व्यतीत कर रहे हैं। मैं भी वैसे ही रहूँगा।

आनंद का इंग्लैंड में निवास का वास्तविक अंत जल्दी ही आ गया। पैसे के लालच से वहाँ गए लोगों को पैसे के लिए ही वहाँ रहना पड़ता था। आनंद को कभी पैसे का लालच नहीं था। वह सोने के पालने में पला हुआ था। जब राधक्का के लिए वायु-प्रकोप से हिलना भी मुश्किल हो गया, तब आनंद भारत वापस आ गया।

'लक्ष्मी-निवास' में अब राधक्का और आनंद ही रहते थे। बाकी मामूली लोग—रसोई में कामवाली, नारायणाचार्य, ड्राइवर थे। बेटा दूसरी शादी के लिए राजी नहीं हुआ, इसलिए राधक्का नाराज हो गईं। बाद में रो-धोकर दुःख-प्रदर्शन किया। फिर भी आनंद ने निर्णय नहीं बदला।

'पेट से पैदा हुआ, इसलिए उसका नसीब लिखनेवाली माँ नहीं होती, उस ब्रह्मा ही ने ऐसा लिखा होगा।' इस तरह नारायणाचार्य के वेदांत का उसने सहारा लिया, तो भी माँ का हृदय तड़पे बिना नहीं रहा।

गिरिजा माँ बनने के बाद बेटी के साथ कभी-कभार आया-जाया करती थी। इससे राधक्का को संतोष मिलता था।

पहले की तरह आनंद अपने कमरे में शांत मन से नहीं रह सकता था। अनेक अस्पष्ट विचार, यादें नींद हराम कर देती थीं। अब वहाँ कमरे में अनुपमा का कोई संकेत नहीं होते हुए भी अनुपमा इस कमरे में साढ़े तीन महीने रही थी, यह बात भुलाई नहीं जा सकती थी।

शादी के बाद गिरिजा का नीचेवाला कमरा खाली था। आनंद ने सोचा कि वहाँ रहे तो कैसा रहे ?

उसका अस्पताल, ऑफिस दोनों बाजार में थे। बेटा डॉक्टर बन रहा है, इस विचार से राधक्का ने बाजार में जगह ले रखी थी। बाद में बिल्डिंग बनवाई थी। आनंद में कोई बदलाव नहीं था।

गिरिजा का कमरा साफ-सुथरा होने पर पहली मंजिल के अपने कमरे से किताब वगैरह नीचे लाकर आनंद ने उसे सजाया। पुराने जमाने की कीमती लकड़ी से बने सामान गिरिजा के कमरे में थे।

पिता गोपालराव सुंदर 'चेस्ट ऑफ ड्रायर' अँगरेजों के जमाने में बेंगलोर कैंटोमेंट से खरीद लाए थे। पुराने कला-कौशल के सामान थे। साड़ी रखने के लिए गिरिजा ने उसको अपने कमरे में रखा था। सामने बुक शेल्फ था। आनंद किताबों को उसपर सजा रहा था।

किताब हाथ से फिसलकर नीचे गिरी। वह सीधे ड्रॉयर के पीछे गिरी थी। आनंद ने वहाँ हाथ डालकर निकालने की कोशिश की। छोटा ड्रॉयर नीचेवाले ड्रॉयर से चिपका था। कौतूहल से खोलकर देखता है तो कुछ भी नहीं था। कोरे कागज का आधा टुकड़ा था। आनंद ने धीरे से खींचा तो कागज पूरा ऊपर आ गया।

वह एक पत्र था। किसने किसको लिखा होगा ?

उसको इतने रहस्य से छिपाकर रखने की जरूरत क्या थी ? आनंद ने पढ़ा तो वह सिर्फ पत्र नहीं, प्रेम-पत्र था।

खत गिरिजा को लिखा गया था। लिखनेवाला उसका पति नहीं था। वहाँ 'विजय' लिखा हुआ था।

यह विजय कौन है ? यह क्या झमेला है ? जासूसी उपन्यास जैसा। यह

विजय और गिरिजा का क्या संबंध है? आनंद अचरज से पढ़ने लगा। लिखावट दंग करनेवाली थी।

'गिरिजा, तुम रात को मेरे कमरे में आईं, तब ऊपर दीपक जल रहा था। तुम्हारी भाभी अनुपमा ने देखा तो नहीं? वॉलीवुड-हॉलीवुड सिर्फ हम दोनों ही गए थे, यह बात किसी को पता तो नहीं चली? तुम्हारे साथ वॉलीवुड-हॉलीवुड ट्रिप के दो दिन स्वर्ग-समान थे। मेरी शादी तुमसे हो सकती है, इस कल्पना से ही मुझे खुशी है। इस जिंदगी में यह नामुमकिन है। तुम कहाँ और मैं कहाँ! हम दोनों में जमीन-आसमान का फर्क है। तुम अनछुआ फूल हो। काश! तुम मेरे जैसे गरीब घर में पैदा हुई होतीं! मैं कई बार सोच चुका हूँ। तुम खुद मेरे साथ शादी के लिए राजी नहीं हो, तुम्हारी माँ के राजी होने का तो प्रश्न ही नहीं। फिर जैसी तुम्हारी इच्छा है। जितने दिन हो सके, उतने दिन आराम से रहेंगे। आगे मैं कौन और तुम कौन? यहाँ का संबंध खत्म होने के बाद हम अनजाने। तुम धनवान् गिरिजा और मैं वारान्ना का लड़का, किराएदार। तुम रात को आठ बजे के बाद आओगी न?— विजय।'

आनंद घनीभूत विचारों में खो गया। गिरिजा के कलंक-चरित्र का वास्तविक चित्र उसके सामने खुल गया था। बहन की करनी, वह भी जान-बूझकर किया हुआ अक्षम्य अपराध। अनजाने में पथ-विचलन होना एक बात है; मगर यह तो मौज करनेवाली बात हो गई। इस घटना में कौन, किसको, किसने क्या समझाया था?

आनंद ने कागज मरोड़कर हाथ में लिया। उसके मन में अपने घर का आचार-विचार, शुद्धता, गौरव याद आ रहे थे। प्राय: उनके घर में ऐसी घटना कभी नहीं हुई थी। खानदान में अनेक कन्याएँ पैदा हुई होंगी, दूसरे घराने से कई बहुएँ आई होंगी, तब भी ऐसी नैतिक अध:पतनवाली बात नहीं हुई होगी। अगर हो भी गई हो तो छुप गई होगी।

आनंद ने अपनी माँ को याद किया—बेचारी माँ आज भी मान-मर्यादा के लिए कितनी चिंतित रहती है। यह बात जान गई तो क्या समझेगी? बताऊँ या नहीं?

पीछे कुछ भी किया हो, आज गिरिजा ससुराल में सुखी है। पुराना किस्सा खोलकर उसकी जिंदगी क्यों बरबाद करें!

गिरिजा सुखी है, ऐसा मैं समझता हूँ। उसने अपनी पुरानी आदत छोड़ी नहीं, इसका क्या भरोसा है? अब भी स्वेच्छाचार, स्वैरव्रत चालू रखा हो तो?

कागज में लिखा हुआ वाक्य चुभने लगा।

तुम खुद शादी के लिए राजी नहीं हो, तुम्हारी माँ कैसे मानेगी?

इसका मतलब क्या है? गिरिजा शादी के लिए राजी नहीं थी। शादी के बादवाले काम को राजी थी?

जितना सोचा, उतना ही मन खराब होने लगा। गिरिजा ने ऐसा कैसे किया होगा?

राधक्का ने आनंद को खाने के लिए बुलाया। किंतु वह नहीं आया। वह खुद चली आई। आनंद एकटक दीवार देखता हुआ पत्र के विचार में डूबा था।

'आनंद, क्या सोच रहे हो? गिरिजा का कोई समाचार?' अब एक गिरिजा ही खत लिखनेवाली बची थी।

'माँ, मैं तुम्हें एक बात कहना चाहता हूँ। तुम उसको कैसे लोगी, मुझे नहीं पता; मगर वह हमारे खानदान से ताल्लुक रखती है, इसलिए बतलाना जरूरी है।'

'क्या है?'

'माँ, गिरिजा की पुरानी कहानी क्या है?'

राधक्का ने जवाब नहीं दिया—उसको पता है या नहीं?

'माँ, तुम्हें पता है कि नहीं?'

'अब उसको लेकर क्या करना है! वैसे गिरिजा तो सुखी है।'

इसका अर्थ है, राधक्का बात जानती थी।

'माँ, बोलो न!'

राधक्का उस बात पर विचार करना नहीं चाहती थी।

'बीती हुई बात को लेकर क्या करोगे? अब खाने के लिए चलो।'

राधक्का जानती थी कि यह साबित हो चुका है। आनंद की जिद थी कि वह माँ से ही यह जाने।

'माँ, तुम्हें मेरी शपथ, लक्ष्मी देवी की शपथ! जब तक तुम अपने मुँह से कहोगी नहीं, खाना नहीं खाऊँगा।'

भरे हुए हृदय से राधक्का ने कहा, 'तुमने ऐसी जिद की तो क्या करूँ? अब तुम्हें बतला भी दूँ तो क्या फायदा है? हमारे घर में दो लड़के किराए पर थे। तुम्हें याद है कि नहीं? गिरिजा उनसे मिल-जुलकर रहती थी।'

'माँ, सिर्फ मिलना-जुलना नहीं, और क्या था?'

'आनंद, जब मुझे पता चला, तब मामला बहुत आगे बढ़ चुका था। इसीलिए शादी की तजवीज की।'

'उस लड़के से शादी क्यों नहीं की?'

'वारान्न माँगकर सीखनेवाला लड़का, धर्मार्थ-रूप से निवास दिया था। वैसे लड़के से गिरिजा की शादी कैसे करती? गरीब घर से बहू लाओ, धनवान् घर में बेटी दे दो। जानते नहीं? इसके अलावा वह अन्य जाति का था। लोग हमारी हँसी उड़ाते।'

'माँ, प्रेम की कोई सीमा नहीं होती। गिरिजा कैसे मान गई?'

'मनाने का क्या था? अच्छा संबंध और लड़के को देखकर खुद मान गई। इसी क्रम में किराएदार लड़कों को बाहर निकाला था। गिरिजा को देखने के बाद कोई लड़का ना कह दे, इसका सवाल ही नहीं था। हम अपनी औकात के अनुसार ही रिश्ता ढूँढ़ते थे।'

आनंद को बुरा लगा। यह बात जानते हुए भी माँ ने उपेक्षा की।

'आनंद, यह बात तुमसे किसने कही?' आनंद के हाथ में पत्र देखकर राधक्का ने कहा।

'यह बात कौन-कौन जानता था?'

'गिरिजा, मैं और अनुपमा। अनुपमा ने कभी खत लिखा था?'

कहाँ की अनुपमा? उसकी याद अब दूसरे अर्थ में ही आई। केवल

'सफेद दाग' आया है, इसलिए, उसका सौंदर्य कुंठित होगा, समझकर त्याग दिया था; मगर घर में अपनी 'कलंकित' अपवित्रता के कीचड़ पर आचार-विचार, कुल-गोत्र का रेशम का कपड़ा ढँककर उसको ग्राह्य कर दिया था। अब आनंद को अनुपमा की याद आ गई। वह इसके मुकाबले अत्यंत शुद्ध गोचर हो रही थी।

अनुपमा ने गिरिजा के बारे में कभी उसे कुछ भी नहीं लिखा था। उसका अपना जीवन कैसा भी लगे, चुप थी। राधक्का की प्रतिष्ठा, आचार-विचार, पूजा, पुरश्चरण अमीरों का घमंड कितना अर्थविहीन है! कैसा पक्षपात? शुद्ध चरित्र पर नैसर्गिक कारण से कुरूप होती हुई अनुपमा, एक ओर और दूसरी ओर अपवित्र, कुलटा, नखरेवाली सर्वांग सुंदरी गिरिजा।

बचपन से बच्चों को घर में चरित्र, सत्य इत्यादि के महत्त्व का अर्थ समझाते हैं। इसका प्रतिपादन करने के लिए योग्य कहानियाँ सुनकर बच्चों के मन में विश्वास पैदा करते हैं। मगर वास्तविक जीवन में तद्विरुद्ध गुणों को प्रमुखता देते हैं। यह कैसा विपर्यास है। 'If Character is lost everything is lost' कहती हुई गिरिजा ने उसको खोकर अब जीवन में कुछ भी नहीं खोया है। पति है, बेटी है, आराम की जिंदगी बिता रही है। समाज में स्थान है, मान है, गौरव है। मगर अनुपमा को?

अनुपमा को क्या है? पति का प्रेम नहीं, दर्शन नहीं, साथ नहीं, सराहना नहीं। पति से, उसके घर से बिछुड़ गई है। संपूर्ण रूप से परित्यक्ता है। ऐसे लोगों का समाज में क्या स्थान-मान है? सब उससे घृणा करते हैं, तरस खाते हैं। अनुपमा कैसी असहनीय जिंदगी बिताती होगी! सोचकर आनंद काँप उठा।

पति-गृह में मालकिन होकर जीवन व्यतीत करनेवाली अनुपमा, उसकी कोई गलती नहीं होते हुए, किसी अलक्षित कारण से आज कैसी स्थिति में होगी? उसकी दर्दनाक स्थिति का कारण मैं ही हूँ। हृदय के भीतर काँटा चुभा महसूस हुआ। भगवान्, मुझे ऐसी दुर्बुद्धि क्यों आई? केवल रूप-विरूप होने से पत्नी योग्य बन नहीं सकती, क्यों? अनुपमा की दुर्भर स्थिति

में मैंने कभी अनुकंपा नहीं जताई, करुणा नहीं दिखाई। उसने क्या-क्या कष्ट, मुसीबतें न झेली होंगी! अगर अब अनुपमा को वापस बुलाऊँ तो वह कैसे मानेगी?

इसके साथ-साथ समाधान भी सूझा। कोमल स्वभाव की अनुपमा, पति से वंचित होने के कारण तंग आ गई होगी। शादी में समझौता ही जरूरी है। मैं उसको ढूँढ़कर वापस बुलाऊँगा। नाराजगी से न सही, सामाजिक कलंक से मुक्त होने को तो आ जाएगी। वापस आने के बाद पश्चात्ताप से तड़पा मुझे देखकर मनःपरिवर्तन होगा। बाह्य सौंदर्य को ही सबकुछ समझना बड़ी गलत बात है। जीवन को सुंदर बनानेवाला अंतरंग सौंदर्य है, बाह्य सौंदर्य नहीं। जिंदगी में हुई बड़ी भूल सुधारकर नई जिंदगी शुरू करनी है।

इस निर्धारण से आनंद खड़ा हो गया। राधक्का ने अचरज से आनंद का चेहरा देखा।

आनंद ने कहा, 'माँ, मैं अनुपमा को वापस बुलाने जा रहा हूँ।'

□

दीपावली पर सत्या मैसूर चला गया। सत्या का तो घर है। माँ-बाप, बहन सब इंतजार करते हैं। अगर नहीं जाता तो निराश होते हैं। जाने से पूर्व अनुपमा की सहायता से बहनों की साड़ी खरीदी। अनुपमा को भी एक देने गया तो उसने ली ही नहीं।

'सत्या, आप मुझे खुश देखना चाहते हो तो कुछ भी तोहफा नहीं देना।'

सत्या हार गया। वसंत ने इन दोनों के बीच समझौता करवाया।

'सत्या दीपावली के लिए कुछ देना चाहता है। आप लेना नहीं चाहतीं। सत्या, पटाखे दे दो, आप मना मत कीजिए।'

ढेर सारे पटाखे, जमीन-चक्र, अनार, फुलझड़ी सत्या खरीद लाया। अनुपमा उनको मना नहीं कर पाई।

'इतने पटाखे अनुपमा अकेली थोड़े ही छोड़ेगी! तुम भी हाथ मिलाओ।' सत्या ने अपरोक्षता से उससे कहा।

अनुपमा को लगा, वसंत दीवाली पर कहीं भी नहीं जाएगा। वह अकेला दीपावली कैसे मनाएगा? वैसे भी रात को छात्राएँ खाने पर आ रही हैं। वसंत को भी बुला लूँगी।

'डॉक्टर, दीपावली के दिन आप मेरे यहाँ आना। मेरी छात्राएँ भी आ रही हैं। वर्ष में एक बार बुलाना मेरी प्रथा है। सब मिलकर पटाखे उड़ाएँगे।'

आह्वान वसंत को समाधानकारी लगा। उसने अकेलेपन में कई साल गुजारे थे। दीवाली के समय में ही उसकी माँ का स्वर्गवास हुआ था। वह याद हर दीवाली के संदर्भ में उसको खिन्न कर देती थी। ममता-भरी माँ दीवाली के दिन प्रातः तैलाभ्यंजन करवाती थी। दीवाली की उमंग और उल्लास पर गरीबी का असर कभी नहीं दीखता था। माँ को भुलाना बड़ा कठिन लगता था।

वसंत दीपावली के दिन दोपहर में ही आ गया। अनुपमा के लिए 'बर्नार्ड शॉ के नाटक' किताब भेंट में दी।

अनुपमा हमेशा जैसी उल्लसित थी। मन की भावनाओं की उलझन चेहरे पर कभी नहीं दीखती थी। मंदस्मित बदन से दिल की गहराई का पता नहीं चलता था।

'मैं जल्दी आ गया। आपके काम में कोई बाधा तो नहीं हुई?'

'नहीं, डॉक्टर, मेरा काम सुबह ही पूरा हो गया था।'

'अनुपमा, यह किताब देखिए, 'बर्नार्ड शॉ के नाटक।'

'देखिए, यह क्या! आप इसे क्यों लाए?' 'माँ कहती थीं, स्नेहप्रिय के पास खाली हाथ कभी नहीं जाना चाहिए।'

अनुपमा चुप हो गई। ड्राईग रूम से बाहर सुंदर कॉसमास फूल, श्वेत पुष्प सुगंधराज मणिकर्णिका के पौधे लगे थे।

वसंत ने कहा, 'माँ का आदेश भूल नहीं पाता। आपको क्या लगता है?'

'मैं क्या कहूँ, डॉक्टर, मुझे तो माँ की याद भी नहीं है। जिंदगी में हम बहुत कुछ खो देते हैं—सोना, चाँदी, पैसा; मगर माँ जैसी चीज खो जाती है

तो वह वापस कभी नहीं पा सकते। सिर्फ व्यक्ति की नहीं, विश्वास, प्रेम, ममता, अंतःकरण—सब खो देते हैं। बिन माँ के बच्चे आखिर तक अनाथ ही होते हैं।'

अनुपमा प्रायः अपनी बीती हुई जिंदगी याद कर कह रही थी। मुंबई आने के बाद उसको जब नौकरी मिली थी, तब हर महीने तीन सौ रुपए अपने पिता जी को भेजती थी। मगर एक बार भी गाँव नहीं गई थी। इच्छा भी नहीं थी। अपना दुःख कभी पिता जी को बताया था। जिस दिन वेतन मिलता था, उसी दिन खत लिखकर पैसे भेज देती थी।

शामराव जी भी दुविधा में थे। अनुपमा ऐसा जीवन व्यतीत कर रही है, इससे उनको शांति नहीं थी। कल आनंद का मनःपरिवर्तन होगा। रहम करेगा और बेटी को वापस ले जाएगा। हमारे समाज में विधवा स्त्री और परित्यक्ता स्त्री, इनको स्थान-मान नहीं है। परित्यक्ता स्त्री की स्थिति विधवा से भी बदतर मानी जाती है। आनंद से परित्यक्ता अनुपमा घर के लिए भी कलंक-सी थी। इसलिए वह अनुपमा से कहते थे, 'आर्थिक रूप से स्वतंत्र होने से ही जिंदगी नहीं बनती। जब तुम वापस अपने पति के पास जाकर रहोगी, तभी मेरे चित्त को सुकून मिलेगा। वह जब भी बुलाने आएँ, तब जाना ही होगा। वे ससुराल के लोग हैं। उनपर नाराज होना हमारा हक नहीं है।' ऐसे पुराने मूल्यों को समझाते वे खत लिखते थे। उसे पढ़कर अनुपमा स्वयं को अतिशय तिरस्कृत महसूस करती थी।

अचानक आया ने 'टेलीग्राम' कहकर सारी झंझट की इतिश्री कर दी। शामराव जी हृदयाघात से स्वर्गवासी हो चुके थे। मायके का एकमात्र संबंध भी टूट गया था। मन-ही-मन में बेटी की भलाई की आशा का सौंध बाँधते हुए शामराव जी अब नहीं रहे। उनकी मृत्यु का कारण अनुपमा का दुःखद जीवन भी हो सकता था। गरीबी जैसा सांसारिक बोझ, मनस्ताप, चिंता इन सबसे भी उनका निधन संभव था। वे इन सबों से अब मुक्त हो गए।

कुछ भी हो, एक अंतःकरण को जतानेवाली आत्मीयता नहीं थी। यह सच है। अनुपमा रोई नहीं। अनेक दुःखों में और एक दुःख शामिल हो गया।

पिता जी की अनुपस्थिति में गाँव जाकर भी क्या करती। अनुपमा गई नहीं। श्राद्ध-कर्म के लिए बचत की हुई हजार रुपए की राशि भेज दी।

साबक्का से चार पन्नेवाला सुदीर्घ पत्र देखकर अनुपमा को सखेद आश्चर्य हुआ। 'संसार में कुछ प्रिय, अप्रिय घटनाएँ घटती ही रहती हैं। तुम जब यहाँ थीं, तब हमने कुछ कहा होगा। हमारे मन का दुःख प्रकट हुआ होगा, वह भी तुम्हारे संसार के बारे में। तुम उनको उदार हृदय से माफ कर देना।'

'मुंबई जैसे बड़े शहर में रहती हो। तुम चाहो तो तुम्हारी सहायता के लिए नंदा को भेज देती हूँ। मैं अपने मायके जाऊँगी। वर-शोधन कार्य के लिए मेरा भाई है। वही एक पुरुष है, जो मेरी सहायता करने के लायक है। पिता को खो चुकनेवाली बेटियों का ख्याल रखना। हर महीने पैसे भेजना भूलना नहीं।'

कैसा पत्र! जिस अनुपमा को देखकर साबक्का अपशकुन, पति से परित्यक्ता, शनि, उर्वशी कहकर ताने देती थी, किसी-न-किसी तरह से उसको दुःख पहुँचाकर उसका मन दुःखी करती थी, हर रोज, हर क्षण रुलाती थी, उस अनुपमा से 'उदार हृदय' बनने के लिए कह रही है। वह भी दैन्य से। जबकि वही दैन्य अनुपमा ने कभी उसके प्रति देखा ही नहीं था। अनुपमा कमा रही है, इसलिए चहेती हो गई थी।

अनुपमा का मन घृणा से भर गया। मगर मन के अंतराल में अपना कर्तव्य जाग्रत् हो गया। पिता की आत्मा को शांति पहुँचानेवाली बात थी। हर महीने दो सौ रुपए भेजती थी। पर गाँव जाने का और खत लिखने का विचार मन से दूर ही रखा।

अनुपमा विचार-सागर में डूबी थी। यह देखकर वसंत आश्चर्यचकित हो गया। प्रायशः हरदम हर विचार प्रकट करना जरूरी नहीं है। दीवाली अनुपमा को कुछ याद दिलाती होगी।

'डॉक्टर, आपके अभिप्राय में सौंदर्य क्या होता है?'

अनुपमा के आकस्मिक मगर बिना कारण और अप्रासंगिक प्रश्न से

वसंत चौंक गया। उसने हँसकर कहा, 'देखिए, मेरा अभिप्राय सर्वसम्मत हो, यह आवश्यक नहीं है। मैं दार्शनिक नहीं हूँ, मेरा आम अभिप्राय है।'

'इसीलिए पूछा।'

खिड़की के बाहर हवा के झोंके से नाचते हुए फूलों के एक गुच्छे को दिखाते हुए वसंत ने कहा, 'सृष्टि ही सौंदर्य की गुरु, जन्मदात्री है। कितने किस्म के फूल खिलते हैं? मानव उसकी कल्पना भी नहीं कर सकता। वैविध्यमय रंग, आकृति में मन लुभानेवाला सौंदर्य है वह। नीले आकाश में शुभ्र बादल, विविध विन्यास के। बरसात के मौसम में हरी-भरी धरती। सब सुंदर। पशु-पक्षी सब कल्पनातीत।'

मानव खुद को सौंदर्योपासक समझकर अपने-आपको सजाता है। मगर मनुष्य सौंदर्य को सिर्फ यौवनकाल में ही देखनेवाला होता है। अत्यंत सुंदर दीप्तिपूर्ण मनुष्य भी काल-प्रवाह में वृद्ध बन जाता है—जब दाँत गिर जाते हैं, त्वचा मुरझा जाती है। मगर निसर्ग-निर्मित सौंदर्य नव नूतन और चिर यौवन होता है।

मैं कुछ साल पहले मित्रों के साथ हिमालय की फ्लावर वैली गया था। वह थोड़ा कष्टसाध्य प्रवास ही था। मगर वहाँ हर साल जुलाई-अगस्त के महीने में लाखों, करोड़ों फूलों का पहाड़ ही दीखता है। फूल खिलते हैं। उसको देखकर मानव का बाह्य सौंदर्य सत्त्वहीन, फीका, बेकार लगता है।

'व्यक्ति का सौंदर्य उसके अंतरंग के गुण-विशेष पर भी निर्भर है। अमुक खानदान में पैदा होना हमारे हाथ में नहीं है। वैसे ही हमारा सौंदर्य, गोरापन, वह भी हमारे हाथ में नहीं है। मगर शुद्ध निष्कलुष मन हममें क्यों नहीं है?'

प्रायः वसंत ने कुछ ज्यादा ही कहा था। वह मितभाषी था। इतने में अनुपमा की छात्राओं का समूह पहुँच गया। अनुपमा की आँखों में किसी रम्य भावना से चमक आ गई थी। वह सोच रही थी कि 'आनंद में सौंदर्य-कल्पना ही नहीं थी। पढ़ाई-लिखाई में होनहार होते हुए भी विवेक, विवेचना-शक्ति में कमी थी। वह भी ऐसा सौंदर्य देखकर आया। अनुपमा ने फौरन मन

बदलते हुए आनंद के विचार अलग कर दिए।

'वनिता, शशि, रेखा सबसे डॉक्टर साहब का परिचय है न?'

'मैडम, आपका एक्सीडेंट हुआ था, तब हमने देखा था, है न?'

वनिता-समूह ने पटाखों पर डाका डाला। लाल-हरे रंग की रोशनी में अनुपमा और भी सरल दीखी।

□

आनंद पहली बार अपने ससुर के यहाँ जा रहा था। पहली बार ससुर के घर जानेवाला जामाता और आनंद में अंतर था। आनंद के मन में स्थित, उद्वेग, दुःख, शर्म सब उसको अंतर्मुखी बनाए जा रहे थे।

शादी के संदर्भ में गाँव का नाम तो सुना था, मगर देखा नहीं था। वहाँ जाने की नौबत ही नहीं आई थी। अब पत्रालेख कर बताने से खुद जाकर, अनुपमा को प्रत्यक्षतः देखकर, क्षमायाचना कर वापस ले जाने की आकांक्षा आनंद की थी। अनुपमा कुछ भी कहे, उसको सुनकर भी किसी तरह उसको अपनाना उसका मनोभीष्ट था।

गाँव की धूल-भरी राह में उसकी नई कार जब आ खड़ी हुई, तब स्कूली बच्चों ने भागकर यह समाचार हेडमास्टर को दिया था। ऐसे कुग्राम में आनेवाला 'साहब' कौन होगा? आश्चर्य और धावंत से हेडमास्टर बाहर आए। आनंद ससुर का पता ढूँढ़ रहा था।

'यहाँ शामराव मास्टर हुआ करते थे। अब वह कहाँ हैं?'

नए हेडमास्टर ने धूल-भरी कुरसी हाथ से पोंछते हुए कहा, 'बैठिए, मुझे पता नहीं। स्कूल के पुराने अध्यापक से पता करेंगे।' और सिद्धलिंग को भगाया।

पता लगा, शामराव जी का यहाँ से तालूका तबादला हुआ था। वह भी बरसों पहले। बाद में वे यहाँ कभी नहीं आए। उनका समाचार किसी को पता नहीं है।

आनंद निराश हो गया। फिर भी उसे तालूका स्थल का नाम-पता चल गया था।

कार चल पड़ने के बाद हेडमास्टर ने सोचा, ओह धावंत में यह कौन है, शामराव जी से क्या रिश्ता है, पूछना ही भूल गया।

आनंद ने उसी दिन फिर प्रवास किया। मन में सोच रहा था, अनुपमा क्या कर रही होगी? मुझे देखते ही उसको अचरज होगा या संतोष? मुझपर नाराजगी भी आई होगी। इतने दिन के बाद जा रहा हूँ तो वह ऐसा करेगी, यह स्वाभाविक ही है।

मन में चलती हुई सोच और वास्तव में होनेवाली घटना-क्रिया के बीच बहुत अंतर है। तालूका स्कूल नजदीक आते ही आनंद का हृदय 'डबडबाने' लगा। अब शामराव जी से मुलाकात होगी। वे मुझे तुच्छ या तिरस्कृत दृष्टि से देखेंगे, और अनुपमा क्या करेगी? स्टीयरिंग पर हाथ थम गए।

आनंद ने अपने आपको तसल्ली दी—एक बार भूल हो चुकी है। उसका फल भुगतना ही पड़ेगा। वह कुछ भी करें, प्रत्यक्ष रूप से अनुपमा से क्षमा-याचना करूँगा ही और मनाकर वापस ले भी जाऊँगा।

आनंद ने स्कूल के सामने कार खड़ी कर दी।

ऑफिस के अंदर जाकर कहा, 'मुझे शामराव मास्टर जी से मिलना है।'

क्लर्क सर उठाकर बोला, 'अब आप उनसे नहीं मिल सकते।'

'बहुत जरूरी काम है। मैं आनंद हूँ, बोल दीजिए, वह जरूर आएँगे।'

'आप उनके क्या लगते हैं?'

'उनका बड़ा जामाता।'

'तो यह बात है! आप समाचार नहीं जानते?'

आनंद सोच में पड़ गया। यह क्यों घुमा-फिराकर जासूसी स्टाइल में बोल रहा है।

'देखिए, मुझे अर्जेंट है। कहाँ हैं शामराव जी?'

'वे गुजर गए। इसीलिए पूछा, उनके बड़े जमाई होते हुए भी आप उनके मरने का समाचार नहीं जानते।'

यह ऊहातीत था। आनंद दिग्भ्रमित हो गया। अब कहाँ-कहाँ ढूँढ़ना होगा। इस तलाश का अंत कहाँ है?

'उनका कुटुंब? उनकी बेटियाँ?'

निर्लक्ष्य-सा क्लर्क बोला, 'हम ज्यादा कुछ नहीं जानते; मगर उनकी बीवी बच्चों को लेकर 'मिरज' के नजदीक कोई गाँव है, जहाँ उसका मायका है, वहीं रहती है। एक बार बकाया राशि लेने आई थी।'

मतलब अनुपमा? सौतेली माँ के मायके में? छिह्! कभी नहीं। फिर भी आशा का तंतु सूक्ष्म, मगर मजबूत होता है।

'उनकी बड़ी बेटी का नाम अनुपमा था। वह कहाँ है?' आनंद ने पूछा।

क्लर्क ने लिखना छोड़ दिया। अत्यंत कौतूहल भरी कहानी जैसा दृश्य! अग्नि को साक्षी मानकर हाथ थामा हुआ पति पत्नी की खोज में आया है।

शामराव मास्टर जी घर के समाचार का स्कूल में जिक्र कभी नहीं करते थे। इस स्कूल में वे ज्यादा दिन थे भी नहीं।

'साहब, फिर आपकी धर्मपत्नी की बात है, ऐसा कहिए।'

प्रसंग से अधिक बात से आनंद क्रोधित हो गया। फिर भी इसी महात्मा से अनुपमा का पता लगाना था, इसलिए चुप रहा।

'हाँ।'

'मुझे तो पता नहीं। अगर आप चाहते हो तो 'खारेद' मास्टर से पूछकर बताता हूँ।' कहते हुए उठकर चला गया वह।

आनंद को अपनी अनुपमा का पता मिलने में केवल कुछ क्षणों का अंतर। कैसा व्यंग्य। पति पत्नी को ढूँढ़ने के लिए चौथे आदमी की सहायता में लगा। मगर कोई चारा नहीं था।

'खारेद' मास्टर खुद आ गए। क्षण युग जैसे लग रहे थे। मगर कोई दूसरा रास्ता भी नहीं था।

'उनकी बड़ी बेटी को 'श्वेत कुष्ठ' या सफेद दाग की बीमारी थी। इसीलिए वह घर छोड़कर चली गई। ऐसा कुछ लोग कहते थे, कई और

कहते थे कि रेल की पटरी पर उसने ज़ान दे दी। हमें असलियत पता नहीं। स्कूल में शामराव जी किसी का जिक्र नहीं करते थे। अगर हम पूछते तो उनकी आँखों से आँसू बहते थे। बेकार में उनको क्यों दुःखी करें, सोचकर हम भी चुप हो जाते थे। उस लड़की को कुछ हुआ था, यह सच था।'

अनुपमा की खोज खत्म हो गई। अनुपमा इस विशाल विश्व में जिंदा है या नहीं, यह कोई नहीं जानता; मगर यह कठोर सत्य है कि वक्त पर सहायता नहीं मिलने से उसकी जिंदगी ने भयानक मोड़ ले लिया होगा। ऐसा आनंद सोच रहा था।

आनंद की आँखों में आँसू भर आए। वही श्वेत कुष्ठ अनुपमा की मृत्यु के रूप में आया था। शादी में सुकोमल पुष्प-सी अनुपमा को अपनी भद्र बाहुओं से संरक्षित करूँगा, सोचा था। अब क्या हुआ? सिर्फ 'सफेद दाग' की बीमारी की वजह से मृत्यु-कूप में ढकेली गई थी। भगवान् की कितनी पूजा, लाख पुष्प-पूजा, नमस्कार, चमत्कार से इस पाप को मिटाया नहीं जा सकता। मेरे मन को कभी शांति नहीं मिलेगी। लोक-निंदा, भय से डरकर स्वयं प्रतिष्ठा की खातिर पाणिग्रहण की गई पत्नी की जिंदगी की बलि चढ़ाई। ऐसे पाप का विमोचन कैसे होगा? अत्यंत दुःखी आनंद स्तंभित शिला जैसा खड़ा था।

□

'डॉक्टर, अगर हो सके तो शाम छह बजे मुझे मिलोगे! मैं अपने घर में इंतजार करूँगी।'

वसंत चिट्ठी पर आँख टिकाए देख रहा था। अनुपमा ने किस विशेष कारण से यह संदेश भेजा होगा?

सत्या के 'पीलिया' प्रकरण के बाद सत्या सत्या ही नहीं रहा, ऐसा असत्य लगता था। विद्या आराम से अपने पति के साथ चली गई थी।

सत्या बोला, 'वसंत, हमने अनुपमा के बारे में क्या सोचा था? यह तो उससे बिलकुल अलग ही निकली।'

'किस मामले में?'

'जीवन-दृष्टि में, उसके साथ हुआ अन्याय, बेइन्साफी, झेला हुआ संकट, दुःख को देखा तो हम कितने भाग्यशाली हैं, महसूस होता है। उसके लिए जीवन एक छिपा-छिपी के खेल जैसे सुख-चैन, संतोष, वैभव की झलक दिखाकर बाद में वंचित किया है। धैर्य का जीवन में बड़ा मोल है, इसलिए मैं अनुपमा को आदर की दृष्टि से देखता हूँ।'

'सत्या, मैं इसीलिए कहता था, केवल विरूप त्वचा देखकर कुछ मत कहना।'

'हाँ, सत्या, उसके गुण-विशेष पहचानकर, उसको समझकर जो उसको पत्नी बना ले, वही पुण्यशाली और भाग्यशाली है, ऐसा मुझे लगता है।'

वसंत अनुपमा के घर की ओर चल पड़ा। अनुपमा इंतजार में थी।

'डॉक्टर, मैंने आपको किस कारण से बुलाया, इसका आप अनुमान नहीं लगा सकते। मैं खुद आपके यहाँ आना चाहती थी। मगर कुछ विचार आमने-सामने ही कह सकते हैं। आपके यहाँ आने-जानेवालों का भी दौर रहता है।'

अनुपमा एकांत में क्या कहना चाहती होगी? अपना निजी विचार? वसंत सोच रहा था।

अनुपमा ने एक ही क्षण सोचा और चप्पल पहनकर कहा, 'चलिए।'

शाम ढल रही थी। बांद्रा स्थित समुद्र के किनारे विशेष भीड़ भी नहीं थी। अनुपमा-वसंत चल रहे थे।

'डॉक्टर, मेरी एक छोटी ख्वाहिश है, आशा है। वैसे मनुष्य का मूल-स्वभाव ही आशा पर खड़ा है। प्रायः आप मेरी सहायता करें तो साध्य होगा।'

क्या हो सकता है? वसंत सोच में पड़ गया।

'वह सहायता सत्या से नहीं होगी, सिर्फ आप ही कर सकते हैं।'

'वैसी क्या सहायता है?' वसंत ने उत्साहित स्वर में पूछा।

'डॉक्टर, आपके इंटरनेशनल मेडिकल कॉन्फ्रेंस में मनोरंजन कार्यक्रम 'टाटा थिएटर' में चलेगा। 'स्वप्न-वासवदत्ता' नाटक को टाटा थिएटर में

प्रदर्शित करने की ख्वाहिश मुझे बहुत दिनों से है। आपके खास 'मरीज' कॉन्फ्रेंस के आजीवन सदस्य हैं। मैं कोई सिफारिश नहीं चाहती हूँ। वे हमारा नाटक देखें, अगर उनको ठीक लगे तो नाटक-प्रदर्शन का आदेश दें। तब हमारे ग्रुप को भी बड़ा नाम हासिल होगा।'

वसंत निरुत्साहित हो गया।

'डॉक्टर, ऐसा शुभ अवसर मिला तो हमारी लड़कियाँ भी उत्साहित होंगी। हमें टाटा थिएटर में एक, सिर्फ एक मौका दिलवा दीजिए। अगली बार हम खुद इंतजाम कर लेंगे। आपसे पूछते हुए संकोच होता है। आप अपने मेहमानों को हमारा नाटक दिखाकर मन बहलाइए। मोजवानी साहब से विनति कीजिए। उनको पसंद आया तो आपके कॉलेज के डीन से मिलेंगे।'

'आपको यह सब किसने बताया? मोजवानी साहब मेरे पेशेंट तो हैं, मगर मैंने कभी खास तरीके से उनका उपचार नहीं किया। उनको जानता तो हूँ, मगर...।'

'डॉक्टर, यह बात सत्या ने बतलाई है, आप 'हाँ' कहें तो वह भी आपके साथ आ जाएँगे। आपके बारे में, आपके हस्तगुण के बारे में मोजवानी के मन में विशेष अभिज्ञान, आदर और गौरव है। मोजवानी जी 'ना' नहीं कहेंगे, यह भी सत्या ने ही बताया है।'

'ठीक है, मैं कोशिश करूँगा। देखिए, मैं मरीजों को तीन प्रकार से देखता हूँ। कुछ रोग होते हुए अति विनय प्रदिर्शत करते हैं तथा ठीक होने तक सब सुनते हैं। एक बार ठीक हो गए, तब रास्ते में मिलें तो भी अपरिचित जैसे गुजर जाते हैं। अगर उन्हीं के पास मेरा काम हो तो उसे व्यतिरिक्त करके मेरा अहसान चुकाते हैं।'

'दूसरा प्रकार, डॉक्टर?'

कुछ लोग—रोगी होने पर जितनी चाहिए उतनी ही नय-विनय से बात करके ठीक हो जाने के बाद, मैं खुद उनके पास जाकर कहूँ, तब कह देते हैं, मैं इनका रोगी था, इन्होंने मेरे ऊपर उपकार किया है। मुझे उनका अहसान चुकाना चाहिए, ऐसा नहीं। फिर भी यह कृतघ्न नहीं है।

'अब रहा तीसरा प्रकार—रोगमुक्त होने के बाद सदा चिकित्सकीय सेवा याद रखकर, दोहराकर जबरदस्ती उपकार करके अपना अहसान जताते हैं। हमपर उपकार का भार चढ़ा देते हैं। मगर ऐसे लोगों की संख्या कम हो रही है। अब मैं सिर्फ दो लोगों को याद कर सकता हूँ।'

'कौन?'

'एक हैं मोजवानी, कभी समय-संदर्भ मिला तो बस मुझे कुछ-न-कुछ सहायता करने की इच्छा, वह भी प्रबल इच्छा करते हैं। डॉक्टर, आप अस्पताल कहाँ खोलेंगे? कहीं ऑनररी पोस्ट चाहिए? जब मैं मना करता हूँ तो निराशा से खिन्न हो जाते हैं। आपका अहसान कैसे चुकाऊँ? मैंने तो कोई खास दवा नहीं दी, मगर उनका गुण ही विशेष है।'

'दूसरा।'

'आपने सत्या की देखभाल की, उसका महत्त्व मैं जानता हूँ। आपने अकेली स्त्री होते हुए जिम्मेवारी सँभालकर निष्काम भाव से सत्या की सेवा की; मगर मेरा एक काम आपके पास बचा है। अपूर्ण भी है।'

'क्या है ऐसा काम?'

'अनुपमा, मुंबई आकर मेरी चिकित्सा-विद्या सीखने की इच्छा पूर्ण हो गई है। पिछले चार वर्ष सिर्फ अनुभव पाने के लिए काम किया, एम्.एस्. करने के बाद एक काम ही अधूरा रह गया है।

'आपको 'अनुपमा' कहा, इसलिए माफ कीजिए। मगर अनुपमा जी, मेरी आगेवाली जिंदगी में, मेरे देहात के घर में, सुख-दुःख में भागी होने के लिए आप आएँगी क्या?'

अनुपमा निरुत्तर हो गई। उसने इसकी अपेक्षा नहीं की थी। वह भी वसंत के बारे में! ऐसी भावनाएँ उसकी कभी नहीं थीं। सोचा भी नहीं था। उसके मनःपटल पर घटनावली चित्रित होने लगी।

वसंत आतुरता से अनुपमा को देख रहा था। उसको 'महाश्वेता' अनुपमा नहीं दीख रही थी, नाटककार, बुद्धिमती, धैर्यशाली अनुपमा नहीं, केवल अंतःकरण-भरित, परहित के लिए अपने आपको समर्पित करनेवाली अनुपमा।

आज सौजन्य की सीमाएँ तोड़कर वसंत ने पूछा भी क्या था? उसकी जिंदगी ही दूसरों के लिए संतोष से खिल-खिलाकर हँसती हुई अनुपमा। ऐसे कितने लोग कहाँ मिलेंगे? रहे तो भी वसंत से ही मिलने का औचित्य क्या था?

अनुपमा हँस पड़ी। सुंदर नयनों से अश्रु टपकने वाले थे, उनको पोंछ लिया।

'डॉक्टर, इसको किससे कहा? आप जानते हैं? मेरे बारे में आप क्या जानते हैं? डॉक्टर, यहाँ देखिए, पिछले आठ दिनों के पहले एक सफेद दाग मेरे कान के नजदीक आया है। मतलब कुछ ही दिनों में मेरा मुँह सफेद दागों से भर जाएगा, तब आपको ऐसा लगेगा?'

'अनुपमा, यह मेरे लिए गौण विषय है। आपके बारे में सत्या ने बताया है। आपके भूतकाल की कहानी में मुझे कोई दिलचस्पी नहीं। आपका सौंदर्याराधक भी नहीं हूँ। मैं डॉक्टर हूँ। अच्छी तरह जानता हूँ कि 'सफेद दाग' चंद दिनों में आपका चेहरा घेर लेगा। वह कोई बड़ी बात नहीं है। अनुपमा, मानव-देह में कई विकलताएँ आनी संभव तो हैं ही। मैंने उसके बारे में सोचा ही नहीं।'

'डॉक्टर, भले ही आप न सोचें, मगर आपके रिश्ते-नातेवाले। इसका आनुवंशिकतावाद आपको पता ही नहीं।'

'अनुपमा, मेरे बंधु-बांधव ही नहीं हैं। माँ-बाप नहीं। सहोदर-सहोदरी भी नहीं। लोगों की बातों से डरनेवाला, परवाह करनेवाला भी मैं नहीं। अपने जीवन का रास्ता मैं खुद पहचानूँगा। यह बीमारी आनुवंशिक है, कहाँ साबित हुआ है? वैसे देखें तो डायबिटीज-फिट्स सब आनुवंशिक हैं। मगर यह आंतरिक होती हैं, इसलिए ऐसे खानदान की कन्याओं के वक्त इस आनुवंशीय सिद्धांत की कोई चर्चा नहीं करता। कई घरानों में पीढ़ी-दर-पीढ़ी डायबिटीज होती है, तो क्या उनकी शादी नहीं होती? लेकिन 'सफेद दाग' त्वचा से संबंधित होने से ऊपर दिखाई पड़ता है, इसलिए ऐसी चर्चा चलती है। अनुपमा, दो महीनों में मैं मुंबई छोड़ रहा हूँ। आप एक महीने का वक्त लीजिए। खूब अच्छी तरह, सावधानी से सोचिए।'

‘डॉक्टर, आप भी विचार कीजिए। आवेश के उद्वेग में आपका किया हुआ निर्धारण दिमाग ठंडा होने पर भी रहेगा या नहीं?’

‘हम फिर मुलाकात करेंगे। मैं मोजवानी से बात करके आपको बताऊँगा।’

वसंत जोर से तीन बार छींका। शीत की पूर्व-सूचना। लहरों पर झूमकर आती शीत लहर से थरथर काँपा। अनुपमा ने अब-तक हुए संवाद भूलकर कहा, ‘डॉक्टर, आप स्वेटर क्यों नहीं पहनते?’

वसंत ने मुस्कराते हुए कहा, ‘मुझे स्वेटर बुनकर देनेवाली कौन है? खरीदने के लिए याद ही नहीं आता। जुकाम की समस्या कभी न खत्म होनेवाला सिलसिला दीखता है।’

‘तो मैं ला दूँ?’ अनुपमा ने कहा।

□

मुंबई स्थित नरीमन पाइंट में अंतरराष्ट्रीय चिकित्सकीय सम्मेलन प्रसिद्ध पंचतारा होटल में चल रहा था। देश-विदेश से वैद्य-शास्त्रज्ञ आए हुए थे।

आनंद होटल की सीढ़ी पर खड़ा होकर समुद्र देख रहा था। मन की व्यथा कभी-कभी क्लेशित करती थी। दूसरा कोई दर्द होता तो किसी से बाँटकर कम किया जा सकता था। दिल के इस दर्द के होने पर किसी से कहा नहीं जाता था। कई बार ‘मेरी कुछ गलती नहीं, वह वक्त ही वैसा था’ कहकर तसल्ली मिलती है।

पीछे से किसी ने आकर आनंद की पीठ पर थपथपाया। आनंद ने मुड़कर देखा। आनंद का हाथ पकड़े इंग्लैंड में मित्र बना अब मुंबई निवासी अपनी बड़ी आँखें विकसित कर हँस रहा था।

‘आनंद, जग कितना छोटा है, देखो। तुम्हें यहाँ देखने की उम्मीद नहीं थी।’

‘प्रकाश, तुमसे यहाँ मिलूँगा, यह मैंने भी नहीं सोचा था।’

‘घर चलो, रात का खाना वहीं खाएँगे।’

‘रात को आऊँगा। नीमा कैसी है?’

नीमा (निर्मला) प्रकाश की बीवी थी।

'घर आकर देख लेना।'

आनंद-प्रकाश अपने इंग्लैंड के जीवन, सहयोगी और रोगियों की चर्चा में मग्न हो गए।

ऐसे सम्मेलन में शाम को 'मनोरंजन-कार्यक्रम' का आयोजन किया तो विदेशी अतिथियों को 'भारतीय संस्कृति' का परिचय कराना आसान था।

दोपहर में आनंद कमरे में सोना चाहता था; मगर प्रकाश ने उसको जाने ही नहीं दिया।

'आनंद, आज टाटा थिएटर में संस्कृत नाटक का प्रदर्शन है। सब डेलिगेट्स आएँगे। चलो, हम भी चलते हैं।'

आनंद का नाटक देखने का मन नहीं था। उसने कई सालों से नाटक देखना छोड़ दिया था। हर बार नाटक का नाम सुनते ही मन अल्लोल-कल्लोल हो जाता था। पुरानी यादों को स्मृति-पटल पर उजागर करता था। जाने-अनजाने में मन पुरानी यादों को याद करता था।

उबलता हुआ पानी अंग पर गिरे तो घाव बनकर कालांतर में भर जाता है; मगर 'दाग' रह जाता है। वह घटना की याद दिलाता रहता है। अनुपमा सिर्फ तीन महीने आनंद के जीवन में साथ रही। फिर भी, एक याद बन गई थी।

आनंद इंग्लैंड में इतने दिन था, किंतु एक बार भी उसने किसी का नाटक नहीं देखा था। अब फिर यह झंझट क्यों?

प्रकाश यह सब कहानी नहीं जानता था। उसने आनंद को अविवाहित ही समझा था।

'आनंद, यहाँ का टाटा थिएटर विदेशों में स्थित किसी परफॉर्मिंग आर्ट्स थिएटर से कम नहीं। हमारा कहकर ही मना मत करो। आज का नाटक भी अच्छा है। स्पष्ट रूप से शुद्ध संस्कृत बोलते हैं। मैं एक बार देख चुका हूँ।'

प्रकाश से छुटकारा पाने की कोशिश में आनंद ने कहा, 'मुझे संस्कृत का अर्थ नहीं आता।'

'आनंद, वे पहले अँगरेजी में कहानी का विवरण देते हैं। रहने दो।

चलो, यह एक नया अनुभव समझो। आज के जमाने में कौन संस्कृत को उसी भाषा में सीखकर इस मुंबई शहर में प्रदर्शित करते हैं? यह सब कॉलेज की छात्राएँ हैं, तुम समझ नहीं पाओ तो मैं समझाऊँगा। नाटक का परिचय-पत्र मेरे पास है।'

आनंद निरुपाय होकर उठ गया। समुद्र की ओर टाटा थिएटर सुंदर आधुनिक यंत्रीकृत था। आनंद प्रकाश के साथ अंदर चला। प्रकाश थिएटर का अंदरवाला विन्यास छावनी के विशेष अलंकार के बारे में भाषण दे रहा था।

इतने में नाटक शुरू होने की सूचना की घंटी बज गई।

सभांगन भर गया था। आनंद अंदर चला। रंगमंच के नेपथ्य से, परदे के पीछे से एक सुमधुर स्वर ने प्रेक्षकों का स्वागत किया। सुस्पष्ट स्वर में पहले अँगरेजी में, अनंतर संस्कृत में।

'माननीय प्रेक्षकगण! आज हम भारत के पुरातन और अति श्रेष्ठ नाटककार 'भास' का सुप्रसिद्ध नाटक 'स्वप्नवासवदत्ता' प्रस्तुत कर रहे हैं।'

वह सुमधुर स्वर आनंद को परिचित लगा।

'माननीय प्रेक्षकगण! हम संस्कृत कवि और कादंबरीकार बाणभट्ट विरचित 'कादंबरी' नामक कथा पर आधारित 'महाश्वेता' नामक कन्नड़-रूपक प्रस्तुत कर रहे हैं।'

अरे यह तो अनुपमा की आवाज है! भूला ही नहीं? आनंद उद्विग्न हुआ। अशांति से पीछे हटा। मगर नाटक का वर्णन चालू था।

'संस्कृत भाषा हमारे देश की अत्यंत प्राचीन भाषा है। उसमें 'भास' का नाम अजर-अमर है। वह सरस्वती की मुस्कान कहलाता है। भास कवि का लिखा 'बारह' नाटकों में अत्यंत मशहूर नाटक 'स्वप्न-वासवदत्ता' है।'

'भास के सब नाटकों को अग्नि-समर्पण किया गया, तब सिर्फ 'स्वप्न-वासवदत्ता' बच गई। ऐसा प्रतीत है। यह उत्प्रेक्षा, हो तो भी नाटक की शोभा जाहिर करता है।'

आनंद नाटक का विवरण छोड़कर—यह आवाज किसकी है, यह

गुनने लगा। अनुपमा की हो सकती है? तो अनुपमा यहीं है? तो मैंने जो कुछ भी सुना और मुझे कहा गया, वह झूठ है? या नाटक संस्कृत में है, इस नाते से मैं अनुपमा का विचार कर रहा हूँ? यह मनोभ्रांति है या कुछ और है? उसने अपने आपसे कहा।

प्रकाश ने आनंद को देखकर कहा, 'देखा, तुम्हें समझ नहीं आता! कह रहे थे। कितना सूक्ष्म विवरण दे रहे हैं। हमारी नीमा की बहन इनके कॉलेज में ही पढ़ रही है।'

'यह कौन है?'

'विले पार्ले कॉलेज में अध्यापिका हैं। वही नाटक निर्देशित कर रही हैं। अपनी छात्राओं से सुंदर नाटक प्रस्तुत करवाती हैं। इस वर्ष के कालिदास-नाटक-महोत्सव में प्रथम बहुमान इनको ही मिला था। तुमने पढ़ा नहीं?'

'इनका नाम क्या है?' आनंद ने जिज्ञासु स्वर में पूछा।

प्रकाश का जवाब उसकी कई समस्याओं का समाधान होगा, ऐसा समझकर।

'अनुराधा या ऐसा ही कोई, कुछ पक्का याद नहीं। देखो, नीमा इनसे परिचित है। उनके कॉलेज में सारी लड़कियाँ इनके सन्निधान के लिए ललचाती हैं। नाटक में एक चांस मिले, सभी सोचती हैं।'

बराबर में बैठे हुए व्यक्ति ने 'हुश' कहकर वाचाल प्रकाश का मुँह बंद कर दिया। नेपथ्य में ध्वनि-प्रसारण चालू ही था—

'वत्स देश के सुंदर राजकुमार उदयन की पहली शिष्या, अनंतर प्रेयसी, आखिर में पत्नी बन गई। अवंति देश की राजकुमारी वासवदत्ता अत्यंत सुंदरी, सुशील और सद्‍गुणी। यह नाटक उसके सद्‍गुण का परिचय कराता है।

'कोई भी स्त्री पति के लिए बड़े-से-बड़ा त्याग करने के लिए तैयार रहती है। मगर पति का प्रेम बाँटनेवाली सौतन की कभी सहायता नहीं करेगी। वासवदत्ता इसका अपवाद है। वह अपने प्रिय पति की यशोशिल्पी बनकर पद्‍मावती नामक मगध राजकुमारी से ब्याह करवाने के लिए अपना

प्रेम-त्याग करती है। इसीलिए वह श्रेष्ठ सद्‌गुणी कहलाती है। इतना ही नहीं, पद्‌मावती की सहेली बनकर, छद्‌म वेश धारण कर पति के विवाह में शामिल होती है।

'वासवदत्ता जैसी पत्नी को पाकर उदयन ही धन्य है। अपनी प्रिय पत्नी लावणक के अग्नि-प्रकोप में मरण पाई ऐसी फैली हुई झूठी किंवदंती से दुःखी उदयन सोए रहने पर भी वासवदत्ता के लिए परिताप-प्रलाप प्रकट करता रहता है, ऐसे संदर्भ में अनिरीक्षित रूप से पति से मुलाकात करती है। उसे स्वप्न में घटी घटना जैसा आभास होता है। इसीलिए इस नाटक को 'स्वप्न-वासवदत्ता' नाम दिया गया है।

'हर स्त्री को उसका पति सदैव प्यार करता रहे, ऐसी इच्छा हर जन्म में हमेशा रहती है। वासवदत्ता ने ऐसा पति पाया था। पत्नी कालवश हो गई, यह समाचार जानने के बाद भी उदयन वासवदत्ता के लिए संताप-परिताप व्यक्त करता रहता है। स्वप्न में वासवदत्ता मिली, ऐसा आभास उदयन को होता है। ऐसे ललितगुणी नायक का नाटक। उस जमाने में बहु-पत्नीत्व राजा के सुकर्मों में एक होते हुए भी केवल वासवदत्ता को प्रेम करता हुआ वह सायंकाल तक उसी के ध्यान में था।

'ऐसे उदयन-वासवदत्ता की कहानी ही 'स्वप्न-वासवदत्ता' है।

कवि भास का काल-निर्णय सर्वसम्मत तो नहीं है। वह कालिदास के पहले और अश्वघोष के बाद हैं, ऐसा पंडितों का मानना है। इसकी प्रस्तुति करने के लिए हम आपसे आज्ञा चाहते हैं।

'अब देखिए 'स्वप्न-वासवदत्ता'।'

ध्वनि-प्रसारण अत्यंत आकर्षक था। इससे नाटक का निर्देशन करनेवाले का धन-पांडित्य और उत्तम अभिरुचि व्यक्त होती थी।

मगर आनंद इस लोक में ही नहीं था। मन में उभरा द्वंद्व उसको इधर-उधर खींच रहा था। यह ध्वनि, यह निर्देशिका अनुपमा ही होगी? या कोई और?

'इस नाटक के पात्रधारी कौन-कौन हैं? निर्देशक का नाम वगैरह कब

प्रकट होगा?'

प्रकाश नाटक में मग्न था।

'अभी क्यों अस्थिर हो? नाटक की समाप्ति पर हर अभिनेता का परिचय देंगे। उसकें बारे में दिमाग खराब मत करो। नाटक ध्यान से देखो।'

आनंद की नाटक में आस्था ही नहीं थी। कहानी पहले ही बताई जा चुकी थी। राजकुमारी-रानी-राजा की कहानी।

उदयन के परिताप, वासवदत्ता के प्रेम की कहानी। आनंद शरशय्या पर बैठा-जैसा था। शेष सब नाटक देख रहे थे।

यह नाटक कब खत्म होगा? आनंद की समस्या थी। प्रकाश सोच रहा था, आनंद वेश-भूषण रंग-सज्जा को देखें तो अच्छा परिज्ञान व्यक्त नहीं हो रहा है।

आनंद को कुछ भी नहीं दीख रहा था। वह अपने भ्रमलोक में ही विहार कर रहा था। नाटक खत्म हो गया। आनंद अब वास्तविक लोक में आ पहुँचा।

अब पात्रधारियों का परिचय, सहायकों का परिचय सुनकर और ज्यादा उद्विग्न हुआ। परीक्षा का परिणाम देखनेवाला विद्यार्थी हो जैसे।

हाँ, निःसंशय—नाटक की निर्देशिका अनुपमा स्टेज पर आई। फिर प्रचंड कर-ताड़न हुआ।

वही अनुपमा! बरसों पहले ऐसे ही रंगमंच पर आई थी। प्रेक्षकगण में आनंद शामिल था। आज भी वही परिस्थिति है। तब 'महाश्वेता' नाटक की नायिका बनी अनुपमा वास्तविक जीवन में महाश्वेता बनकर मंच पर खड़ी थी। वही आत्मविश्वास, वही आकर्षक बात, नाटक में वही श्रद्धा।

आनंद अनजाने संकीर्ण भाव से संकुचित हो गया।

□

प्रकाश आनंद के साथ बाहर आ गया। आनंद की मनःस्थिति समझ नहीं पाया; फिर भी आनंद कुछ हैरान है, यह पता चला।

'क्या हुआ है, आनंद? घर चलेंगे, तुम वहाँ विश्राम करना।'

'नहीं, प्रकाश, मेरा सर फट रहा है। नीमा से कहो कि मैं नहीं आऊँगा।'

'क्यों, नाटक पसंद नहीं आया क्या? मुझे तो अद्भुत लगा। तुम्हें जबरदस्ती बुलाकर परेशान तो नहीं किया? ऐसा नाटक तुम्हारे गाँव में तो देखने को नहीं मिलता था!'

'हाँ, नहीं तो अनुपमा कहाँ से मिलती?'

'अध्यापिका अनुराधा ने कितना अच्छा निर्देशन किया है!'

'अनुराधा नहीं, अनुपमा।'

'नाम में क्या है, आनंद? मुझे तो याद ही नहीं रहता।

मगर आनंद को पता था, अनुराधा और अनुपमा में कितना बड़ा फर्क है। जमीन-आसमान, सागर-हिमालय सिर्फ वही जान सकता था।

आनंद घर जाने को किसी हाल में राजी नहीं हुआ। सागर की लहरों से बड़े-बड़े विचार की विशाल लहरें उठ रही थीं। प्रकाश निराश होकर चला गया।

उसके निर्गमन की ही प्रतीक्षा कर रहा आनंद फिर टाटा थिएटर में आया। रात हो गई थी, इसलिए कारीगर सब खिड़की-दरवाजे बंद करने में लगे थे। कुछ लोग सफाई कर रहे थे।

आनंद सीधा ऑफिस में गया। दो कर्मचारी उठकर चलने को थे। आतुरता से उनको रोककर उसने पूछा, 'क्या आप मुझे अनुपमा का पता दे सकते हैं?'

'कौन-सी अनुपमा?'

आगंतुक व्यक्ति को वहाँ के क्लर्क ने देखा।

'अभी-अभी 'वासवदत्ता' नाटक हुआ—उसकी निर्देशिका।'

'वे सब चले गए।'

यह आनंद भी जानता था।

'उनके घर का, ऑफिस का पता!'

'वह रजिस्टर बंद है।'

'प्लीज खोलकर देख लीजिए।'

'असाध्य। इस विभाग के कर्मचारी चले गए हैं। सबकुछ छोड़कर इस रात में उनका पता आप क्यों पूछ रहे हैं?'

'उनसे मिलना है।'

'मिस्टर, आप कौन हैं? उनके क्या लगते हैं?'

'मैं उनका संबंधी हूँ।'

'तब आप उनका पता क्यों नहीं जानते?'

क्लर्क शंकित हो गया और बोला, 'अगर आपको उनसे मिलना है तो सुबह साढ़े ग्यारह बजे ऑफिस आइए। तब संबंधित अधिकारी आपको बता सकते हैं। हमें देर हो रही है। आखिरी लोकल ट्रेन निकल गई तो घर पहुँचना मुश्किल हो जाएगा।'

वह मुश्किल की चिंता करते हुए निर्दाक्षिण्य-रूप से आनंद को हटाकर चला गया। आनंद थिएटर के द्वार पर खड़ा निराशा-भाव से समंदर को देख रहा था।

सिर्फ अनुपमा का पता नहीं मिला, इसलिए इतना निराश हो रहा हूँ। पीछे अनुपमा ने क्या-क्या दुःख भोगा होगा? आनंद ने अपने आपसे कहा।

दूसरों को उपदेश देना आसान है। मगर उसी समस्या का खुद सामना करते हुए कैसा भी आदर्शवादी हो, अलग हो जाता है। अनुपमा की पिछली निस्सहायता को आज आनंद विफल होकर नाप रहा था। उसके बारे में जितना भी जाना, सोचा, 'मैंने गलती की' यह पाप-प्रज्ञा ही बढ़ रही थी।

धीरे-धीरे पैर खींचते समंदर के किनारे चलता हुआ अपने होटल पहुँचा। नाटक में अनुपमा का कहा संभाषण याद आ गया।

'किसी भी स्त्री को उसका पति सदैव प्यार करता रहे, ऐसी मनोगत भावना हर नारी में रहती है। वासवदत्ता ने ऐसा पति पाया था।'

मगर अनुपमा ने नहीं पाया था। उसके कष्टकाल में आनंद ने मुड़कर भी नहीं देखा था। इसीलिए ऐसा व्यंग्य कहा होगा।

छिह्, मेरी जिंदगी वहाँ है, वासवदत्ता जानती नहीं होगी, उदयन का श्रेष्ठ गुण वह…।

उस जमाने में बहुपत्नीत्व राजा का सुकर्म होते हुए भी उसने सिर्फ वासवदत्ता को ही चाहा। लेकिन मैंने ऐसा कोई भी काम नहीं किया, जिससे अनुपमा प्रसन्न हो या उसे संतोष हो।

आनंद को याद आया, प्रकाश ने कहा था, 'विले पार्ले कॉलेज में संस्कृत अध्यापिका हैं' अब कॉलेज में फोन करूँ तो? रात में कौन होता है? सोचकर चुप हो गया।

अगले दिन वह कॉन्फ्रेंस में भी नहीं गया, प्रकाश से भी नहीं मिला। अनुपमा का पता जानने के लिए कॉलेज में फोन किया।

ऑफिस के क्लर्क ने कहा, 'वे छुट्टी पर हैं। आप कौन हैं और क्या चाहिए?'

'मैं उनका रिश्तेदार हूँ। कृपया उनका पता दीजिए।'

'४६ हिल रोड, बांद्रा पश्चिम···आप?'

आनंद ने आगे कुछ न बोलकर फोन रख दिया। हाँ, अनुपमा से मिलना ही चाहिए।

गलती करना मानव का सहज धर्म है। मगर की गई गलती सुधारकर फिर सही जिंदगी जीनेवाला ही विवेकी होता है। अनुपमा से मिलने के लिए समय, जगह सोचने की जरूरत ही नहीं समझकर आनंद ने टैक्सी में बैठकर 'ड्राइवर, बांद्रा हिल रोड' कहा।

कल रात नाटक बहुत यशस्वी रहा, ऐसा सत्या एवं वसंत ने कहा था और टैक्सी में सबको घर पहुँचाया था तथा अनुपमा से विदा लेकर चल पड़े थे।

'यह यश केवल मेरा नहीं है। मेरी छात्राओं का, भास कवि का, सबसे बढ़कर आपका और प्रेक्षकगण का।' ऐसा अनुपमा ने कहा था।

टाटा थिएटर के लिए वसंत का परिश्रम वह भूल नहीं सकती थी।

आज सुबह अनुपमा देर से जागी थी। अपने दैनंदिन कामकाज निबटाकर नाटक की किताबों का ढेर लेकर देख रही थी।

अगला नाटक कौन-सा? कन्नड़-संघ के लिए एक, कॉलेज डे के

लिए दूसरा। उज्जयिनी में आयोजित 'कालिदास-महोत्सव' में कालिदासार्पण के लिए और एक। ऐसे अलग-अलग संदर्भ के अनुसार छोटे-बड़े नाटक चुनने का प्रयास कर रही थी।

सिर्फ नाटक नहीं, उसके पीछे उसका इतिहास, रंगमंच—सबके बारे में सोचने का विलक्षण स्वभाव था अनुपमा का।

तभी दरवाजा खटखटाने की आवाज आई। सखूबाई अभी-अभी बाजार गई थी।

'यस, कम इन प्लीज।' बाहर खड़े व्यक्ति से अनुपमा ने कहा।

आनंद अंदर आ गया।

हाथ में नाटक की पुस्तक लेकर बैठी हुई अनुपमा ने सर उठाकर एक बार आनंद को देखा, खड़ी हो गई और गंभीर हो गई तथा शांत खड़ी रही।

आनंद भी चुपचाप खड़ा था।

अतिथि-धर्म के नियम को अनुपमा ने पहली बार तोड़ा। आनंद को देखकर मन को कुछ भी नहीं सूझा, उसने पल-भर बाद अपने-आपको सँभालती हुई हमेशा की तरह सुंदर मुस्कान से कहा, 'कृपया बैठिए।'

एक जमाना था, जिस व्यक्ति के पत्र की प्रतीक्षा में दिन-भर चिंतित रहती थी, रात-भर परिताप करती थी, पोस्टमैन की राह देख-देखकर थक जाती थी, वह व्यक्ति पत्र द्वारा संदेश दिए बिना स्वयं सामने आ खड़ा हुआ।

एक जमाने में रात-भर पूर्णिमा, अमावस्या न सोचते हुए खिड़की से आकाश में दृष्टि जमाकर जिसके लिए निरंतर तपस्या करती थी, वह व्यक्ति सामने खड़ा है।

पहले 'आनंद, कृपया आकर मुझे इस नरक से बचाओ' कहकर अनन्य प्रार्थना करती थी, वह व्यक्ति सामने खड़ा है।

'आनंद, सिर्फ तुम मेरे निरपराधित्व के साक्षी बन सकते हो। मुझे समझ सकते हो।' कहकर दैन्य से रोती थी, वह आज प्रत्यक्ष हुआ है।

अनुपमा विषाद से मुस्कराई। आनंद से बहुत कुछ कहनेवाली बातें थीं। सिर्फ तीन महीने उसके साथ जीवन बीता था। उसने अपने-आपको

Pp1 • M-ः

अपने प्रेम को पूरे मन से अर्पित किया था।

आज आनंद उसको अनजाना जैसा लगा। उस क्षण के चित्र चित्रशाला पर घूमने लगे। जब उसको 'सफेद दाग' लगा था। राधक्का की निर्दयता, पिता जी के घर की गरीबी, समाज-निंदा, आत्महत्या का यत्न, अभी-अभी घटित घटना जैसे महसूस हुए।

हाँ, अब आनंद आ गया है।

आनंद अनुपमा को मौन कई सालों के बाद देख रहा था। चंदन-सा बदन 'सफेद दागों' से भरा था; मगर आज वह कुरूप नहीं दिखी। उसकी सुंदर काली-काली आँखें तेजस्वी लग रही थीं। आत्मविश्वास ने ध्वनि में दृढ़ता दी थी। सादी सफेद साड़ी पहनकर भी वह सुसंस्कृत महिला लग रही थी।

मौन का हिम पिघलाने के लिए आनंद ने कहा, 'अनुपमा, कैसी हो?'

अनुपमा ने आनंद को देखा, दीप्तिपूर्ण आनंद कालपुरुष के प्रभाव से थका हुआ लग रहा था।

'मेरा पता आपको कैसे मिला?'

'कल नाटक देखा, तब। अनुपमा, नाटक बहुत अच्छा था। सुंदर भी था।'

'धन्यवाद, डॉक्टर।'

आवाज हृदय से थी। आनंद अधीर हो गया। बात आगे बढ़ाई, 'अनुपमा, मुझे देखकर तुम्हें गुस्सा आ गया होगा। तुम्हें कितना ढूँढ़ा! लेकिन पता नहीं कर पाया।'

'आपने मेरी तलाश की?'

'दो वर्ष हो गए, अनुपमा। जिंदगी में गलतफहमी होना स्वाभाविक है। मेरी गलती, भूल जो भी हो गई, उसको माफ करना। कृपया पिछली दुरंत घटनाएँ भूल जाओ।'

'कृपया बैठ जाइए।' कहकर खड़े हुए आनंद को बिठाया।

'क्या गलती? किसकी गलती? आनंद, कहना सिर्फ भाषा का चमत्कार

नहीं है। उसका एहसास आपको हुआ ही नहीं। सफेद दाग लगा, यह मेरी गलती थी? आए हुए रोग ने मुझे कुरूप बनाया, यह मेरी गलती थी? गरीब घर की जानकर शादी की, सबके सामने गरीबी से घृणा दिखाना, तिरस्कार करना, किसकी गलती थी?'

आनंद के पास इन प्रश्नों का जवाब नहीं था।

'आनंद, सिर्फ आप जानते थे कि मुझे शादी से पहले सफेद दाग नहीं था। यह बात आपने अपनी माता जी को क्यों नहीं बताई? अब मैं जान गई हूँ, दुनिया कैसी है! सफेद दाग से कुरूप बन गई तो घर के आचार-विचार पूजा-पुरस्कार को खुंदक आ जाएगी, समझकर राधक्का और आपने सोच लिया कि मेरी बीमारी आपको लग गई तो क्या होगा? यह किसकी भूल थी?'

निरुत्साहित मनोभाव से आनंद ने कहा, 'मैं ज्यादा कुछ नहीं कह सकता। क्षमा करो, माफ करो, इतना ही कहूँगा।'

'क्षमा किससे किसको चाहिए? मैंने क्षमा कर भी दिया तो होनेवाला क्या है? रोग-पीड़ित कुत्ते का इलाज करते हो और पाणिगृहीता पत्नी को सांत्वना भी नहीं! आनंद, तब मैं सिर्फ सांत्वना के दो शब्द के लिए तरस रही थी।'

'अनुपमा, जो हो गया सो हो गया। आगे कैसे सँभालना है, यह सोचेंगे।'

'सिर्फ इतना ही वश था। इसीलिए चातक पक्षी की तरह इंतजार करती रही। तब कहाँ थी क्षमा? तुम्हारा मन क्या तसल्ली दे रहा था?'

'मैं अपनी गलती मानता हूँ।' 'सफेद दाग' आनुवंशिक होकर अगली पीढ़ी में भी आ गया तो क्या करेंगे, यह भय भी था। उसमें भी लड़कियाँ हों तो? माँ चिंतित थीं।'

'आनंद, स्वयं डॉक्टर होते हुए इसके बारे में समझाना असाधु और अमर्यादापूर्ण है। सफेद दाग आनुवंशिक है, यह आज तक साबित कहाँ हुआ है! जैसी मेरी समझ है, हमारे घर में किसी को नहीं था। छोड़िए, सिर्फ यही कारण होता तो मैं आपकी पत्नी बनकर नहीं, दोस्त जैसी रहकर जिंदगी

बिताने के लिए राजी थी। मैं खुद आपकी दूसरी शादी करवाती। आपने मुझे मौका ही नहीं दिया। केवल मेधावी बनने से क्या होता है, ऐसे कठिन समय में आप मेरा मार्गदर्शन कर सकते थे।'

आनंद स्तंभित हो गया।

'अकस्मात् आपको 'सफेद दाग' वाली बच्ची पैदा होती? पैदा ही नहीं हुई और बच्ची के बारे में, उसके भविष्य के बारे में विचार कर लिया। मैं भी किसी और की बेटी हूँ। मुझमें भी जान है। सिर्फ 'सफेद दाग' लगा, आपने मुझे इन्सान समझने से इनकार कर दिया।'

आनंद के पास जवाब नहीं था।

'आनंद, यही 'सफेद दाग' आपको लगा होता तो मैं भी ऐसे ही सोचती आनुवंशिकता का सहारा लेकर आपको धूप में खड़ा करती? मैं केवल स्त्री और आप पुरुष। आप जो चाहें कह सकते हो, कर सकते हो। पति-पत्नी में कोई असहाय हो जाए तो एक-दूसरे का साथ देना चाहिए, समाधान की चार बातें करनी चाहिए, सांत्वना देनी चाहिए। रोग-पीड़ित रोग से ही मनोवेदना अनुभव करता रहता है। उसकी हँसी उड़ाना, घृणा करना, तौहीन करना उचित नहीं है, यह मेधावी लोगों की समझ में क्यों नहीं आता? यही संदिग्ध बात है।'

'हाँ, अनुपमा, तुमने ठीक कहा। अकस्मात् वह बीमारी मुझे लगी होती तो? पति परमेश्वर कहकर घर में ही तुम मुझे रखती।'

'आनंद, शुद्धता-शुद्धता कहकर आपकी माँ मेरी छुई वस्तुओं को धोकर रखती थीं। मेरे पिता जी को बुलाकर तौहीन करके भेज दिया। क्यों?'

'क्यों, अनुपमा?'

इसलिए कि उनको अपने बेटे पर अपरिमित विश्वास था। बेटा हमेशा उनका कहा मानेगा, आज्ञाधारक है, यह आत्मविश्वास था। आपने उनकी बात मानी, इसपर मुझे कोई एतराज नहीं था और माँ के खिलाफ बगावत करने को भी मैं नहीं कहती थी; मगर विवेक और विवेचना से देखना तो चाहिए था।

‘मनुष्य का जीवन ही अनिश्चित है। क्या भरोसा है कि यह बीमारी आपको नहीं लगेगी? आपके बच्चों को यह लग गई तो क्या करेंगे?’

‘यह सवाल ही नहीं है, अनुपमा, मैंने दूसरी शादी नहीं की है।’

‘आपने दूसरी शादी के लिए सहमति दी है, यह समाचार मुझे मिल गया था।’

‘माता जी ने बहुत आग्रह किया था। पहले मान गया था, बाद में मना कर दिया। तुम्हारे कहे हुए सब विचार, बातें, सब अक्षरशः सत्य हैं। मैं कुछ भी कहूँ, तुम मानोगी नहीं। अनुपमा, बची हुई जिंदगी क्यों बरबाद करें? तुम हमारे गाँव के दुस्तर वातावरण में नहीं रहना चाहतीं तो हम इंग्लैंड चले जाएँगे। वहाँ के समाज में ऐसा आतंक नहीं है। अपना नाटकों का अभ्यास वहाँ के इंडियन एसोसिएशन में करो। इस उम्र में माता जी को सुधारना मुश्किल है। सोचो, आनेवाली जिंदगी का मिलकर सामना करेंगे।’

‘आनंद, जला हुआ बीज बोकर फसल की अपेक्षा करना मूर्खता कहलाती है। आपने बहुत देर कर दी, आनंद! अपनी जिंदगी का ध्येय मैंने पहचान लिया है। अब मुझे किसी का सहारा नहीं चाहिए। सूर्य के प्रकाश से उज्ज्वल रास्ते में लालटेन की क्या जरूरत? आनंद, एक ही बात है, भगवान् की कृपा से विद्या, अवकाश, अच्छे स्नेहिगण हासिल हुए हैं। मुंबई जैसे महानगर ने मुझे अपार रक्षणा दी। मगर सब महाश्वेताओं का हाल मेरे-जैसा नहीं है। पति पर आर्थिक निर्भरता दयनीय और दुःखपूर्ण है। उनपर मुझे तरस आता है। अगर आप किसी महाश्वेता को देखो तो सहायता करो। करुणा मत दिखाओ, मानवीयता दिखाओ।’

आनंद कुछ नहीं कह सका।

‘आनंद, अब वक्त हो गया, मुझे दोपहर में कॉलेज जाना है।’

जाने की इजाजत मिल गई समझकर आनंद को लगा कि यह जिंदगी की आखिरी मुलाकात है।

जिससे शादी करके वह अपने आपको बड़ा भाग्यवान् समझता था, उसकी जिंदगी की दिशा को बदलने का कारण खुद ही बन गया था।

आखिरी बार का यत्न सोचते हुए कहा, 'अनुपमा, और एक बार सोच लो।'

किताबों को सजाती हुई अनुपमा ने धीमी आवाज में, मगर आत्मविश्वास से कहा, 'आप कुलीन घरानेवाले, विद्यावान्, बुद्धिमान् पाश्चात्य देश में पढ़ाई की है, मगर आपको एक विचार पता नहीं।'

'क्या?'

'अपरिचित को, परस्त्री को उसका नाम लेकर संबोधित करना ठीक नहीं है।'

अनुपमा अंदर चली गई। उसकी बात से आनंद स्तंभित गया।

□

दीवार पर लगा कैलेंडर देखकर अनुपमा ने सोचा कि शायद वसंत आज आएगा। उसी क्षण वसंत हाजिर हो गया।

वसंत ने अनुपमा को कातरता से देखा। साधारण तौर पर वह उद्विग्न नहीं होता था। मगर आज के निर्धारण के विचार ने उसको उद्विग्न बना दिया।

कमरे में कोई बदलाव नहीं था। वही सफेद लिली के फूल फूलदान में विराजमान थे। सादी सफेद साड़ी पहने अनुपमा का घर यथा-प्रकार साफ-सुथरा था।

'डॉक्टर, आपको चाय दूँ।' कहती हुई अनुपमा उठी। उसके मुख पर आए भाव से वसंत कुछ भी समझ नहीं पा रहा था। वही मुस्कान, वही निर्लिप्तता।

'अनुपमा, आपने क्या सोचा?'

'डॉक्टर, मैं पिछले आठ दिनों से सोच ही रही हूँ, यह विचार भूल जाइए।'

'क्यों?'

'डॉक्टर, मुझे यह संसार, पति, घर, बच्चे, माँ-बाप, भाई-बहन यह सब रिश्ते असत्य लगते हैं। मेरे अनुभव से, मेरे सीखे हुए सबक से यह

संसार की झंझट ही नहीं होनी चाहिए, ऐसा लगता है। सब अपने ही हैं। कृपया यह विचार छोड़िए। इसके अलावा आपको अपने गाँव जाना है। वहाँ सैकड़ों रोगी आपकी राह देखते होंगे। उनकी सेवा ही आपके जीवन की अदम्य अभिलाषा, मनीषा है। मेरे जीवन की गति अलग है, डॉक्टर। गाँव में सब मेरे जैसी कुष्ठ रोगी को सिर्फ घृणा की दृष्टि से देखेंगे, उसको मैं बहुत सह चुकी हूँ, भुगत चुकी हूँ। इससे आप दुःखी हों तो मुझे भी दुःख होगा। जन-निबिड़, रोगों का आगार, कठिन जिंदगी की मुंबई मुझे प्रिय हो गई है। केवल मानवीयता की हैसियत से मुझे पहचानकर, जाति-पाँत, कुल-गोत्र, नहीं देखकर मुझपर विश्वास करते हुए डॉली ने यह सुसज्जित घर सौंपा है। ऐसा कोई नहीं करेगा, छोटे गाँव में टूटा-फूटा घर हो तो भी। मुझे सफेद दाग है, यह बात मुंबई में आईना देखती हूँ, तभी याद आती है, और कभी नहीं। आप कृपया मेरे निर्धारण के बीच मत आइए।'

'अनुपमा, आपका भविष्य-जीवन? सिर्फ गाँव जाना है, इसलिए आप ऐसा कह रही हैं?'

'नहीं, डॉक्टर, मुंबई क्यों नहीं छोड़ सकती, इसका कारण बताया। मेरा भविष्य-जीवन ऐसा है, मेरे प्रिय व्रती, मेरे शागिर्द, मेरे नाटक, रंगमंच हर साल नए छात्र आते हैं। नई लहर के साथ मैं भी एक हो जाती हूँ।

'इससे ज्यादा मैं जिंदगी से कुछ अपेक्षा नहीं करती। प्रायः जिंदगी ने मुझे सर्वोत्कृष्ट जीवन ही वर के रूप में प्रदान किया है, मेरे लिए यही स्वर्ग है।'

'अनुपमा, इसके आगे?'

'इसके आगे किसने देखा है, डॉक्टर? किसी के जीवन का अंत किसी के हाथ में नहीं। निस्संतानों का जीवन क्या होगा? औलाद रहते हुए भी जिसका बुढ़ापे में देखभाल करनेवाला कोई नहीं, उसका हाल क्या होगा? मुझे यह चिंता ही नहीं है।'

'अनुपमा, मैं आपको क्या बताऊँ, समझ नहीं आ रहा है।'

अनुपमा की सुंदर आँखों से अश्रुधारा बहने लगी।

'डॉक्टर, मैं आपको कभी नहीं भूलूँगी। आपका अंत:करण सदा याद रहता है। यह रोग-निदान वैज्ञानिक रूप से समझकर आपने मेरा हाथ थामने की अभिलाषा की। यही मुझे अजीब लगा। जो आपके अनुरूप हो, उसी मनोभाववाली लड़की से शादी कर लीजिए। डॉक्टर हो तो और भी बढ़िया। मैं हमेशा आपकी शुभचिंतक रहूँगी। जब भी मुंबई आओ, मुझसे मिलना मत भूलिएगा। जनारण्य मुंबई में यह महाश्वेता आपकी सहायता के लिए हमेशा मौजूद होगी। हमारा स्नेह शादी के बाद समाप्त नहीं होना चाहिए। उसकी कल्पना, अंजाम मैं जानती हूँ। हम स्नेही आठ दिन पहले भी थे, अब भी हैं और आगे भी रहेंगे।'

रुके हुए आँसू धाराप्रवाह बहने लगे। अनुपमा ने अपनी बुद्धि से निर्णय लिया था, मगर हृदय अपनी भावना को छिपा नहीं पाया। वसंत से उसको छिपाने के लिए अंदर गई और एक छोटी थैली लाकर वसंत को दी।

'डॉक्टर, आप कल गाँव जा रहे हैं न! मेरी याद रहे। आपका सत्या यहीं है। मेरी सहायता करेंगे। मेरे बारे में चिंता मत कीजिएगा। जब कभी मुंबई आना, मुझसे जरूर मिलना।'

वसंत ने थैली खोली, देखा तो उसमें नीले रंग का स्वेटर था। मेरा स्वेटर बुनने के लिए कौन है? खरीदने की याद नहीं आती। इसीलिए इस जुकाम की समस्या सुलझती ही नहीं।

अनुपमा मुस्कराई।

भावपूरित हँसी वसंत को आई; मगर यह संतोष की हँसी नहीं थी।

'भगवान्! पाँच वर्ष पहले जब यह सफेद दाग लगा था, तभी अनुपमा का परिचय होता तो यह अनमोल रत्न मेरे हाथ से खोता नहीं।' ऐसा वसंत को लगा।

बाहर दरवाजा खटखटाने की आवाज आई। उठकर देखती है तो वनिता नतमस्तक खड़ी है। अनुपमा और वसंत खड़े ही थे।

वनिता ने पूछा, 'क्या मैं अंदर आ सकती हूँ?'

'आओ वनिता, डॉक्टर आए हैं।'

वनिता अंदर आकर मौन मुद्रा में खड़े वसंत को देखकर कुछ कहने में झिझक रही थी।

'वनिता, क्या बात है, बताओ न?'

'मैडम! हमारे कन्नड़-संघ की नाटक-स्पर्धा के लिए आपने कौन-सा नाटक चुना है?'

'खेलनेवाले आप, मैं सिर्फ निर्देशिका।'

'मैडम! आपने पहले कॉलेज में 'महाश्वेता' नामक बाण की कादंबरी पर आधारित नाटक खेला था, उसी को प्रदर्शित करेंगे।'

'तुमसे किसने कहा?'

'मेरी मौसी, वह आपसे जूनियर थीं। उनका नाम आशा है। आपको याद नहीं होगा।'

'ठीक है, अगर आप सब उसी को चाहते हो तो उसी को प्रदर्शित करेंगे।' अनुपमा ने सोचे बिना कहा।'

चाँद को जैसे रोहिणी, सूर्य को जैसे कमल, नारायण को जैसे लक्ष्मी, वृक्ष को जैसे लता है, तुम्हारे लिए मैं हूँ। यह कोई भी हो, कहीं भी हो, इसपर मेरा प्रेम अचल है। हिमालय-जैसा अटल है, सागर-जैसा गहरा है। मानसरोवर-जैसा शुभ्र है।

नाटक में महाश्वेता की भूमिका निभानेवाली वनिता, वास्तविक जीवन में महाश्वेता को पा नहीं सकनेवाले पुंडरीक जैसा वसंत—दोनों ने अनुपमा की ओर देखा।

अनुपमा मुस्कराई; मगर उसका अर्थ सिर्फ वसंत को ही मालूम हुआ।

□□□